07-07-2007

Livros do autor publicados pela **L&PM** EDITORES:

07-07-2007
A costela de Adão
Pista negra
Primavera maldita
Sozinho para sempre

ANTONIO MANZINI

07-07-2007

Tradução do italiano de
MAURÍCIO SANTANA DIAS

L&PM EDITORES

Texto de acordo com a nova ortografia.
Título original: *7-7-2007*

Tradução: Maurício Santana Dias
Capa: Ivan Pinheiro Machado
Preparação: Patrícia Yurgel
Revisão: Luiza Gressler

CIP-Brasil. Catalogação na publicação
Sindicato Nacional dos Editores de Livros, RJ.

M252s

Manzini, Antonio, 1964-
07-07-2007 / Antonio Manzini; tradução do italiano Maurício Santana Dias. – 1. ed. – Porto Alegre [RS]: L&PM, 2025.
336 p. ; 21 cm.

Tradução de: *7-7-2007*
ISBN 978-65-5666-542-9

1. Ficção italiana. I. Dias, Maurício Santana. II. Título.

24-95617 CDD: 853
CDU: 82-3(450)

Meri Gleice Rodrigues de Souza - Bibliotecária - CRB-7/6439

Rua Comendador Coruja, 314, loja 9 – Floresta – 90.220-180
Porto Alegre – RS – Brasil / Fone: 51.3225.5777

Pedidos & Depto. Comercial: vendas@lpm.com.br
Fale conosco: info@lpm.com.br
www.lpm.com.br

Impresso no Brasil
Verão de 2025

Para Tom

Tenho certeza, porém, de uma coisa: que os homens, sob a camada superficial de fragilidade, querem ser bons e amados. De fato, muitos de seus vícios nada mais são que tentativas de tomar atalhos para o amor.

J. STEINBECK

– *United united united we stand, united we never shall fall*!

Ele abriu os olhos e deu um pulo.

– O quê...? – Lupa, alarmada com os movimentos do dono, ergueu as orelhas. A música vinha do apartamento ao lado.

– *United united united we stand, united we stand one and all*! – Ritmo tribal, guitarras catarrosas e distorcidas, um coro simiesco num refrão de lesados. Esse gênero musical, o heavy metal, estava em sétimo lugar na lista das encheções de saco de Rocco Schiavone. Se tocado às três e quarenta e cinco da manhã, subia direto para o nono.

– Puta merda! – gritou e se levantou da cama.

Depois de dez dias, estava se acostumando com o novo apartamento na rua Croix de Ville, mas não com os vizinhos. Principalmente com os da frente.

Não havia alternativa, ele teve que fazer uma visita.

Abriu a porta, o frio da escada o atingiu, voltou para dentro de casa, colocou o loden diretamente sobre a boxer e a camiseta e saiu novamente com os pés descalços. Bateu. Nenhuma resposta. A música se espalhava até pelo patamar.

– *So keep it up, don't give in...*

Tocou a campainha, batendo na porta com os punhos. De repente tudo ficou em silêncio. Seguiram-se passos rápidos. Um raspar na madeira, sinal de que alguém estava espiando pelo olho mágico.

– Sim, é Schiavone, seu vizinho. Abra!

E a porta se abriu. Um garoto de dezesseis anos apareceu. Espinhas, cabelos compridos e cueca, uma camiseta esburacada do Iron Maiden, pele branca como a barriga de um peixe.

– S... sim?

– Sim? Você está me dizendo sim? Puta merda, são três e quarenta e cinco e você começa a tocar essa merda no volume máximo?

O rapaz encolheu a cabeça nos ombros.

– Me desculpe. Pensei que não tivesse ninguém lá.

– Pensou mal. Estou morando aqui há dez dias. E você se esqueceu dos outros inquilinos?

– O prédio está todo vazio. Os Benaix foram para a Holanda, e os Candiani também viajaram. Desculpe, se eu soubesse...

– Agora você já sabe. Coloque uns fones de ouvido e pode se detonar ao som de Judas Priest, não me importo com seus tímpanos!

O menino esboçou um sorriso:

– Conhece Judas Priest?

– Claro. Eles já eram uma banda quando eu ainda era um menino. Mas como é que você os conhece?

O vizinho ergueu timidamente a mão direita, os dedos formando chifres com o polegar esticado, disse:

– *Rock'n'roll will never die*! – e sorriu.

– Você é um idiota ou o quê? – Rocco perguntou. – Vá dormir, cara, que amanhã tem escola. Se me acordar de novo com essa porcaria, mando Lupa te estraçalhar!

O rapaz pareceu ter notado o cachorro apenas naquele momento.

– Ó! Bonitinho.

– Bonitinha!

– De que raça é?

– Uma Saint-Rhémy-en-Ardennes.

O menino começou a rir.

– Essa raça existe?

– Se existe uma banda como o Judas Priest, também existe uma raça desta.

– Meu nome é Gabriele.

– Dane-se – respondeu Rocco. Sua raiva ainda não tinha passado. Ele se virou e voltou para seu apartamento.

Dormir não era mais possível. Depois de um banho rápido e da ração de Lupa, saíram de casa. A madrugada borrava de rosa o céu e os telhados úmidos de Aosta. Queria tomar o café da manhã, um café duplo, dois croissants e ver a piazza Chanoux ganhar lentamente as cores do novo dia, que prometia ser esplêndido, nem uma nuvem vagava entre as chaminés apagadas fazia mais de um mês.

Ele olhou para os sapatos, o décimo sexto par de Clarks que comprara em dez meses, o par mais sortudo. Com um pouco de esforço, eles poderiam até chegar ao próximo inverno. Um vento leve, frio mas não gelado, acariciava seu rosto. Lupa parava em cada esquina para sentir o cheiro das mensagens deixadas na noite anterior pelos outros cachorros. Já ele parou na banca para pegar o jornal. Não pôde acreditar no que viu quando passou os olhos no artigo da primeira página.

RUE PIAVE
UM CRIME AINDA NÃO RESOLVIDO

Já não se fala do homicídio na rue Piave, que há mais de um mês viu a vítima Adele Talamonti crivada de seis balas enquanto se hospedava, segundo informou o porta-voz do Ministério Público, na casa do subchefe de polícia Rocco Schiavone. Quem invadiu aquele apartamento para matar a pobre

Adele? Ela era realmente o alvo ou os tiros eram destinados ao subchefe? Agora somos os únicos que ainda fazem perguntas. É nosso dever lembrar aos leitores que alguns fatos aparentemente inexplicáveis talvez tenham uma resposta simples, mas inconveniente. Como, por exemplo, não atirar lama em uma autoridade policial que trabalha na esquadra de Aosta há dez meses e que parece ser protegida do delegado de polícia Andrea Costa. Recordamos, no entanto, que na noite de 13 de maio Adele Talamonti foi brutalmente assassinada e que desde então, apesar das muitas promessas, não se conhecem os mandantes e muito menos os autores desse assassinato. Só ocorreu uma novidade: Rocco Schiavone mudou de casa. Evidentemente ele não consegue conviver com suas responsabilidades. Esperamos que a delegacia ou o dr. Baldi deem em breve ao jornal e aos cidadãos uma resposta concreta.

SANDRA BUCCELLATO

Ele amassou o jornal e jogou-o na cesta de lixo. Deveria calar de uma vez por todas a boca de Sandra Buccellato, a jornalista, ex-mulher de Costa, responsável pelo ódio que o delegado sentia pelos jornalistas graças à sua fuga com um repórter do *La Stampa*. Ele tinha de encontrá-la, ameaçá-la, espancá-la. Como ela ousava? A frase do artigo: "Evidentemente ele não consegue conviver com suas responsabilidades...", mais que qualquer outra, tinha abalado seus nervos. Ele convivia com suas responsabilidades desde 7 de julho de 2007, o que Sandra Buccellato sabia sobre isso? Mas não havia nada a explicar a ela, tinha apenas que dar um pulo na redação e silenciá-la.

O café tinha gosto de terra, e os croissants, de manteiga derretida.

– O que foi, doutor? – perguntou Ettore. Já havia cerca de dez pessoas tomando café da manhã no bar. Rocco balançou a cabeça. – Ettore, esta manhã não é um bom dia.

– Já acordado? Tem alguma coisa esquentando a cabeça?

– Não, nada. Você conhece Sandra Buccellato?

Ettore sorriu.

– Se a conheço? Vem ao bar pelo menos três vezes ao dia. A redação fica aqui em frente.

– Pode descrevê-la para mim?

– Não. Porque eu leio os jornais, a conheço e sei que você quer uma ficha completa para identificá-la e fazer algo bem desagradável com ela.

– Ettore, eu não toco em mulheres.

– Ah, não? Então, vamos falar de Nora Tardioli, que derramou um spritz em sua jaqueta bem aqui fora. Ou de Anna Cherubini, que só de ouvir seu nome fica toda branca, com manchas vermelhas no pescoço...

Rocco olhou o barman nos olhos.

– E isso é da sua conta?

– Nunca, doutor, nunca! Eu tenho um bar... – disse para justificar seu comportamento. Se virou e voltou ao balcão. Rocco terminou o café. Estava para sair quando parou na porta.

– Então, já que você sabe de tudo – gritou. Três pessoas se viraram para olhá-lo. – Também sabe qual é a raça do meu cachorro?

– Saint-Rhémy-en-Ardennes, dr. Schiavone. Como não conhecer essa raça?

Caíram na risada. Gostava cada vez mais de Ettore.

– Diga que estou à procura dela!

– Vou avisar.

Deve ter havido uma greve entre os faxineiros do escritório porque ninguém parecia ter posto os pés na sala. A bagunça da noite anterior ainda estava lá, como se sua mesa fosse a cena de um crime que devesse permanecer intocada até a chegada da equipe forense. Ele fechou a porta, abriu a gaveta. A pequena caixa de madeira incrustada estava vazia. Um soco no estômago. Um obstáculo intransponível. O que ele ia fumar era o último baseado. Preparou-o com atenção obsessiva. Acendeu. E o aproveitou em paz olhando o céu pela janela, esperando que os neurônios obstruídos pela noite sem dormir voltassem a funcionar.

O telefone tocou na terceira tragada.

– Schiavone...

– Costa.

– Eu estava indo para aí, doutor...

– Bem. E deixe o cachorro na sala. Na última vez ele comeu uma perna da minha cadeira.

Rocco desligou o telefone. Olhou para Lupa, que estava aninhada no sofá, dormindo. Pegou do chão a bola de tênis que havia comprado para ela e a deixou perto de seu focinho. Abriu a janela e saiu da sala.

Costa estava postado no centro da escrivaninha, e Baldi, sentado em uma das duas poltronas de couro claro. O juiz olhou fixamente para Rocco, mal apertou sua mão, murmurando em voz baixa um "Olá..." cheio de ressentimento. Costa também estava nervoso e, ao contrário de Baldi, cumprimentou a todo volume, como costumava fazer:

– Bom dia, dr. Schiavone! Sente-se, por favor! – e apontou para o assento livre, bem ao lado do juiz. – Bom, bom, bom... – E o comissário juntou as mãos e colocou-as sobre a mesa, indo direto ao assunto. – Vamos falar do caso da rue Piave. Pelo que o dr. Baldi me contou, o senhor conhece o assassino e o motivo, mas não quer compartilhar as informações conosco. É verdade ou é apenas uma especulação do magistrado?

Rocco olhou para Baldi e lhe sorriu.

– Os senhores sabem tudo. Então, por que tantos rodeios?

– O senhor é um representante das instituições – interveio Baldi – e deveria agir como tal. Repito: sabemos que o senhor vai frequentemente a Roma, sabemos com quem se encontra, com quem sai...

– E também sabem o nome do assassino, Enzo Baiocchi.

Ao ouvir esse nome, Costa e Baldi se entreolharam.

– Quem é Enzo Baiocchi e por que ele quer matá-lo?

Rocco esticou o pescoço, ainda dolorido da noite passada em branco.

– Vocês sabem tantas coisas de mim, por que não sabem disso?

– O senhor é um homem irritante, Schiavone, e não percebe que Baldi e eu estamos tentando ajudá-lo. O senhor compreende isso? Estamos lhe protegendo!

– Protegendo de quê?

– Tem muitos inimigos, e não só entre os criminosos. Não, também tem muitos no Ministério do Interior. Eles o mandaram para cá, mas poderia ter sido bem pior.

– Tem certeza?

– Pare com a porra da sua ironia! – Baldi gritou. – Você corre o risco de ser suspenso, ou coisa muito pior.

Schiavone abriu os braços.

– Tipo? Ser expulso da polícia? Mandado para algum lugar remoto de Aspromonte?

– Não, meu caro amigo – e Costa exibiu um sorriso de conveniência. – O senhor corre o risco de uma investigação séria sobre suas ações, suas compras, suas propriedades, suas amizades. Ser expulso da polícia, acredite, seria um presente comparado ao que eles poderiam fazer com você. – Costa se levantou. Deu dois passos em direção à janela. Cruzou as mãos atrás das costas e respirou fundo. – E não terá aliados, Schiavone. Nem em mim, nem na procuradoria. Seria um calvário sem fim para o senhor, e prometo que faremos o nosso melhor para ir até o fim. Então – disse, virando-se bruscamente para Rocco –, vai nos contar alguma coisa, ou devemos encerrar a reunião por aqui?

Rocco passou as mãos no rosto. Olhou para os dois inquisidores.

– Três coisas: tempo...

– E temos quanto o senhor quiser – disse Baldi.

– Café...

– Mando trazer... e a terceira coisa?

– Quero minha cadela aqui.

Costa pegou o telefone.

– Rispoli? Traga a cadela de Schiavone. E diga que não passem as chamadas durante todo o dia. Já que ficaremos aqui, podem trazer água e café. – Encerrou a ligação. Sentou-se. – Bem. Somos todos ouvidos.

– Antes de começar...

– Ainda? – Baldi disse, impaciente.

– Posso saber como conseguiram todas essas informações sobre mim?

Baldi e Costa sorriram.

– O senhor tem os seus canais, nós temos os nossos.

Rocco tirou um cigarro do maço e o colocou na boca.

– Posso?

– Este é um caso excepcional. Mas é a primeira e última vez em meu escritório. – Acendeu para ele o cigarro com um Dupont de escrivaninha.

Rocco deu a primeira tragada, cuspiu a fumaça para o teto e disse:

– Então, vamos fazer como quando se lê um livro. Eu conto 70 por cento, vocês acrescentam o resto com um pouco de imaginação. Isso vocês têm de sobra, não é?

Baldi e Costa não responderam, e Rocco começou.

Roma. Verão de 2007

– Que horas são, amor? – perguntou, virando-se na cama. Mas não havia ninguém a seu lado.

Faz três dias.

Ele tentou respirar, mas algo estava bloqueando sua traqueia. Só conseguia engolir pequenas porções de ar, que não eram suficientes para encher os pulmões. Estava ofegante, um peixe recém-tirado do lago. Tentou acalmar os batimentos cardíacos, deitou-se de costas e relaxou todos os músculos. Lentamente, respirou fundo, passou por aquela espécie de obstáculo dentro da garganta e desta vez o ar penetrou nos pulmões. Expirou. Repetiu o exercício quatro vezes. Sentiu-se melhor, o coração estava se acalmando. Fechou os olhos. Três dias sem Marina eram demais. Rocco já tinha estado longe da mulher por mais de uma semana. Mas desta vez ela foi embora. Sem bater a porta, não era o estilo dela, sem muito barulho, sem gritar. Ela simplesmente lhe disse: "Vou dormir um tempo na casa de meus pais", e fez a mala. Três dias antes.

Aquele domingo de merda.

Sua mulher já pensava naquilo há um bom tempo, era evidente. No domingo de manhã, a encontrou na sala inundada pelo sol do fim de junho, sentada à mesa, imersa em papéis de banco. Os estudava, anotava cifras e números a lápis em um caderno. Rocco entrou bocejando.

– Você quer café? – perguntou, e ela tirou os óculos para o olhar bem no rosto.

– Pode me explicar?

Sua mulher queria saber. Não acreditara na herança do tio, no aumento de salário, no bônus, na venda da lojinha em Trastevere, que tinha sido a gráfica do pai. As contas não batiam.

– Sente-se, Rocco. E me diga de onde você tirou esse dinheiro. Sem mentiras, eu não mereço isso.

Rocco sentou-se. E lhe explicou. Enquanto confessava, os olhos de Marina se encheram de lágrimas. Ouvia, brincando com a haste dos óculos. O sol brilhava lá fora, mas no apartamento da via Poerio fazia um frio outonal. Não lhe contou tudo, evitou algumas coisas, omitiu alguns detalhes, mas o suficiente para ela tomar uma decisão.

– Este é você... – ela disse – por alguns trocados é capaz de qualquer coisa. – E se levantou.

Rocco tentou impedi-la, mas ela não disse mais nada. Fez a mala sob os olhos do marido e pegou as chaves do Panda. Só então, na soleira, virou-se para Rocco e falou em voz baixa:

– Tenho que pensar. Muito. Vou dormir um tempo na casa de meus pais. Por favor, não me ligue. – Saiu fechando a porta atrás de si. Rocco desabou no sofá, acendeu um cigarro e ficou ali até o sol desaparecer atrás dos telhados de Roma.

Saiu do quarto de dormir. Os papéis de banco que Marina estudara com tanto afinco ainda estavam sobre a mesa. Tentou ligar para ela, mas Laura, a mãe, gentilmente respondeu que Marina não estava em casa. Estava no trabalho.

– Tenho que pensar. – Rocco repetiu as palavras da mulher em voz baixa enquanto inseria a cápsula na máquina de café expresso. – E quanto você precisa pensar? Está pensando nisso há três dias!

Marina não sabia quem era Rocco? Não entendeu de que mundo ele vinha? Tinha estado na casa de seus pais em Lungara. Conhecia seus amigos, Sebastiano, Furio e Brizio. Não tinha entendido quem eles eram? Por que só agora acordou e começou a explorar cada detalhe de sua vida?

"Como consegui o dinheiro? Eu completei. Completei com as cargas apreendidas de maconha, arranquei propina de alguns vereadores quando os peguei no flagra, revendi dois quadros, sim! Eu fiz isso!" Mas nunca sacaneou os pobres coitados, nunca fechou os olhos para os poderosos que assim lhe ordenavam.

"Não sou santo, Mari, nunca fui!"

Palavras inúteis, que ainda ecoavam em sua cabeça. Ele não a convenceu. Não tinha conseguido. Marina vinha de outro bairro.

"Você fez o ensino médio no liceu Giulio Cesare, morava na avenida Trieste, seu pai e sua mãe eram profissionais honestos e cumpridores da lei, chegavam ao final do mês com a carteira ainda cheia. Já morou com quatro pessoas em 30 metros quadrados? Já viu sua mãe chorar na frente do vendedor de frutas que a humilha e a ameaça? Você devia ter visto a cara dela, Marina, quando foi pedir empréstimo aos agiotas para pagar o enterro de papai. Quantos tênis você teve durante o ginásio? Não sabe? Nem consegue se lembrar. Eu só tive um par. Usava dois números maiores no sexto ano que duraram até o nono! Você já viu uma foto da árvore de Natal na casa dos Schiavone? Não. E sabe por quê? Não tínhamos nenhuma, nem câmera para tirar a foto! A sua era linda, cheia de presentes, e você e sua irmã estão lá, vestindo suéter de gola alta, emocionadas porque estão prestes a pôr as mãos na Susi e no Operando."

Nada justifica suas ações.

Rocco sabia disso. O pai foi pobre durante toda a vida e nunca sujou as mãos, exceto com tinta. As dele, por outro lado, estavam imundas. Tinha começado cedo. O pai havia morrido, e ele trabalhava onde podia para ajudar em casa. E os agiotas pediam cada vez mais dinheiro à mãe.

"Você entende, Marina? Todo santo dia eles iam até minha mãe pedir dinheiro, dinheiro que ela já tinha devolvido!", e numa manhã, Rocco, Sebastiano e Furio foram visitar a casa do usurário. "Fomos os três. E não me arrependo, Marina, não me arrependo. Nós os espancamos, os ameaçamos, e eu voltei para casa com um maço de liras desse tamanho! E disse a minha mãe que tinha ganhado na loteria. Ela fingiu acreditar em mim. Por que você também não finge que acredita em mim?"

Nada justifica suas ações.

As lembranças, a briga de três dias antes, o calor e a ansiedade caíam como chuva torrencial na cabeça de Rocco. Bebeu o café enquanto olhava a cidade pronta para receber o sol. Tentava colocar paz nos pensamentos, que continuavam a brincar com o espaço e o tempo. Não tinha vontade de ir trabalhar. Nem de ficar em casa. Só queria Marina. Sempre foi assim na vida de Rocco. As coisas que ele mais desejava eram aquelas que não podia se permitir.

Clara colocou a cafeteira no fogão e olhou o horário. Oito e meia, hora de acordar Giovanni, que tinha que estar na universidade às dez, ou pelo menos era o que se lembrava de ele ter dito no dia anterior. Pôs a xícara na mesa da cozinha e foi bater na porta do filho.

– Giovanni? Giovanni? Acorde, são oito e meia! – Abriu a porta lentamente. As venezianas estavam abertas. A cama, intocada. Clara sentiu um grumo de ansiedade descer pelo esôfago. – Giovanni...? – O quarto estava arrumado, como a faxineira o havia deixado no dia anterior. Nem uma roupa apoiada na cadeira, o computador desligado, os livros bem alinhados.

Giovanni não tinha retornado.

Clara correu de volta para a cozinha e pegou o celular. Não havia chamadas perdidas ou novas mensagens.

– Mas onde... – Teclou o número do filho, o único que, junto com o da irmã, ela sabia de cor. A voz fria avisou que o cliente selecionado não estava acessível no momento. Tentou de novo. Mesmo resultado. Foi até a agenda e ligou para o número de Isabella. No quinto toque, a voz sonolenta da garota atendeu.

– A... alô?

– Isabella, desculpe ligar para você a esta hora. É Clara... Giovanni está aí com você?

– Como?

– Giovanni está aí?

– Não, sra. Ferri. Não está...

– Vocês estavam juntos ontem à noite?

Houve uma pausa. Clara imaginou Isabella passando a mão nos olhos para retomar contato com o mundo.

– Fomos juntos ao pub. Mas...

– Mas o quê?

– Bem. Giovanni e eu discutimos ontem.

Clara mordeu o lábio.

– E você não sabe me dizer para onde ele foi depois disso?

– Não, não sei. Ele me acompanhou até em casa, então eu o vi subir na scooter. Já tentou com Pietro? Ou talvez tenha dormido na casa de Maurizio. Eu sei que ele teria que ir à universidade hoje...

– Você tem o número de Maurizio?

– Vou mandar agora mesmo.

– Não, melhor me ditar porque tenho pouca intimidade com esses celulares.

Alberto Ferri entrou na redação às dez, acompanhado de dores na região lombar que não o abandonavam desde a noite anterior. A partida com o pessoal do *Messaggero* lhe custou caro. Aos 48 anos, ele não tinha mais condições de entrar em campo sem um aquecimento adequado, correr e disparar feito um idiota, o coração galopando no peito e o ar queimando nos pulmões. Quantas vezes tinha ouvido falar de um cinquentão morto de ataque cardíaco no campo de futebol? Sem contar os traumatismos cranianos, as tíbias e fíbulas que saltavam como fogos de artifício em véspera de ano-novo. Ele teve que se controlar, jogar talvez só um tempo e, acima de tudo, não entrar mais em competições como um estudante secundarista. Por pouco não fraturou a tíbia de um colega da seção policial, De Dominicis, com uma entrada assassina.

– O que você fez, seu idiota! – gritou com ele, enquanto espumava pela boca. – E por acaso está jogando na Liga dos Campeões? Imbecil!

Pino De Dominicis tinha razão, que necessidade havia dessa entrada brutal? Mas, indo ao cerne da questão, qual era a necessidade de jogar futebol toda semana às oito e arriscar a vida? "Pratique esporte, faz bem à saúde!", lhe dizia o médico que o tratava. Mas talvez ele se referisse a sessões saudáveis e tranquilas na academia, andando como um hamster numa esteira ou pedalando em bicicletas que nunca sairiam daquela academia.

– Alberto, sua ex-mulher está no telefone. É a terceira vez que liga! – lhe disse Monica, de olhos azuis, enquanto passava por ele com uma pilha de papéis.

"O que ela quer?", pensou. "É cedo para o mês, já paguei o aluguel, o que pode ser?" Ele foi até sua mesa e pegou o telefone.

– Pronto?

– Alberto! – a voz da mulher estava cheia de ansiedade.

– O que é isso Clara? O que acontece?

– Mas seu celular presta para quê?

– Justamente para evitar telefonemas como este. O que você quer?

– Giovanni não voltou ontem à noite.

– Bem, talvez tenha dormido com a namorada, aquela... Eleonora, certo?

– Não. O nome da namorada é Isabella e já liguei. Não está lá, não está na casa de Maurizio...

Enquanto Clara listava os nomes de todos os amigos do filho, Alberto ligou o celular. Havia seis mensagens. Cinco de sua esposa. Uma delas era de Giovanni.

– ...Matteo não sabe onde ele está, nem Lucia, sua colega de turma. O telefone dele está sempre desligado. Já liguei umas dez vezes, e nada.

– Clara!

– O que é?

– Olhe o que estou vendo agora... Giovanni me ligou ontem à noite. Às onze.

– E o que ele lhe disse? – gritou a ex-mulher.

– Não sei. Eu estava dormindo. Há uma mensagem da Tim registrando a ligação.

– Oh, minha Nossa Senhora...

– Escute, Clara, agora vou ligar para todos os hospitais e as delegacias de Roma. Mas você vai ver que não é nada. Não se preocupe, ok? Faça um chá de camomila para você e deixe comigo, certo?

– Sim... Sim...

– Bem. Tente manter a calma – e desligou o telefone. – Monica! Me dê uma mão, por favor.

Monica o olhou atravessado, mal tirando os olhos do jornal que estava lendo.

– Monica, vai me ajudar ou não?

– Devo ajudar você ou sua esposa?

– Ex, por favor, Monica. O problema não é ela.

– Oh, não? E qual é?

Alberto se aproximou da baia da colega:

– Por favor, não é hora de fazer cena. É o Giovanni. Ele desapareceu desde ontem à noite sem deixar rastros. Você pode me dar uma mão?

Monica assentiu, largou o jornal e levantou-se da cadeira.

– Eu cubro os hospitais. Cuide das delegacias de polícia.

A perfuração foi concluída. Agora ele poderia colocar o fio diamantado para iniciar o corte vertical. Teve que pedir ajuda a Omar e subir na bancada. O calor era insuportável e o branco do mármore brilhava ao sol como um espelho. As férias estavam chegando, e Ernesto, como todos os anos, iria a Torvajanica, onde se despiria, exibiria seu bronzeado irregular e todos ririam. Rosto e pescoço bronzeados, braços bronzeados do tríceps para baixo, o resto branco feito um copo de leite. Sua filha chamava isso de bronzeado de marmorista, e de fato era isso. Ernesto sorria ao ver as mulheres da família na praia com aquela espécie de espelho embaixo do queixo para se bronzearem o máximo possível.

– Venham comigo à pedreira durante três dias e vão ficar vermelhas como tomates! – a filha e a mulher riam, recolocavam os óculos de brinde da revista *Amica*, o espelho debaixo do queixo e ficavam tostando ao sol, enquanto ele lia o *Corriere dello Sport* à sombra do quiosque do bar. E olhava para elas. Sua mulher e sua filha. Tudo por elas. Respirar o pó do mármore, torrar no verão e morrer de frio no inverno, jogar toneladas de água nas correntes, estourar os tímpanos com o barulho dos fios de diamante roçando e mordendo a pedra. Tudo pela esposa, que continuava amando após 23 anos de casamento, e pela filha, que no próximo ano terminaria o curso de hotelaria e já tinha uma oferta de emprego em um restaurante no Circeo.

– Omar! Onde você está? – chamou, aproveitando uma pausa no trabalho. – Omar? Alguém o viu?

Ciro apontou para a cabine da administração:

– Eu o vi passar por ali... lá vem ele!

Ernesto Auriemma tirou o capacete e enxugou o suor. Estava procurando pelo colega quando o viu emergir do fundo da pedreira. Corria e tropeçava. Em meio à fumaça transparente que subia da terra já fervente de calor, parecia um fantasma negro feito de gelatina. A boca estava aberta, e parecia estar gritando. Finalmente a voz de Omar chegou claramente a Ernesto e aos outros colegas inclinados sobre o trabalho:

– ...morto... corram... morto... – parecia dizer.

– Morto? O que você está dizendo, Omar? – gritou Ernesto.

Omar apontava para algo atrás dele, na direção do pequeno lago que ficava no centro da pedreira. Estava assustado. Seu capacete caiu, mas ele não parou para pegá-lo. Agora estava mais perto.

– Lá embaixo, no lago... está um... está morto, com certeza!

Mario, o chefe da pedreira, saiu do pequeno escritório com uma camisa xadrez e o cigarro sempre na boca.

– Que porra está acontecendo? – gritou.

Ernesto Auriemma abriu os braços.

– Não sei. Omar diz que tem um morto...

– Um morto como? – e Mario desceu as escadas para encontrar o trabalhador egípcio. – O que foi, Omar? Quem morreu? Um dos nossos? Deus, por favor, não!

– Não, não é um de nós... – Omar finalmente chegou aos colegas. – Venham. Desçam até o lago, corram – ele arquejou e recomeçou a correr.

Ernesto, Mario e os outros três trabalhadores seguiram o norte-africano em fila indiana.

– Está ali... – Seus olhos estavam assustados, grandes e negros. – É terrível, terrível. – depois acrescentou umas palavras em árabe, que ninguém entendeu.

Viraram a última margem e finalmente chegaram à beira do precipício. No fundo havia um laguinho azul-celeste, parecia roubado ao Mar do Caribe. Uma piscina de um hotel cinco estrelas. Em vez disso, era o tanque de onde tiravam água para esfriar e molhar as correntes e o mármore a ser cortado. Omar apontou para o fundo da garganta. No chão, sobre uma laje de pedra, havia um homem. O vermelho do sangue parecia ainda mais vivo no branco do mármore sob o sol do final de junho. Os membros estavam deslocados. A perna direita dobrada para trás, o braço esquerdo enrolado como uma echarpe nas costas.

– Oh, merda... – disse o capataz. – Como...

– Eles o jogaram lá! – disse Ernesto, fechando os olhos para apagar aquela imagem que levaria consigo pelo resto dos dias.

– Parrillo, olha que eu quero chegar vivo na Tiburtina – gritou Rocco para superar o rugido do Alfa a todo o vapor no anel viário.

– Se me deixasse ligar a sirene...

– Eu odeio a sirene, não ligue de jeito nenhum. E cuidado com o caminhão.

Parrillo mudou de faixa, tirou fino de um Smart, ultrapassou o caminhão e entrou na faixa de emergência para retomar os 120 quilômetros por hora.

– Então você não escuta? Já está morto de qualquer maneira, por que diabos você corre tanto?

– Quero chegar lá antes da perícia.

– E posso saber por quê?

O agente, que dirigia, deu de ombros e não respondeu.

– Me escute, Parrillo, agora reduza uns trinta quilômetros por hora, caso contrário transfiro você para o interior da Calábria, entendido? Não tem nem ar-condicionado aqui dentro, se você corre assim, não posso abrir as janelas.

Parrillo obedeceu e reduziu a velocidade e a rotação do motor.

– Às vezes você me parece um cretino, Parrillo.

O outro sorriu.

– Você entende por que não há mais gasolina nos carros? Porque vocês correm como idiotas. E percebe por que gastamos milhares de euros com mecânicos? Porque esses carros estão detonados. Agora vire à direita... na próxima.

Parrillo obedeceu. Continuaram pela Tiburtina, atravessando o anel viário por mais dez quilômetros. Quando chegaram à entrada da pedreira, dois carros da delegacia mais próxima estavam em frente ao portão. Os policiais se afastaram e cumprimentaram Rocco e Parrillo, que estacionou na praça em frente à sede da administração, ao lado de duas vans.

– Droga! – Parrillo deu um tapa no volante. – A perícia chegou primeiro.

Rocco simplesmente olhou para ele, abriu a porta e saiu.

Um homem de cabelos ruivos como a cabeça de um fósforo caminhou em sua direção, com a mão estendida e um sorriso cheio de dentes:

– Oi, Rocco... obrigado.

– Imagine, Massimino...

– É que somos poucos, liguei para a central e...

– E fez bem em me encher o saco. Este é o agente Parrillo.

– Prazer.

– Massimo Casale, subinspetor, Tiburtina. – Ele deu um tapinha em Parrillo e depois se virou para Rocco. – Venha ver.

Contornaram a casinha pré-fabricada da gerência, abriram caminho no meio do mato e finalmente chegaram à beira do precipício. Um policial de camisa suada olhava para baixo, enquanto dois agentes encapuzados e de macacão branco inspecionavam o terreno na borda do barranco.

– Aqui, Rocco, dê uma olhada naquilo.

Rocco se inclinou e viu o cadáver caído na laje de mármore em meio ao sangue.

– Daqui de cima parece creme salpicado de groselha ou cerejas pretas – disse o subinspetor a Schiavone, que, colocando os seus Ray-Ban, respondeu:

– Massimo, você precisa tirar umas férias. – Ajustou os óculos no nariz. – Aqui há uma luz terrível.

– É o branco do mármore. Ele reflete como um espelho.

Um homem de camisa polo azul estava ao lado do corpo.

– Quem é o patologista ali? – perguntou ao subinspetor.

– Spartaco Pichi. Olha, ele está puto porque não lhe deram férias.

– E você sabe quanto me importo com isso. Como se desce?

Massimo Casale indicou uma estradinha que, como a rosca de um parafuso, descia até o fundo da ravina.

– A pé são cinco minutos.

– Sei, porra nenhuma. E depois para voltar? E ainda por cima debaixo de sol. – Deu uma olhada em volta e viu um pequeno triciclo. – Os operários usam aquilo?

– Eu acho que sim...

Rocco caminhou em direção ao veículo.

– Depois quero falar com quem o encontrou.

– Doutor, quer que o acompanhe?

– Por quê? Quer colocar a sirene do triciclo? Não, vá tomar um café e fique calmo.

Ele subiu no veículo. A cabine parecia um banheiro químico. Folhas de jornal no chão, manchas no assento e um cheiro de álcool e mijo que reinava supremo. Ele ligou o motor e partiu, levantando uma nuvem de poeira branca que enfureceu os dois agentes forenses.

– Ei, tenha cuidado! – gritaram para ele, mas o subchefe não ouviu, o barulho do triciclo era ensurdecedor.

Foi a primeira vez que pilotou um triciclo, mas no ensino médio ele tinha uma Vespa e demorou um segundo para entender os comandos. Desceu lentamente as curvas da estrada, chegando cada vez mais perto daquele lago azul--turquesa que lhe dava vontade de mergulhar, tanto era claro e convidativo. O médico estava inclinado sobre o corpo e não ergueu os olhos, nem mesmo quando Rocco parou o veículo a vinte metros dele. Desligou o motor e o silêncio surreal voltou à pedreira. Olhou para cima. Parrillo, Casale e os dois da perícia o observavam. Como idiotas, agitaram as mãos para saudá-lo. O lago à sua esquerda estava encrespado por uma leve brisa. Os Clarks já estavam sujos de pó de mármore, assim como o fundo das calças.

– Olá, Uccio.

– Oi, Rocco. – Spartacus ergueu o rosto do trabalho, semicerrando os olhos por causa do sol. Ele estava suado, e o rosto já estava vermelho. – Não vou apertar sua mão – disse ele, mostrando as luvas de látex já sujas até os pulsos. – Você viu o lago?

– Legal... dá vontade de tomar banho.

– Se eu fosse você, não faria isso. Acho que é dessa cor por causa de todos os ácidos que jogam nele.

– Dava para notar pelo mau cheiro. Então, o que você me diz? – e finalmente olhou para o cadáver. Um rapaz, camiseta branca com escrita verde e um elefantinho na manga, um fio de sangue escorrendo da boca, jeans novos e já rasgados, olhos roxos. – Documentos?

– Nada. Talvez não seja italiano. Está vendo a camisa?

– E daí?

– É original do Oakland Athletics. Você só acha nos Estados Unidos.

– Oakland Athletics. Como é que você sabe?

– Gosto de beisebol...

– Como ele morreu?

– Primeiro o encheram de porrada. Depois... – e lentamente virou o cadáver. – Você vê, aqui, na base do crânio? – Rocco se aproximou. – Um único golpe, com lâmina, estilete, ferro. Zás! Seco.

– Você tem alguma ideia de por que ele está aqui?

– Não sei... devem ter jogado lá de cima. A perícia está verificando se há vestígios de sangue na borda...

– Você acha que queriam jogá-lo no lago e não o empurraram o suficiente?

Uccio olhou para a poça d'água:

– Pode ser, sim.

– Que horas você calcula?

– Não sei. Vou precisar de algum tempo.

– Vou voltar. Quer uma carona?

Uccio pensou um pouco.

– No triciclo?

– Por que não? Você vai na caçamba.

– Então vamos...

Rocco na cabine, o médico no piso de carga, subiam com dificuldade naquele carrinho de três rodas. Os vidros sujos de terra e emendados com fita adesiva trepidavam e sacudiam.

Finalmente chegaram à última curva. De olhos fechados, Uccio parecia aproveitar o dia ensolarado. Rocco parou o veículo e saiu. Uma folha de jornal estava presa na sola do sapato. Ele se abaixou para arrancá-la e percebeu com nojo que uma camisinha usada estava esmagada sob a borracha.

– Mas que merda... – Limpou-se na beirada da porta.

– O que é? – perguntou o patologista.

– E eu que pensava ser um herói quando aos dezoito anos metia dentro de uma 500.

Uccio caiu na risada.

– É porque você é velho. Dei minhas primeiras trepadas dentro de um Panda. Você baixava os assentos e virava uma cama.

– Só rindo – e se afastaram do veículo. – Acha que devemos dar a camisinha para a perícia?

Riram novamente.

A imprensa já havia chegado. Lá estavam os repórteres policiais de sempre, rostos que Rocco conhecia bem.

– Já estão aqui...

– Estão – disse o subinspetor. – O que vamos fazer?

– Deixamos que tirem duas fotos e depois nos livramos deles. Quero falar com os que encontraram o corpo.

– Estão na cabine da administração. Já fiz algumas perguntas. Mas não era alguém que trabalhava aqui.

Rocco tirou os óculos escuros e, seguido por Parrillo, entrou na cabine.

Era maior do que parecia por fora, tinha pelo menos cinquenta metros quadrados, com ar-condicionado, três escrivaninhas e duas estantes cheias de pastas. Sentados em poltronas de couro falso ou encostados na parede, seis homens esperavam. Um deles, com uma barriga protuberante e camisa xadrez, deu um passo à frente. Tinha um cigarro apagado na boca.

– Mario Mastini... sou o diretor.

Rocco apertou sua mão.

– Posso saber quem encontrou o corpo?

Um operário se adiantou. Mordia os lábios nervosamente.

– Eu... Omar Shawqi...

– Prazer, Rocco Schiavone. Pode me contar?

O homem olhou para o chefe, que assentiu como lhe dando permissão.

– Eu o vi enquanto fazia xixi. Faço sempre lá embaixo, onde não tem mais pedra para cortar. No meio dos arbustos.

– Bem, por que se esconder?

– O patrão não gosta. Ele diz que temos de usar os banheiros químicos. Mas eles fedem demais. Então prefiro fazer lá fora.

– E faz bem.

– Então me aproximo e vejo o corpo. Com todo o sangue. E corro para chamar os outros.

Os outros, sujos de um pó branco que se destacava em seus rostos queimados de sol, estavam todos com o olhar fixado em Rocco.

– Nenhum de vocês tinha visto aquele garoto antes?

– Olhe, já lhe conto. Fui o único que desceu até lá. Os outros não se sentiam bem – tomou a palavra o diretor da pedreira. – E eu nunca o tinha visto antes.

– Tocou em alguma coisa?

– Imagine. Eu apenas olhei, embora estivesse claro que não havia mais nada a fazer.

– O lago, lá embaixo. Para que serve?

– Usamos a água. Precisamos dela para molhar o mármore e as correntes durante os cortes.

– É fundo?

Os homens se entreolharam.

– Ah – um baixinho falou. – No centro deve ter três, quatro metros.

– E alguém já jogou alguma coisa lá dentro?

– Uma vez encontramos um carrinho de compras – respondeu o diretor Mastini.

– É fácil entrar nesta pedreira?

– Bem... sim... eu diria que sim. Em suma, há uma rede que num determinado ponto termina... – disse Ernesto Auriemma. – Quer dizer, nem todo o perímetro está fechado.

– Nenhum vigilante?

– Sim, mas ele sempre dorme de noite. É o velho Luigi Cuticchio.

– Conhecido como Gigi *er cesso** – mencionou um operário, e os outros começaram a rir.

– Gigi *er cesso*? – perguntou o subchefe.

– Sim. Tente bater um papo com ele por dois minutos e vai entender.

– Ele é cego de um olho. Nós o mantemos conosco porque não tem onde ficar. Quer falar com ele? Está dormindo a esta hora.

– Mas e durante a noite? – disse Ernesto, e começaram a rir. Toda aquela hilaridade parecia fora de lugar aos olhos de Rocco.

– De que porra vocês estão rindo?

Ficaram sérios novamente, e o silêncio desabou na barraca. Um grito rouco e arrepiante ecoou pela pedreira.

– O que é?

O subchefe saiu correndo com os operários e o diretor.

Chegaram à beira do desfiladeiro. Na estradinha que descia em direção ao fundo e ao corpo, um homem corria,

* Em romanesco, "Gigi, a latrina". (N.T.)

seguido por Massimo Casale, que lhe gritava alguma coisa, mas a distância impedia a compreensão das palavras. O homem avançava com as pernas abertas, parecia que iria perder o equilíbrio a qualquer momento. Agitava os braços e levantava poeira branca a cada pisada.

– Quem é? – perguntou Rocco.

– Não sei – disse Uccio Pichi.

– Um jornalista – respondeu um policial. – Ele queria tirar uma foto aqui com o fotógrafo, mas assim que viu o corpo começou a gritar e a correr para o lago.

O fotógrafo assistia à cena em silêncio, atordoado. A câmera pendurada no ombro, o olhar fixo no colega tomado por uma crise histérica. Finalmente o homem alcançou o corpo. Lançou-se sobre ele, erguendo uma nuvem de poeira branca. Olhou para o rosto do homem morto. Então levantou os olhos para o céu. Mas não gritou. Permaneceu ali, de joelhos, com a cabeça do cadáver no colo, até que Casale o alcançou e tentou fazê-lo se levantar.

Rocco se aproximou do fotógrafo.

– Conhece ele?

O homem pareceu sair de um pesadelo.

– Ahn?

– Eu lhe perguntei se conhece aquele homem.

O jornalista assentiu.

– É um colega meu. Da seção policial. Ele reconheceu o corpo.

– Mas como?

O fotógrafo esticou um dedo na direção do poço. O homem continuava apertando o cadáver contra o peito, o subinspetor não conseguiu fazê-lo levantar-se, e o pó de mármore acumulado sobre os corpos transformou o homem e o morto num grupo escultórico, uma espécie de *Pietà*.

– A camiseta. Trouxe da Califórnia no último inverno para ele.

– Para quem ele trouxe?

– Para o filho.

O jornalista foi acompanhado até a cabine da administração. Pelo menos havia ar-condicionado lá. Todos permaneceram do lado de fora, alguns observando o rabecão, outros fumando um cigarro à sombra dos pinheiros mediterrâneos que margeavam a pedreira. Rocco foi até o carro do promotor. Deu um suspiro de alívio ao ver Sasà D'Inzeo. Era o magistrado favorito de Schiavone. Quase correu até ele para abraçá-lo.

– Ei, Rocco, e então?

– Um rapaz, vinte anos, encontrado morto no fundo da pedreira. Você perdeu a cena mais terrível.

– Qual?

– O pai o reconheceu. Um jornalista da seção policial veio aqui para tirar algumas fotos com seu colega. Uma coisa tremenda.

Os dois investigadores caminharam juntos.

– Mas um dia a gente se acostuma, Sasà?

– Do alto dos meus 56 anos, lhe respondo com o coração apertado: não, Rocco, nunca vamos nos acostumar. Está tudo bem em casa?

– Marina me pergunta por que você não vem mais jantar com a gente – Rocco mentiu. Não lhe pareceu adequado falar de seus problemas conjugais.

– Porque às nove fico com sono. E não é o caso de dormir no sofá da casa de vocês.

– Olha, é confortável.

– E de resto, você sabe, sou louco por sua mulher e vê-la desperdiçada ao seu lado me faz mal.

– Você é um amigo de verdade, Sasà...

– Jura? Droga, que calor... Nunca estive em uma pedreira. Tem uma luz que cega.

– E por que você acha que eu uso óculos, para fazer charme?

– Rocco, você não teria charme nem de smoking num tapete vermelho. Vamos lá... – e abriu a portinha da gerência.

O jornalista estava sentado com o olhar fixo no chão de linóleo e as mãos cruzadas na frente dos joelhos. Apenas movia os pulsos nervosamente. Os cabelos e ombros estavam brancos de pó de mármore. Assim que o viu de perto, Rocco o reconheceu. Topou com ele dezenas de vezes no trabalho. Lembrava a agência para a qual trabalhava, não o nome.

– Doutor? – disse D'Inzeo.

O repórter balançou a cabeça negativamente.

– Doutor, não tenho diploma – então ergueu os olhos. As lágrimas tinham riscado o pó branco em suas bochechas.

– Sasà D'Inzeo, promotoria.

– Subchefe Schiavone, investigação. O senhor e eu nos conhecemos.

– É verdade. Desculpe, não tinha... – então o jornalista apertou a mão do magistrado. – Prazer. Alberto Ferri. Seção policial, agência de notícias Agsi. – Ele se levantou de repente. – Tenho que ligar para minha mulher. Preciso contar a ela. Eu sei como são essas coisas – enfiou a mão trêmula no bolso e tirou um maço de cigarros. – Se um de vocês fizer isso, minha mulher vai passar mal. Vocês não têm tato, não têm delicadeza, é isso... alguém tem fogo?

Rocco se aproximou com o isqueiro.

– Obrigado. Não, realmente não. Vocês não sabem fazer e... que horas são?

– Duas.

– Duas. Não tenho notícias dela desde esta manhã. Isto é, não. Não, me enganei. Ela me ligou por volta do meio-dia, quando eu vinha para cá. Incrível, não? Esquecemos as coisas num instante.

– Ferri, sente-se – pediu Rocco. O jornalista olhou para ele, deu uma tragada ávida no cigarro e piscou algumas vezes.

– O que é?

– Pode responder a algumas perguntas?

– Certo. Sim, certamente. Diga – e de repente se sentou na poltrona ao lado da porta da entrada.

– Qual... qual é o nome de seu filho?

– O nome dele era Giovanni. Sim, Giovanni. O nome do pai de minha esposa. Eu nunca o teria chamado de Giovanni. Nunca gostei de Giovanni. Rodolfo. Bem, eu o teria chamado de Rodolfo. – Cuspia palavras como uma arma de repetição, sem respirar, passando ocasionalmente a língua nos lábios.

– Quantos anos ele tinha, sr. Ferri?

– Vinte. Completados em maio. No dia primeiro. Dia do trabalhador.

– Sua mulher tinha notado...

– Sim – e atirou o cigarro no chão, apagando-o com o calcanhar. – Que ele não voltou ontem à noite. Por isso liguei para delegacias, hospitais, enfim, estava procurando meu filho. – Então, com um sorriso abobalhado no rosto e olhos brilhantes, fixou o magistrado. – E estava bem aqui! – e com um gesto nervoso ergueu os ombros.

– Ele tinha amizades... estranhas? – Rocco perguntou.

– Quem, Giovanni? Além da mãe? – e sorriu. – Estou brincando. Ele morava com ela. Clara e eu estamos divorciados há sete anos. Giovanni tinha treze anos na época. Esperamos o último ano do ginásio terminar. Depois nos separamos. Achamos que era melhor assim, né? Concluir o ginásio, menos traumas, enfim. No ensino médio, eu o levava um dia, minha mulher outro dia, no primeiro ano. Então Giovanni quis uma scooter e tchau! Ninguém mais o pegava...

– O senhor costumava ficar com seu filho?

– Costumava? Sim, bastante. A cada duas semanas ele ficava comigo. Além disso, um Natal sim e outro não, e também nas férias de agosto. Em suma, havia datas acertadas para ficar com ele. Ele estava no primeiro ano da faculdade de Direito. Tinha prestado o exame de... espere... instituições e história do Direito romano. Estava indo bem, sabe? Bem, muito bem. Claro, repassar isso com ele sempre foi um pouco chato, tenho que admitir. E quanto ao Direito, bem, não é realmente minha matéria. Mas Giovanni ia bem, muito bem. Se tivesse continuado, teria se formado em menos de quatro anos. De vez em quando ele vinha comigo ao trabalho. Acompanhava as investigações. Sabe? Acho que a aspiração dele era ser repórter. Engraçado, não é? Como eu. Como se além dos cabelos, dos olhos e da pele eu tivesse transmitido essa paixão a ele. Paixão: no fundo é um trabalho, né?

Enquanto o jornalista falava, Rocco o observava. Olhava as pálpebras tremerem em um ritmo frenético. As mãos estavam tão apertadas e entrelaçadas que os dedos ficaram brancos. Não conseguia ficar parado. Mesmo sentado, movia a perna erguendo e abaixando o pé. Um ritmo histérico e contínuo. O subchefe não sabia qual o tamanho do pavio, mas mais cedo ou mais tarde haveria uma detonação. Talvez não naquela sala, não naquela tarde de final de junho. Quem sabe quando chegasse em casa e desse a notícia à ex-mulher. Ou à noite, sozinho na cama, antes de fechar os olhos. Mas explodiria. Não havia dúvida sobre isso.

– Gostaria... de algo para beber? – perguntou D'Inzeo.

– Por quê? Não, eu estou bem. Estou bem. Claro, minha cabeça está girando um pouco. Mas na minha opinião é a cervical. Sem falar nas costas. Ontem fiz a bobagem de jogar uma partida de futebol society. Conhecem, certo? Futebol de oito. Acho que já não tenho idade suficiente. Na verdade não... mas estou bem, sim, estou bem, obrigado.

– Devemos levá-lo até sua esposa?

– Não, não, não – e acompanhou o último "não" com o punho cerrado na mesa. Algumas canetas voaram. – Não! Eu vou lá. Sozinho. Meu colega, o fotógrafo, está lá fora, não é?

– Sim.

– Vou com ele. Vou com ele. – Levantou-se e olhou em volta. Apalpou os bolsos como se estivesse procurando alguma coisa ou verificando se tinha tudo. – Sim. Agora vou. Estou indo. Sim.

– Tem certeza? Há uma ambulância aqui fora e...

– Não, não, não! – e bateu as mãos. – Estou bem, caralho! Estou indo. Então. Sim, por aqui... – e se dirigiu a passos rápidos para a porta do escritório. Abriu. – Caramba, está um forno aqui fora, não é? – Lançou um último sorriso tenso a Rocco e ao magistrado e depois caminhou para o largo onde seu colega o esperava à sombra de uma árvore.

– Esse coitado corre o risco de estourar as coronárias – comentou o magistrado.

– Eu também acho – disse Rocco. – Vou bater um papo com a latrina.

– Você não poderia achar uma maneira um pouco mais gentil de dizer que precisa ir ao banheiro?

– Não, Sasà, na verdade vou falar com Gigi *er cesso*. O que você vai fazer, vem comigo?

– Eu recusaria de bom grado. Vou pedir um resumo ao subinspetor e depois voltar para o escritório. O que está achando disso?

Rocco coçou a orelha.

– Uma enorme encheção de saco.

– Sim, mas afora isso?

– Está fazendo um calor alucinante, e estou suando há horas. – Rocco bufou. – Não sei, Sasà. Um rapaz assassinado dessa forma, primeiro com uma surra e depois com uma facada na nuca, o corpo jogado trinta metros abaixo. É assim que se acabam os desgraçados, os filhos da puta, gente de merda. Não alguém que acabou de começar a faculdade de Direito. E que parece um cara legal.

– Sim, mas aconteceu.

– Pois é. Então...

– Talvez ele não fosse propriamente um cara legal? – arriscou o magistrado.

– Ou talvez tenha feito uma cagada. O que bons mocinhos tendem a fazer quando encontram ogros. Basta ler um conto de fadas e você aprende isso.

A cabine de Luigi Cuticchio, conhecido como Gigi *er cesso*, ficava a cerca de vinte metros do portão principal da pedreira. Havia um velho tanque de concreto na frente, com um musgo aguado ao redor da torneira pingando, e um pequeno cercado que dava para os fundos e abrigava umas galinhas. Do outro lado, o esboço de uma horta. Fora da cabine de madeira e chapa de metal havia uma espreguiçadeira gasta e enferrujada, e uma mesa de fórmica sobre a qual repousava um velho cinzeiro de cerveja Peroni sob um guarda-sol azul desbotado. Rocco se aproximou da porta presa às dobradiças com arame e bateu três vezes. A porta vibrou. Dez segundos depois, Luigi Cuticchio apareceu. Ele não media nem um metro e meio de altura, e uma hipercifose o obrigava a olhar para as pessoas torcendo o pescoço e levantando o olho direito, com o qual enxergava melhor, na direção oposta à corcunda que, em vez disso, puxava para a esquerda. O cabelo branco e ralo no topo do crânio caía em cachos imundos sobre os ombros. A barba estava por fazer há dias, e pelos lábios entreabertos dava para notar muitas ausências em sua arcada dentária. Um corte marcava sua face esquerda. As mãos pareciam garras inchadas e, apesar da temperatura, tatuagens feitas com caneta esferográfica emergiam de sua camisa de mangas compridas. Usava chinelos de plástico e tinha os pés tortos. A Rocco não lembrou nenhum animal, mas uma velha oliveira esquecida num campo.

Primeiro Gigi pigarreou e escarrou aos pés do subchefe.

– Quem é? Quer o quê?

– Subchefe de polícia Schiavone. Nós precisamos conversar.

– Ah, eu não sei de nada! – e bateu a porta na cara de Rocco. Pacientemente, o policial bateu de novo. O outro reabriu. – Quer o quê?

– Sou o mesmo de antes. Bata novamente a porta na minha cara e eu vou deixar você mais inchado que uma gaita de foles.

– Eu sou velho!

– E eu te soco do mesmo jeito.

Ele sabia que esta não era a maneira certa de iniciar um interrogatório, mas seus muitos anos de estrada e paralelepípedos lhe haviam ensinado que quem vira ovelha, o lobo come. E Gigi *er cesso*, a julgar pelas tatuagens nos pulsos, tinha passado umas temporadas em Rebibbia.

– Quer saber o quê? – perguntou o velho arregalando o olho bom, enquanto o esquerdo era agora uma fenda sob as sobrancelhas espessas.

– Ontem à noite.

Gigi escarrou mais uma vez e depois enfiou a unha do mindinho na orelha.

– E daí? – e começou a girar rápido como se quisesse ligar um motor.

– Ouviu algum barulho? Alguém?

Ele tornou a agitar o mindinho por alguns segundos, depois tirou o dedo e o limpou na camisa.

– Não. Não me parece. Eu sei o que aconteceu, sabe? Eles vieram me contar. E daqui de cima também o vi morto. Pobre rapaz. Mas não ouvi nada – e escarrou de novo.

– Puta merda! – Rocco gritou. – Mas dá para parar por um segundo? Você cospe, limpa os ouvidos, fique quieto!

Gigi obedeceu e, como se estivesse congelado, se pôs a olhar o subchefe.

– Você tranca o portão à noite?

– Sim, senhor. Só que é inútil. Viu a fechadura, não viu?

– Não.

– Abre com um grampo. – Escarrou mais uma vez. Rocco revirou os olhos. – E além disso não há uma cerca em todo o perímetro.

– Ah, não?

– Não. Não há necessidade de passar pelo portão. Basta dar a volta pelos fundos... Olha, mas você não quer entrar e tomar uma bebida?

– Esqueça, Gigi.

– Mas agora vou lhe contar uma coisa, seu guarda. – Gigi se aproximou, como se mal pudesse esperar para deixar o policial sentir seu hálito. – Eles não abriram o portão. E sabe por quê?

– Por quê?

– Porque sou esperto. Coloco um toco de madeira ali à noite e, se alguém abrir, ele cai. Em vez disso, nesta manhã o toco estava lá. Entendeu?

– Entendi.

– Eles entraram pela cerca. Aqui são seis hectares de pedreira – e acompanhou a frase fazendo um semicírculo com o braço, espalhando por toda parte um fedor de axila encardida.

– Você não está de sacanagem comigo, né?

– E por que deveria? Já paguei pelos meus erros. Agora sou um vigilante. Me deram casa, comida... – disse coçando as bolas – até me deram uma televisão e quatrocentos euros por mês! – e moveu quatro dedos da mão em forma de gancho, suja de graxa e sabe-se lá o que mais. – Quer dizer, para passar a velhice está mais do que bom, né?

– Eu diria que sim. Mas temos certeza de que você estava aqui em casa ontem à noite?

– Juro, doutor!

– Ouça, Gigi, se lhe ocorrer alguma coisa... – e Gigi aproveitou a pausa de Rocco para escarrar novamente. – Caralho, Gigi! Pare logo com isso!

– E se me ocorrer alguma coisa? – ele perguntou.

– Você me liga.

– Mas eu não tenho seu número. Eu nem tenho telefone.

– Não, mas você vai até Mario, o chefe, e diz a ele que precisa falar comigo. Ele me encontra facilmente. Você não ouviu nada ontem à noite, certo?

– Juro que não. E sabe por que tem que acreditar nisso? Porque o que eles mataram foi um menino. E essa coisa me dá nojo!

Para demonstrar o desprezo que sentia por aquele assassinato, cuspiu no chão.

– Nós já sabemos por onde passaram – disse o subinspetor Massimo Casale ao se encontrar com Rocco. – A cerca, uns quatrocentos metros e depois acaba.

– Gigi *er cesso* acabou de me contar.

Eles caminharam por ervas daninhas e valas. Tiveram que circundar o desfiladeiro para chegar às costas de uma elevação. Ali se ouvia de novo o barulho dos carros. A zona rural a duzentos metros da cerca era cortada pela Tiburtina, caótica e movimentada. Os dois policiais continuaram até chegar ao ponto onde a cerca de ferro se interrompia repentinamente no meio do mato.

– Mas olha só – disse Rocco.

– Viu? Termina aqui. Só recomeça ali embaixo, está vendo? Do outro lado. – O subinspetor indicou para um ponto bem distante, onde se avistava a cerca metálica.

– Bem, digamos que eles entraram por aqui...

A buzina de um caminhão que acelerava pela estrada consular ecoou pelo campo. Rocco olhou para além do gramado. Ao longe se avistavam as encostas dos castelos romanos. Um posto de gasolina a uns cem metros de distância.

– Vocês foram lá? – e apontou para o posto.

– Eu queria mandar dois agentes para lá. Parece um restaurante self-service, capaz de abrir durante a noite.

Era um posto com duas bombas de gasolina. Quando a polícia chegou, um rapaz de barba e boné com viseira, vestido com um macacão da Tamoil, acabava de acenar para um Golf branco que tinha reabastecido. Estava colocando o dinheiro no bolso quando percebeu a chegada dos policiais que vinham do campo. Pôs a mão na frente do boné para se proteger do sol.

– Olá – disse.

Rocco e Massimo não responderam à saudação.

– Há câmeras de circuito interno aqui? – perguntou o subchefe olhando em volta.

– Não, não as colocamos. Por quê?

Rocco se aproximou da coluna de autoatendimento. Olhou para o subinspetor.

– Quem sabe um golpe de sorte...

– Por que não? – disse Massimo.

– Vocês são da fiscalização? – perguntou o frentista. E, como Rocco não respondeu, o subinspetor não achou adequado tomar a iniciativa.

– Você tocou nos botões deste autoatendimento?

– Não. Mas podem me dizer o que está acontecendo? – o menino começava a se preocupar.

– A que horas abriu?

O frentista engoliu em seco.

– Às seis, como sempre...

Rocco acenou ao colega e começou a observar atentamente o display e as teclas. Massimo olhou para o rapaz.

– Houve um assassinato na pedreira.

– Um assassinato? – o frentista tirou o chapéu. – Ó puta... – e coçou o cabelo muito curto.

– Pois é. Faça uma coisa – disse Rocco. – Feche.

– Fechar? E o que é que eu digo ao patrão?

– Que o subchefe Schiavone, da Polícia do Estado, ordenou que você fizesse isso.

– Ah, vocês são da polícia.

– Caramba, você é esperto! Feche isto, me faça o favor.

– Posso... posso ligar para o chefe? Sabe, meu tio fica puto facilmente.

– E o que me importa? – Enquanto o frentista corria para o cubículo, o subchefe olhava em volta com as mãos apoiadas na cintura.

– E quem lhe disse que pararam justo aqui?

– Quer que lhe conte como começo a enxergar a coisa? – o inspetor se pôs a ouvir. – Que a vítima pode ter aproveitado uma parada neste posto de gasolina para fugir em direção ao campo.

O policial tocou o nariz.

– Então você acha que estavam juntos no carro?

– Não sei. Mas por que descartar a hipótese? Chame o pessoal da perícia para dar uma olhada nesta coluna aqui.

Massimo pegou o celular e se afastou. Um carro parou ao lado da bomba. O motorista abriu a janela e olhou para o subchefe.

– Coloque vinte euros, obrigado!

– Eu lhe pareço um frentista? – disse Rocco.

– Sei lá? Está aqui na frente.

– Está fechado – respondeu Rocco.

– Como está fechado? A esta hora?

– Está fechado – repetiu o subchefe.

– Então por que não botaram os...

– Você tem que ir embora! – Schiavone gritou. O outro engrenou o carro e disparou como um foguete. O frentista saiu da cabine com alguns cones de plástico.

– Pronto, vou fechar!

– Bom rapaz...

– Meu tio ficou puto, mas vocês me deram um presente. Vou para a praia! – e começou a colocar os cones diante da bomba de gasolina.

Sob um sol que não dava trégua, Rocco e o colega retornaram à beira do barranco, onde estava curvado um homem alto e magro, com o rosto escavado de um morto recém-desperto.

– Ah, o substituto da perícia – falou Massimo. Rocco olhou para ele.

– Não, Gizzi não!

– Você o conhece? Dizem que ele é simpático.

– De simpático esse cara não tem nem a unha do pé! Depois há um mistério que nem todos conseguem desvendar.

– Qual seria?

– Você está vendo? Ele parece um defunto que caminha. Bem, acredita nisso? Tem duas amantes!

– Aquele?

– Pois é.

Massimo refletiu um instante.

– Talvez a mulher dele já não dê...

– Deixe estar. O fato de alguém como Gizzi ter encontrado uma mulher já é incrível. Que ainda bote chifres nela é coisa de ficção científica! – Deixou o subinspetor e se aproximou do homem.

– Oi – cumprimentou, mas o substituto não respondeu. Inclinado sobre a grama, parecia observar o vaivém das formigas.

– Ouça aqui, Gizzi...

– Já tenho poucos agentes e você ainda me manda um para verificar o posto de gasolina da rodovia? – ele protestou.

– Pode ser útil.

– Tudo bem, então. Vamos dar uma olhada nas bombas, na Tiburtina, podemos ir até Montecompatri, se está tudo bem.

– Que saco... – murmurou Rocco. – Escute, preciso saber de umas coisas.

O substituto ergueu os olhos.

– Claro. Faça de conta que sou um supermercado e me passe uma lista de compras.

Rocco suspirou entediado.

– Também não me divirto nem pouco em trabalhar no final de junho, meu caro amigo, então vou lhe perguntar com cortesia, já que você parece alguém que bebe vinagre com facilidade.

Poderia fazer a gentileza de me ajudar no caso e me contar coisas que só vocês, graças à sua perícia, podem descobrir?

Gizzi se levantou e ficou diante de Rocco.

– De que tipo?

– Tipo: um, se há muito sangue por aqui. Dois, se foi daqui que o atiraram. Três, se vocês encontraram vestígios de sangue no caminho que acabei de percorrer... você me viu, certo?

– Sim, eu vi. Você saiu daquela elevação ali.

– Exato. A certa altura a cerca termina. Seria interessante saber se por ali, na direção do posto de gasolina que você encontra a cerca de cem metros de distância da rodovia, há vestígios de sangue ou algo parecido.

Gizzi assentiu sorrindo, mas o sorriso era falso.

– Claro, meu caro colega.

– Ah, e eu tenho um grande presente para você e sua equipe. Olhe, tem uma camisinha usada no triciclo que eu dirigi para descer o barranco.

Gizzi balançou a cabeça.

– E o que me importa?

– Eu lhe contei em nome da verdade.

– Não estamos lidando com estupro. E não creio que o assassino, depois de matar o rapaz, tenha feito sexo dentro do triciclo, concorda?

– Eu só relatei a coisa. Cabe a você julgar a importância de um exame do alto de seu profissionalismo. Por mim, você pode até fazer um balão com a camisinha.

– Você não é engraçado!

– Você toma água sanitária no café da manhã?

Gizzi o mandou para o inferno com um gesto da mão e voltou a vasculhar o chão. Mas Rocco não se decidia a ir embora.

– Uma última pergunta e depois vou: por que é que vocês da perícia são sempre tão azedos?

– Não é verdade. Somos meticulosos e nos preocupamos com a forma. Eis tudo.

– Então, se você é meticuloso, vá buscar essa camisinha!

– Foda-se, Schiavone!

– Retribuo com afeto, Gizzi.

Rocco deu meia-volta e foi se juntar a Parrillo, que fumava um cigarro sob o abrigo da administração.

– Vamos, Parrillo!

O policial jogou fora a bituca de cigarro e seguiu o superior.

– Só lhe digo que, se você correr, vai voltar para casa de transporte público.

– Por transporte público você quer dizer ônibus?

– Ou metrô, a depender.

– Vou devagar, doutor.

Ele chegou ao escritório no final da tarde. Destruído, sentia a necessidade de tomar uma ducha e se lavar do pó de mármore e do calor do dia. Não queria ir para casa. Não tinha vontade de passar mais uma noite sozinho, mais uma noite pensando nas coisas que tinham sido ditas a Marina.

Nada justifica suas ações.

Não era uma frase de sua mulher. Era um pensamento fixo dele, que o obcecava há três dias. Mesmo que depois de tantos anos de casamento ele muitas vezes tendesse a atribuir a ela palavras que de fato eram suas, e vice-versa. Acontece frequentemente, com a simbiose e o hábito. E isso nunca incomodou Rocco.

– Doutor, queria falar comigo?

De Silvestri, o agente mais antigo e precioso da delegacia, apareceu na porta e surpreendeu Rocco, imerso em pensamentos.

– Hein? Sim, Alfredo, me faça um favor. – Enfiou a mão no bolso e tirou um recibo. Ele tinha anotado um nome no verso. – ...um certo Luigi Cuticchio. Cerca de 70 anos.

– Estou indo. Algo mais?

– Sim. A pedreira da Tiburtina, no quilômetro 48. Quero saber quem é o dono, há quanto tempo existe etc.

– Posso passar a tarefa ao Zuccari?

– Ele é inteligente, sim. Ele não ligou para Pichi do hospital?

– Não, senhor.

– Então vá em frente. Você está sabendo?

– De quê?

– Dessa história do jovem de vinte anos que morreu na pedreira. É uma coisa feia. Você vai me ajudar muito.

– Doutor, não se preocupe. Sempre às ordens – e, levando a mão rente à testa, desapareceu. Rocco pegou o telefone e teclou um número.

– Sebastiano? O que vocês vão fazer esta noite?

Sebastiano desligou o telefone e se esticou na poltrona. O barulho do secador de cabelo abafava o trânsito ao longo do Tibre.

– Quem era? – gritou do banheiro Adele, sua companheira, que acabara de voltar da piscina.

Sebastiano não suportava ter que falar de um cômodo para outro, gritando até sangrar as cordas vocais. Com esforço, levantou seus cem quilos da poltrona, bufando como uma velha locomotiva. Ele não era gordo, mesmo tendo alguns quilos a mais, era enorme desde que nasceu. Cinco quilos e sessenta de recém-nascido, crescimento ininterrupto até os 18 anos, quando já tinha barba e braços grossos como as pernas traseiras de um cavalo. Olhando para ele assim, lento e paquidérmico, pode-se ter uma ideia errada. Uma ideia que custou caro a muitos. Sebastiano era ágil e poderoso. Como um urso, uma máquina de guerra implacável, que reduz o inimigo a uma papa em poucos segundos.

– Amor, e então? Quem era?

Ele chegou ao banheiro e encostou-se na porta, que rangeu. Se perdeu a observar Adele soprando ar quente em seus longos cabelos negros, sedosos e brilhantes. Parecia estar andando de moto, ou na proa de um navio sulcando os mares.

– Oh, e então?

– Era Rocco. Vou levá-lo para jantar esta noite.

– Qual é o problema?

– Escute, se quiser falar, desligue esse troço porque estou me esgoelando!

Adele desligou o secador e olhou irritada para Sebastiano.

– Feito. Está bem assim?

– Como você é linda – ele lhe disse. Adele sorriu.

– Não.

– Não o quê?

– Não. Tenho que ir à casa de minha irmã e não posso perder tempo. – Então preveniu os protestos de Sebastiano. – Cada vez que você começa com esses elogios, já sei onde vai parar. No quarto, na cama, e antes de uma hora não termino.

– Não quero ir para a cama, para mim está tudo bem aqui mesmo, no banheiro.

– Sempre romântico, você. Então me diga, o que é que está acontecendo? – virou-se para o espelho e começou a pentear o cabelo.

– Na minha opinião, algo não vai bem com Rocco. Quando ele liga e quer sair para jantar, isso significa que chegaram alguns pepinos voadores.

– Mas só você vai?

– Não. Também Brizio e Furio.

– Os quatro da Ave Maria – e Adele ligou o aparelho e recomeçou a secar os cabelos.

– Quando for à piscina – gritou Sebastiano – você tem que se secar lá, se não vai arruinar sua cervical.

– Não há secadores lá – respondeu Adele. – Quer dizer, eles existem, mas não são bons. Estragam o cabelo. – Se admirava, sorrindo com os olhos. Então Sebastiano se sentiu observado pelo espelho. Se virou e percebeu que a imagem de Adele estava olhando para ele.

– O que foi? – perguntou.

– Ligue para Brizio e Furio. Ainda tenho uma hora!

Ele nunca entenderia as mulheres, mas obedeceu.

– Tudo bem, Seba, vejo você hoje à noite. – Brizio desligou o celular e virou-se para o casal de pé no meio da sala. – Então, como eu estava dizendo, esta é a sala de estar, que está dividida em área de estudo por uma divisória. Basta tirá-la para dobrar os metros quadrados. – Não era ele quem costumava andar pelos apartamentos com clientes, deixava isso para seus dois funcionários. Mas desta vez foi diferente. Cuidou do casal com delicadeza e atenção, adulou-os e cortejou-os, mostrou-lhes seis apartamentos em Parioli, todos acima de um milhão de euros, prontos para serem habitados. Brizio, do alto de seu um metro e 85, cabelos de um louro acobreado, sempre penteados e arrumados apesar de os anos ameaçarem levar alguns deles, demorou-se com o casal Molinari. Se quisesse, já poderia ter encerrado a história no terceiro apartamento da via Gramsci, um quarto andar de 120 metros quadrados com um proprietário pronto a negociar e até baixar cem mil euros no preço. Mas Brizio Marchetti, dono da agência homônima

Marchetti casas e não só, hesitou e deixou o casal intuir que talvez houvesse algo melhor por aí. Não era verdade. O da via Gramsci era um ótimo negócio, mas Brizio não tinha vontade de fechar. A razão não estava em sua exigência ou na honestidade de corretor de imóveis, ele não era exigente nem honesto, mas em Elisabetta Molinari. Uma mulher que poderia levar uma multinacional à falência, imagine uma agência imobiliária como a de Brizio, que muitas vezes servia mais de fachada para suas transações do que para vender casas. Tinha a tez bronzeada, cabelos pretos, lisos e longos sobre os ombros, os olhos eram cinzentos e o corpo era um junco, parecia flutuar no mármore e no parquê. Contrastando com a delicadeza de seu corpo, tinha dois seios firmes apontados para cima, o que dificultava a concentração de Brizio na regularidade das instalações e no estado dos acabamentos. Ele havia tentado de tudo, mas Elisabetta Molinari era um rochedo inexpugnável. Um fortim defendido por mil armadilhas e ciladas, no sexto encontro ele ainda não havia conseguido arrancar dela um sorriso, um piscar de olhos, nada. O motivo era o marido. Federico Molinari era dureza. Quinze anos mais velho que a esposa, uma fábrica de porcas e parafusos e uma conta bancária com vários zeros. Em Parioli procurava um *pied-à-terre*, moravam em uma *villa* na região de Vicenza protegida pelas belas artes. Molinari era uma máquina de vencer, e sua esposa Elisabetta não teria arriscado o pescoço por alguém como Brizio. Atraente, sim, simpático e um pouco rude, para algumas mulheres um homem semianalfabeto e com bons músculos que poderia servir por algumas noites, mas não era o suficiente. Pelo menos foi esse o pensamento de Brizio. Não lhe ocorreu a ideia de que Elisabetta Molinari simplesmente não se interessava por ele. O industrial estava na última visita, depois queria fechar o negócio de uma vez por todas, não podia perder todo esse tempo com um ponto de apoio em Roma.

– Por que sua esposa não vem ver os outros apartamentos? Há várias propostas que eu gostaria de lhes fazer – arriscou Brizio, babando ao pensar em ficar sozinho com aquela mulher numa casa desabitada e tentar o assalto final.

As imagens do *Último tango em Paris* já brilhavam em seus olhos e na mente.

– Porque eu e minha mulher vemos as casas juntos – respondeu o industrial.

Então naquele dia, talvez o último em que veria Elisabetta Molinari, ele teve que tentar o impossível.

– Talvez não precisem de todo esse espaço para a sala, mas a vista assim que se entra seria excepcional, não acham?

Elisabetta olhava o panorama da janela. Molinari assentia com a cabeça e refletia.

– Bem, o que você acha, Eli?

– Não sei. Eu não saberia. Prefiro o da via Gramsci – respondeu a mulher com voz fraca. Naquele dia ela estava usando uma saia justa, que a abraçava como uma luva. Brizio suava e não conseguia manter as mãos imóveis.

– Bem – disse ele –, o da via Gramsci continua disponível. Querem tentar fazer uma oferta?

– Eu poderia ter feito isso quatro semanas atrás! – disse o industrial, olhando torto para Brizio.

– Sinto muito. Eu achava que, quanto mais opções, mais oportunidades.

– E isso é um erro. É óbvio que o senhor não tem nada a ver com finanças. Quando um bom negócio aparece, pronto! Você fecha. Não fica pensando. Eu teria fechado se não fosse por ela! – e apontou para a esposa.

Uma campainha soou nos ouvidos de Brizio. A mulher quis gastar mais tempo? Ela? Será que Elisabetta queria continuar vendo apartamentos mesmo estando claro que o da via Gramsci era a casa a ser comprada? Ele sorriu. Nem tudo estava perdido.

– Por que está sorrindo? – o marido perguntou a ele.

– Porque estou feliz que tenha encontrado o apartamento certo.

– Bom, vamos à agência fechar. – O industrial dirigiu-se para a porta a passos largos. Elisabetta voltou-se para Brizio.

"Agora ou nunca", disse a si mesmo.

– Lamento ter decepcionado vocês. – Pela primeira vez a mulher lhe lançou um sorriso, e Brizio teve a sensação de levar um soco bem no meio da cara, de tão linda que era.

– Não se preocupe, o senhor foi excelente. Percebi que estava querendo se alongar, acha o quê?

"Agora ou nunca", repetiu para si.

– É verdade – e se aproximou da mulher. – Sinto muito, mas não pude resistir.

– Eu também – respondeu ela.

"Agora ou nunca".

– Elisabetta, gostaria de poder convidá-la para jantar.

A mulher respondeu calmamente.

– Eu não. – Uma lâmina gelada interrompeu a circulação sanguínea de Brizio. – O senhor foi gentil em se demorar mais tempo, eu precisava disso. Agora, se não se importa, eu gostaria de descer.

– Desculpe-me... pensei... mas então por quê? Já tem alguém aqui em Roma?

– Ao contrário – respondeu Elisabetta exibindo um sotaque do Testaccio. – O que você precisa aprender é a cuidar de suas coisas. Com licença. – E saiu da sala sorrindo.

Não foi a primeira derrota que Brizio sofreu, mas nunca lhe aconteceu de forma tão cabal, impiedosa e inapelável. Apesar de tudo, sentiu admiração por Elisabetta e teve vontade de rir.

– Testaccio? – perguntou a ela enquanto saía pela porta.

– Garbatella, para ser exata – respondeu ela, e foi embora. Tudo o que restava a Brizio era ligar para Furio e combinar a noitada com Rocco.

As faíscas ricocheteavam no metal e iluminavam os rostos dos dois homens cobertos pela máscara.

– Essa não dá para furar! – Furio disse.

– Essa é dureza – respondeu o velho, que parou o maçarico. – Não sei o que lhe dizer, Furio.

Os dois se levantaram e olharam para a caixa-forte.

– É uma Lips Vago dos anos 1970, deveria se abrir feito manteiga – e Furio passou a mão na cabeça. A luz neon refletia em seu crânio suado.

– Sabe quantas dessas eu abri? – disse Remo, descansando o maçarico no chão.

Furio sentiu vontade de enchê-la de pontapés.

– Quais são nossas alternativas, Remo?

– Explodir. Mas seria preciso carregá-la e levá-la para o campo. Aqui na garagem, vão nos ouvir até no Coliseu.

Furio assentiu. Foi preciso um esforço imenso para arrastá-la da loja da via dei 4 Cantoni até ali, dois dias de preparativos, uma noite inteira para entrar na joalheria, e agora a cretina não queria se abrir.

– Vamos, vou tentar de novo – disse Remo, ajoelhando-se e pegando o maçarico. Cobriu o rosto e retomou o trabalho. Furio olhou para as faíscas por um momento e, antes de perder a visão, se virou e foi beber um gole de água da garrafa que havia deixado sobre as latas de óleo.

– Cadela! – gritou Remo. Furio se virou. O velho olhou para ele com olhos risonhos. – Remo um, caixa-forte zero!

Ela havia cedido. Furio atacou o cubo de metal. O companheiro pegou as tenazes e arrancou um círculo perfeito de metal rasgado ao redor de toda a circunferência. A Lips Vago parecia uma lata de sardinha. Furio enfiou a mão e tirou uma série de estojos de veludo. Abriu um deles. Um colar emanava raios de luz aos olhos excitados dos dois companheiros. Furio colocou a ocular. Sorriu.

– Bem, muito bem. – Abriu um segundo estojo. Dez pedras vermelhas que quase o fizeram chorar de alegria.

– Rubis... caramba, Remo!

O velho se levantou satisfeito e começou a guardar as ferramentas. Furio verificou um estojo após o outro. Então se virou de repente.

– Aqui, Remo, estes são para você! – e entregou-lhe um pacote cor de vinho.

– O que são?

– Diamantes. Puros. Tem cerca de vinte mil euros aqui!

Remo hesitou.

– Segure!

– Para duas horas de trabalho... me parece exagerado, Furio!

– Leve-os, Remo, e abrace sua esposa por mim.

O velho estendeu a mão calejada e embolsou o pacote.

– Obrigado, você é...

– Nada de palavras, se não vamos começar a chorar. Se cuide.

Remo se despediu com uma leve inclinação de cabeça e, carregado de ferramentas, saiu da garagem e deixou o companheiro verificando os estojos. O celular de Furio tocou.

– Diga, Brizio.

– Oi, Furio. O que cê tá fazendo?

– Trabalho. É urgente?

– Jantar com Rocco esta noite, quer vir?
– É por minha conta.
– Por quê?
– Digamos que os negócios hoje deram uma boa guinada!

– Mas precisamos sempre vir à Roma desaparecida? – Rocco perguntou enquanto se aproximava da mesa.

Ao ar livre, sob um manto de estrelas com uma leve brisa e as luzes do Trastevere, o restaurante estava lotado, mas sempre havia um cantinho para Rocco e seus amigos.

– Se cacio e pepe você quer curtir, à Roma desaparecida é preciso ir! – Sebastiano respondeu, reprimindo um arroto. O Spritz já estava subindo pelo esôfago. Olhando para seus bíceps, peitorais e barriga mal contidos sob a Lacoste rosa, ele parecia pronto para explodir a qualquer momento.

– Você escreveu essa merda? – perguntou Brizio, sempre com os cabelos arrumados e a camisa com um misterioso logotipo de além-mar.

– Você não gosta, Brizio?

– Não, Sebastia. Só faz rima, mas é uma merda.

– O poeta chegou!

– Mas no verão não gosto de cacio e pepe – disse Furio, sentando-se e arregaçando as mangas da camisa de linho branco que realçava seu bronzeado. Furio era sempre o primeiro a se bronzear e o último a desbotar novamente. O segredo estava no terraço de sua casa, onde se deitava besuntado de creme para levar umas bofetadas do primeiro sol de maio e as últimas lambidas do outono.

– Se você não gosta de cacio e pepe, peça pizza, né? – Brizio propôs, ajeitando o cabelo.

– Não. Pizza me entope de noite, depois não consigo dormir.

Todos ocuparam seus lugares. Sebastiano olhava as outras mesas em busca de rostos conhecidos, Furio enrolava um cigarro, Rocco procurava o maço de Camel, e Brizio já estava concentrado no pequeno grupo de turistas à direita, onde duas escandinavas sorridentes e de bochechas coradas pelo sol italiano riam, falando em sua língua incompreensível.

– O que você está reservando para a bronha noturna? – Furio perguntou a ele. Brizio sorriu.

– São muito jovens, Bri... – Rocco disse a ele. – Vinte e cinco anos, no máximo.

– Sabe o que diz o poeta?

– Vamos ouvir a besteira – rugiu Sebastiano.

– A rosa se colhe de manhã, que à tarde se torna malsã!

Rocco olhou para ele.

– E daí? Um poeta se expressa assim?

– Não – disse Brizio. – Este é o conceito. Só que não sei fazer poemas com as palavras dos poetas.

– Coitadinho... – Furio murmurou lambendo o cigarro.

– Ok, vamos comer? – Sebastiano perguntou coçando a barba. – Por mim, vou de cacio e pepe.

– Então peço o mesmo para mim – disse Furio conformado.

– Para mim também. E você, Rocco?

– Ah, não sei. Não estou com fome.

– É o verão – suspirou Furio.

– Não. É Marina – respondeu Rocco.

– Por quê? O que houve? – Sebastiano perguntou com uma ponta de alarme na voz.

Rocco olhava os reflexos no copo vazio.

– Ela saiu de casa há três dias.

– Oh, merda – Furio suspirou. – É por isso este jantar. E como foi?

– Descobriu algumas coisas.

Os três amigos se concentraram no rosto do subchefe.

– O que você está dizendo?

– O que eu disse, Brizio. Ela começou a investigar, com os papéis, as contas. Queria saber disso e daquilo.

– E você? – Sebastiano insistiu.

– E o que eu podia dizer a ela? Queria saber de onde vinha todo aquele dinheiro. Resumindo, ela sabe quanto ganho por mês.

– Não contou a ela aquela bobagem sobre a gráfica de seu pai?

– Ela não acreditou, Brizio...

Houve um silêncio devido a uma reflexão coletiva, preenchido pelos gritos dos outros clientes e sobretudo pelas gargalhadas das escandinavas. Então Furio falou.

– Mas *quanto* você contou a ela? – e sublinhou o pronome.

– Um pouco – respondeu Rocco dando de ombros. – Acho que não vejo mais Marina.

– Não diga isso. É normal – e Sebastiano apoiou a pata peluda no antebraço do subchefe. – Ela não está acostumada. Vem dos bairros altos da cidade. É claro que minhas suspeitas teriam surgido mais cedo. Mas Marina é pura. Agora você vai ver que a raiva diminui, ela esculhamba com você e depois volta.

– Você acha?

– Acho. Mas para onde ela foi?

– Para a casa dos pais.

Furio cuspiu a fumaça.

– Então, no máximo mais dois dias e ela volta. Quanto tempo você acha que vai aguentar na casa dos pais?

– Mas me diga se alguém de quarenta anos... – murmurou Rocco, que segurava o cigarro na mão sem se decidir a acendê-lo.

– Claro que Sebastiano tem razão – disse Brizio, despejando água no copo. – Bom, não é de hoje que nos conhece, não tinha nenhuma suspeita?

– Ela sabe que vocês são três bandidos. Mas somos amigos há séculos. Ela certamente não pensava que os bandidos fossem quatro – e o subchefe abaixou a cabeça.

– É como a história dos três mosqueteiros – Brizio tentou consolá-lo. – Todo mundo acha que são três, mas no final eram quatro.

– Sim. Mas podem me explicar por que se chama *Os três mosqueteiros* quando de fato são quatro? – Furio perguntou.

– Leia o livro, ignorante.

– E por acaso você leu, Seba? – Brizio perguntou, irônico.

Sebastiano esticou-se pomposamente na cadeira.

– No início são três porque são amigos... ou seja, na realidade há mais mosqueteiros, mas aqui só falamos destes três que se chamam Athos, Portos e aquele lá... Aramis. D'Artagnan chega mais tarde, desafia os três e, em vez de matá-lo, deixam-no juntar-se ao grupo. E ele também se torna mosqueteiro. Mas só no final. No início, D'Artagnan é um pobre coitado. É por isso que se chama *Os três mosqueteiros*. Se se chamasse *Os quatro mosqueteiros* já se entenderia o final, certo?

Os três amigos olharam para ele com espanto.

– Caramba, Sebastiano, mas você leu mesmo o livro? – Brizio perguntou.

– Não. Vi o filme umas noites atrás na Sky.

– Ah – e se relaxaram.

– Cacio e pepe para todos os quatro? – o garçom gritou atrás deles.

– Sim – respondeu Sebastiano.

– Eu realmente... – Rocco tentou discordar, mas as respostas em voz alta de Brizio e Furio o reprimiram e encerraram o pedido ali. O garçom deu-lhe as costas.

– Quatro cacio e pepe...

Rocco abriu os braços.

– E se eu quisesse vegetais grelhados?

Brizio empurrou-o levemente com um tapa no ombro.

– E você está internado no San Camillo para comer vegetais grelhados?

– De fato. Você poderia ter pedido um caldo com legumes picados! – disse Sebastiano.

– Ou um belo minestrone! – e Furio começou a rir. Mas Rocco permaneceu sério.

– Olha, Rocco, se era para vir com essa cara emburrada, melhor não ter saído esta noite – Sebastiano lhe disse.

– Mas o que ele faria? Ficava em casa passando sabão na corda? – Brizio retrucou. – Por que você não vai à casa de Marina?

– Porque os pais ficam putos. Em suma, a verdade é que estamos velhos demais para essas coisas. Seria melhor se eu fosse para um hotel.

– Ah, lembre-se que *mi casa es tu casa* – propôs Sebastiano.

– E por que não? Assim todos os dias ouço você brigar com Adele... esqueça. Já bastam meus problemas.

– Então venha para minha casa e deixe Marina na via Poerio, combinado?

– Obrigado, Furio, mas por enquanto nem consigo falar com Marina. O telefone dela está sempre desligado.

– Eu não te empresto minha casa. Stella saiu para um curso de corte, e eu estou muito bem sozinho! Mesmo se hoje ela me fez um feitiço contra uma que eu perseguia há dias... uma que estava procurando casa em Parioli. Tudo bem, tenho que tentar de novo – e Brizio tornou a olhar para as escandinavas.

– Ah, agora que Stella se mandou, você começa a fazer sacanagens.

– Não. Mas passar o dia com o saco de fora, deixar a garrafa de cerveja na mesa fazendo círculos na madeira, não ter de levantar e baixar o assento da privada... quer comparar? Me deixe curtir, né?

– Ele também está certo – comentou Sebastiano, balançando a cabeça.

– Se eu fosse você, iria até a casa dos pais, bateria na porta e diria: "volte para casa e vamos conversar!".

– O que você está dizendo, Brizio? – Furio jogou o cigarro no chão. – Se uma mulher lhe diz: "tenho que ficar sozinha", você tem que deixá-la em paz. Se interferir, só piora as coisas. Mas escute, Rocco, de repente me ocorreu uma coisa. – Furio se apoiou nos cotovelos e se aproximou, baixando a voz. – Será que o relógio biológico da Marina não disparou?

– Você quer dizer filhos?

– É...

– Não. Nunca me falou nada sobre isso. Já lhe disse. É sobre nós dois. Ela descobriu uma parte de mim que não lhe agrada nem um pouco e precisa lidar com isso. Sabem o quê? No fim das contas, também é certo que ela fique sozinha por um tempo. Pensem no contrário...

Os amigos se concentraram.

– Imaginem que fui eu quem descobriu alguns segredos de Marina.

– As mulheres sempre têm segredos!

Sebastiano deu um chute em Brizio.

– Fique calado e deixe ele falar!

– Mas não um segredo idiota – Rocco continuou. – Uma coisa pesada. Como a minha.

– Sinceramente, não vejo Marina traficando maconha...

– Não estou dizendo isso, Seba.

– Tipo um amante? – Furio perguntou.

– Se eu descobrir que Adele tem um amante, mando direto para o campo santo com dois chutes no traseiro! – disse Sebastiano.

– Não um amante. Isso não. Quero dizer, sei lá? Por exemplo, se descubro que minha mulher abortou sem me dizer.

– Isso não é um segredo, é acertar na loteria! – disse Brizio, morrendo de rir.

– Cale a boca, Brizio! – e lá veio um segundo chute, mas desta vez Brizio tinha escondido as pernas debaixo da cadeira e o pezão de Sebastiano bateu na base da mesa, fazendo vibrar a água e os copos.

– Ô, Brizio, você tem a sensibilidade de um hipopótamo! Mas como é que Stella consegue ficar com você?

– Mas me escutem um pouco – prosseguiu Rocco. – Digamos que Marina estava grávida e fez um aborto sem me contar nada.

– Adele diz que uma mulher pode até fazer isso. Ela é quem tem que decidir.

– E você, Seba, concorda?

– Não muito. Se Adele abortar de mim, mando direto para o campo santo...

– Com dois chutes no traseiro – Furio e Brizio concluíram a frase em coro.

– Tudo bem, eu também ficaria arrasado se Marina não me contasse algo assim. Este é o ponto: como eu reagiria?

– Meu amigo, não é a mesma coisa. – Furio começou a enrolar um segundo cigarro. – Não é a mesma coisa de jeito nenhum. E já explico. Marina não descobriu uma besteira qualquer. Uma mentira sua. Não. Marina descobriu que talvez você seja mesmo outra pessoa. É diferente, entende? É como se você descobrisse que Marina anda por aí trepando a torto e a direito, indo em casas de swing, fazendo sadomasoquismo com uma amiga, enfim, se você descobrisse que ela é uma ninfomaníaca.

– Esse exemplo também não cola – interveio Brizio. – Porque se fosse assim, isto é, se Marina fosse ninfomaníaca, íamos todo mundo para a casa de Rocco e seria uma festa!

– Ô Brizio, pare com isso, fala sério. – Furio bateu na mesa com a palma da mão. – Estou tentando explicar...

então vou dar outro exemplo, Rocco. Ouça. É como se você descobrisse que Marina é na verdade alguém que mata pessoas por dinheiro.

– Mas isso é impossível! – Rocco gritou.

– Exatamente. Suponhamos que há dez dias, só por brincadeira, Marina e três amigas, como nós esta noite, estivessem fazendo o mesmo jogo. E que uma amiga falasse: "mas Marina, o que você faria se descobrisse que seu marido trafica maconha, rouba e trapaceia?".

Os três olhavam para Furio.

– Eu vou lhe dizer. Marina teria reagido exatamente como você. Teria gritado: "mas isso é impossível!". E depois volta para casa e descobre que é verdade. É isso. Para Marina, Rocco está limpo. Melhor ainda, estava limpo até três dias atrás – especificou Furio. – Mas agora ela descobre que não é bem assim. Então vamos continuar com o exemplo. Você descobre que Marina é uma assassina de aluguel. O que você faria?

– Queria não estar na agenda dela – disse Rocco. Os amigos riram.

– De qualquer modo, não é a mesma coisa – e Brizio começou a olhar para as suecas. – Para uma mulher é diferente. Elas confiam em nós. E somos sempre nós que as decepcionamos. É mais difícil para uma mulher fazer algo assim. É por isso que o exemplo não bate – e então, tristemente, ele se levantou e foi até a mesa das suecas. Rocco, Sebastiano e Furio o seguiram com os olhos.

– O que ele está fazendo?

– Tentando com as suecas. E está triste porque não queria, mas não consegue deixar de meter chifres na Stella! – declarou Sebastiano.

– Quatro cacio e pepe! – gritou o garçom com pratos fumegantes nas mãos.

– Brizio, venha comer! – Sebastiano gritou. Então ele se virou para o garçom. – Sim, mas se não nos trouxer o vinho, o espaguete entala na metade do caminho!

– É, Sebastia – rebateu o garçom deixando o primeiro prato na mesa – isso desce que é uma beleza. Mas lhe trago agorinha mesmo. Branco ou tinto?

– Cacio e pepe pede um tinto! – Rocco disse enquanto Brizio se sentava à mesa novamente.

– Então uma coisinha bem leve. Um *dolcetto* e o medo vai embora.

O garçom afastou-se assobiando, enquanto uma selva de braços de clientes se erguia para chamar sua atenção.

– O que você disse à sueca? – perguntou Sebastiano, revirando o macarrão fumegante na crosta de pecorino em formato de cesta que servia de prato.

– Nada. Eu só queria olhar as coxas dela.

– E como são?

– Vim comer, não vim?

Tendo recusado o convite de Brizio para jogar pôquer, estava subindo a via Garibaldi em sua scooter em direção a Monteverde, mas ao chegar à fonte do Gianicolo freou. Olhou para Roma estendida diante dele como um pano luminoso. As cúpulas, os edifícios, as luzes dos postes de luz. Ao norte estava Marina em sua cama de juventude, talvez com um livro na mão, talvez já dormindo. Em Roma, mudar de um bairro é como mudar de país. Trastevere está a anos-luz da avenida Trieste, assim como EUR é o antípoda de Flaminio. Você acaba vivendo cercado em sua própria área, visita o resto da cidade apenas para incumbências ou obrigações burocráticas. O barulho da fonte iluminada deu-lhe forças para virar a scooter e descer em direção à Lungara, pegar novamente o Tibre até a ponte Mazzini para subir o Valle Giulia, atravessar o zoológico, o Parioli e finalmente chegar à avenida Trieste. Parou na via Topino. Desligou o motor, tirou o capacete e olhou para as janelas do terceiro andar. A luz estava apagada. Marina estava dormindo ou não estava em casa. Um brilho suave tingia de azul as cortinas da sala. Alguém estava vendo televisão. Ele não ia até aquela casa fazia anos. E naquela noite de verão o perfume das flores esmagava seu coração. Voltou a ver o terraço onde tinham aberto uma garrafa de champanhe no dia em que ficaram juntos, vendo a rolha perder-se na rua. Agarrados à garrafa, eles riram, se beijaram, e naquele momento Rocco teve vontade de procurar aquela rolha, talvez ainda estivesse ali no chão, debaixo das rodas daquele Citroën ou dentro do arbusto de oleandros. A hera cresceu e escondeu um canto inteiro do prédio. Quem sabe se Walter, o porteiro, ainda estava vivo. E se os gêmeos Pierfrancesco e Giampaolo ainda moravam no segundo andar. Eles eram realmente idênticos, e a mãe os vestia com as mesmas roupas, só para ajudar os outros. Não se lembrava se era Giampaolo quem jogava futebol ou Pierfrancesco. Mas talvez nem eles mesmos soubessem. Eram bons rapazes. Talvez tivessem saído de casa para morar juntos, dividir o trabalho e até as mulheres, as alegrias e responsabilidades. A escada em caracol que ligava a varanda da sala ao terraço acima do edifício foi repintada de preto. Antes era branca.

Um carro parou bem na frente do prédio. A porta se abriu e Marina desceu. Rocco sentiu uma pedra cair no estômago, como na primeira vez em que a viu. Ela segurava o cabelo com a mão enquanto se inclinava para o carro, despedindo-se do companheiro.

"Quem diabos é ele?", Rocco se perguntou e aguçou os olhos. O carro partiu sem nem esperar Marina abrir a porta e passou bem na frente da scooter de Rocco. O subchefe leu a placa. AX 213 XB.

Ele poderia ter corrido e alcançado sua mulher, mas desistiu. Não combinava com ele por três razões. A primeira era de natureza moral, tinha prometido que não a procuraria. A segunda, de ordem psicológica: era muita cretinice ser flagrado na frente da casa como um secundarista ciumento. O terceiro era fisiológico. O vinho pressionava sua bexiga, ele sabia que assim que se levantasse do assento precisaria urinar em no máximo um minuto. E não parecia ser o caso, naqueles muros elegantes da via Topino, enquanto tentava recuperar sua relação conjugal. Depois esperou a luz do quarto de Marina acender e deu a partida. Com a ideia de ir o mais rápido possível bater um papo com o dono do Audi placa AX 213 XB.

Só pegou no sono às três, depois de ter visto um filme completo de Sergio Leone. Dormindo no sofá, ele então se arrastou cansado para a cama. Ainda não eram sete horas quando alguém abriu a porta. Ele pulou na cama.

"Marina! Ela está de volta", pensou.

– Quem é? – mas não teve resposta. Levantou-se. Pôs a cara na sala de estar.

Era Inna, a faxineira.

– Ah, é a senhora – disse ele com tristeza.

– Bom dia, doutor.

Rocco se virou para voltar para a cama.

– Sua esposa está em casa?

– Ahn?

– A sua esposa? Ela está de volta?

Rocco não se lembrava da desculpa usada para o desaparecimento temporário, esperava, de Marina.

– Não, Inna, ela não voltou.

A ucraniana arregalou os olhos.

– Ainda não? Quanto dura viagem?

Uma lâmpada se acendeu em sua cabeça. "Uma viagem a Florença com amigas", dissera à faxineira.

– Isso é de sua conta, Inna?

– Não, claro, me desculpe – e a mulher tirou uma jaqueta de algodão e a colocou no sofá. Rocco achou que voltar para a cama seria uma perda de tempo. Então decidiu preparar o café.

– Quer que eu fazer isso?

– Inna, é uma cápsula, basta apertar um botão. Eu posso fazer.

– Senhor lembrou pegar amônia e desengordurante?

– Quê?

– No supermercado?

– Não. Eu não frequento esses lugares – e entrou na cozinha. Foi até a máquina de café expresso e a ligou. Ele nunca gostou dos móveis de alumínio, lembravam-lhe cozinhas de hospital. Inna se juntou a ele. Foi abrir o armário.

– Então vou passar aspirador logo, tanto o senhor já acordou!

Rocco não respondeu. Tirou uma xícara do aparador junto com o açúcar e esperou a luz do aparelho acender.

– Eu preciso um favor – disse a mulher. Rocco, de costas, ergueu os olhos para o céu. A luz ficou vermelha, a água gorgolejou, ele pôs a xícara sob a bica e inseriu a cápsula na fenda.

– Que favor?

– Para meu amigo. Renovação passaporte.

– Inna, você tem que perguntar à embaixada.

– Não, ele italiano.

– Então ele vai à delegacia e abrem o processo para ele – pressionou o botão. O café quente e perfumado caiu cremoso e denso na xícara.

– Senhor pode ajudar?

Rocco desligou o aparelho. Colocou meia colher de chá de açúcar no café e mexeu.

– Então pode ajudar?

– Inna, acabei de acordar, estou tomando café, faça-me um favor, não me encha o saco!

Colocou os lábios e finalmente bebeu. Era bom. Ele se virou para a mulher, que estava inclinada sobre o aspirador, remontando o tubo.

– De todo modo, não há necessidade de um subchefe de polícia. Basta ir ao escritório. – Terminou o café, apoiou a xícara na pia e saiu da cozinha sob o olhar atento da ucraniana, que sorria maldosamente. Mesmo aos olhos de cego, era claro que sua esposa tinha ido embora, viagem a Florença coisa nenhuma. Inna nunca suportou aquele homem mal-humorado e rude, e vê-lo sofrer aliviou seu dia.

Ele estava colocando a scooter no cavalete quando viu Alfredo De Silvestri descendo a escada da delegacia. O agente mantinha um passo rápido, mais do que sua idade e músculos permitiam. Quando chegou à metade do caminho, levantou um dedo para chamar a atenção.

– Dr. Schiavone! – gritou. O trânsito na via Cristoforo Colombo já estava intenso.

– Nem me espera chegar ao escritório?

Alfredo, ofegante e com a camisa suada sob as axilas, parou a um metro do subchefe.

– Quer saber primeiro as boas ou as más notícias?

– Alfre, diga-me o que achar melhor – e Rocco tirou os óculos escuros, colocando-os no bolso do paletó. O outro olhou para ele.

– Não dormiu, hein?

– Não. O calor. E então?

– A má notícia vem do posto de gasolina atrás da pedreira. Eles não têm câmeras.

– Disso eu já sabia. E a boa?

– A boa notícia é que na noite do assassinato três pessoas abasteceram usando o caixa eletrônico.

Rocco começou a subir as escadas do escritório.

– Mas você acha que essas pessoas cometeriam um erro assim? O que mais?

– Espere, está indo aonde? Então o promotor D'Inzeo ligou. Ele marcou de encontrar o senhor na casa da vítima. Na casa da mãe daqui a... – De Silvestri olhou o relógio – meia hora. Na via Ceneda, em San Giovanni, se Parrillo for dirigindo, com certeza chega.

Schiavone parou na escada.

– Algo mais?

– Sim, o promotor também enviou mergulhadores para verificar o lago da pedreira.

– Me parece uma besteira.

– A mim também. Mas vai dizer isso a ele?

– Claro que não. Agora vou até a mãe do pobre coitado. Você está dando uma olhada nos antecedentes de Luigi Cuticchio, o vigia?

– Sim, e não sei se é uma boa notícia. Ele tem uns antecedentes. Mas pouca coisa. Furto, alguns golpes. Resumindo, esteve na chave cinco vezes.

– Um pobre reincidente. Tudo bem, Alfredo, então me mande Parrillo e diga que espero por ele aqui – e deu um tapinha em seu braço.

– Não há necessidade. Já está no estacionamento.

Rocco desceu os degraus e se dirigiu aos fundos da delegacia.

– Você pensa em tudo.

– Quase tudo!

Naquele momento, Rocco teria trocado de bom grado com Alfredo, que subia a ofuscante escadaria branca. Confrontar os familiares das vítimas era talvez a pior parte de seu trabalho. Algo com que ele nunca se acostumou. Pensava no jornalista, o pai do rapaz: iria encontrá-lo na casa da ex-mulher? Ele duvidava disso. Teria apostado uma boa grana que, naquele momento, o coitado estava deitado numa cama de hospital, coberto de tubos e eletrodos.

Ele acertou. Alberto Ferri internado na terapia intensiva do hospital Sant'Eugenio devido a um infarto do miocárdio foi a primeira notícia que Clara Caputo, ex-sra. Ferri, deu ao juiz e ao subchefe antes mesmo de oferecer que se acomodassem na sala. Ela não tinha nenhuma intenção de visitar o antigo marido, Monica já estava ao lado dele, sua colega jornalista e amante, a causa do divórcio. Clara estava com o cabelo solto e bagunçado e não tinha mais olhos. Eram dois círculos pretos, mais pretos que as espirais que as olheiras traçavam em seu rosto. De lábios pálidos, tremia sentada em uma pequena poltrona ao lado da janela, e a lividez de seu rosto se destacava nas paredes coloridas da casa como paleta de pintor, assim como os móveis, os tecidos e as bugigangas nas estantes, um caleidoscópio que, no entanto, não trazia alegria, ao contrário, apagava a luz e tornava tudo opressivo. Até as cortinas, roxas e laranjas, sufocavam o ambiente. Rocco teve vontade de arrancá-las, abrir as janelas e aplicar-lhes algumas camadas de branco.

– Sentimos muito, senhora... mas precisamos fazer algumas perguntas sobre seu filho – começou o magistrado. Clara assentiu com serenidade, mordendo os lábios e apoiando as mãos nos joelhos, alisando a saia. Estava pronta.

– Alguma vez já suspeitou de que Giovanni estivesse se encontrando com pessoas estranhas?

A mulher balançou a cabeça negativamente.

– Ele já teve problemas de comportamento?

A mulher balançou a cabeça negativamente.

– Houve algum episódio na vida de seu filho que a tenha preocupado recentemente? Não sei, uma garota, uma prova em que não se saiu bem...

E pela terceira vez a mulher balançou a cabeça negativamente.

– Ele estava namorando?

Clara abriu a boca.

– Com Isabella.

Rocco assentiu e leu numa folha.

– Isabella Massari?

– Sim...

– Pode nos contar sobre o dia a dia de Giovanni?

Doces e lentas, duas lágrimas desceram dos olhos da mulher.

– Ele acordava tarde. A menos que tivesse que ir para a faculdade. Estava no primeiro ano de Direito. Já havia prestado dois exames. Tinha amigos na faculdade, encontrava Isabella, de vez em quando ia ao estádio. Jogava tênis. – Ela tirou uma mecha de cabelos do rosto. – O que posso lhe dizer? Ele era um rapaz normal. – Enfiou a mão no bolso da saia e tirou um lenço de papel para enxugar os olhos. Assoou o nariz e olhou de novo para os dois homens. – Uma vida normal... Giovanni era uma pessoa tranquila. Imagine que ele ainda andava por aí com uma scooter 50, a mesma que o pai lhe comprou quando ele fez 16 anos. Nem queria uma moto maior, como as de todos os amigos que zombavam dele. Me dizia que, quando iam a algum lugar, ele sempre chegava por último. Tinham lhe dado o apelido de Sammy, a tartaruga marinha dos desenhos animados.

D'Inzeo assentiu.

– Sim, meu sobrinho também assiste...

– É isso. Giovanni era assim. Um rapaz normal. E não sei o que aconteceu. E nunca vamos saber, não é?

– Quanto a isso, nos permita duvidar – disse Rocco. – Pode nos dizer a placa e o modelo da scooter de seu filho?

– Claro... – a mulher se levantou. Então refletiu sobre algo, olhou os policiais. Tinha dificuldades para falar, como se estivesse com vergonha, mas as palavras pressionavam para lhe sair da boca. No final decidiu. – Seria bom se vocês não fossem anjos vingadores, mas simplesmente anjos, e tivessem vindo aqui para trazer meu filho de volta. – Então abaixou a cabeça e saiu da sala.

Eles saíram para o sol. Parrillo os esperava em fila dupla. D'Inzeo acendeu um cigarro.

– Coitada...

– Pois é.

– Então, temos o número do celular do rapaz?

– Sim, senhor, embora seja difícil conseguir alguma coisa com isso.

– Basta uma vaga ideia de seus movimentos na outra noite – disse o magistrado. – E quem sabe onde está a scooter.

– Quanto a isso, é só tirar a placa e deixá-la em uma vala no meio do campo, no próximo verão estará coberta de arbustos e fim de papo – disse Rocco.

– Que ideia você teve? – e o promotor olhou para o cigarro com desgosto. – Droga, mais cedo ou mais tarde preciso parar com isso...

– Nenhuma, Sasà. Um cara legal que tropeçou em algo terrível. Mas eu descartaria roubo. Cheira a acerto de contas. Só que...

– Que contas a vítima poderia ter que pagar? – Andaram em direção ao automóvel. Parrillo deu a partida assim que os viu. – Me dê uma carona até a universidade, Rocco, vou conversar com os professores. Se não me engano, o catedrático de instituições é Morcorelli, fomos colegas de faculdade. Vamos ver se ele se lembra de algo. – Rocco abriu a porta. – Vou na frente, porque se for atrás, vomito – disse D'Inzeo.

Parrillo dirigia sem fazer perguntas, respeitava o silêncio de Rocco, que acendera um cigarro e soprava a fumaça pela janela. Não estava longe da casa dos pais de Marina, ele poderia fazer uma visita a ela. Teria mais uma noite sem dormir pela frente, revirando-se na cama, aterrorizado com o rumo que sua vida estava tomando sem a mulher. Ele sempre esperou que Marina não notasse suas ações, sua segunda vida secreta, mas era uma vaga esperança, mais cedo ou mais tarde o problema viria à tona.

"O que estou fazendo aqui", pensava. "Eu deveria estar com ela, conversando com ela, fazendo-a raciocinar, jurando que as coisas iriam mudar daqui para a frente".

E se ele piorasse a situação aparecendo em sua casa? E o cara do Audi, o que ele queria com sua mulher?

– Pare aqui e me espere. – Parrillo freou obedientemente diante de um cinema. Rocco saiu do carro, dobrou a esquina e se viu no largo Alessandria. O pub que Giovanni frequentava ficava ali, chamava-se Old England. As vidraças davam diretamente para a praça e vomitavam mesas de ferro e madeira. Um grupo de rapazes estava sentado, aproveitando o sol enquanto bebia alegremente líquidos amarelados. Era um pub enorme. Ocupava duas esquinas e tinha um segundo andar interno. Não era uma boa notícia, ele teria preferido algo mais íntimo.

Parecia o típico lugar onde bandos de jovens paravam para conversar à noite.

Estava escuro lá dentro. Duas televisões no alto transmitiam esportes. Uma partida de rúgbi americano. Atrás do balcão que ia de ponta a ponta da sala, dois rapazes atendiam clientes que conversavam. No caixa, um homem enorme e careca usava uma camisa xadrez estreita, inchada sob as dobras de gordura. Com os óculos de grau apoiados no nariz, ele olhava para um pedaço de papel e digitava os números no teclado da caixa registradora.

– Um café – disse Rocco, empurrando uma nota de dez euros.

Sem nem levantar os olhos, o homem abriu a caixa registradora, pegou o troco e lhe entregou. Então recomeçou a fazer as contas. Rocco embolsou o dinheiro, mas não se mexeu. Depois de alguns segundos, o grandalhão ergueu os olhos.

– Mais alguma coisa?

– Sim. O recibo.

– Eu não o entreguei?

– Eu não tenho Alzheimer.

O grandalhão registrou um euro e entregou o recibo a Rocco.

– Tudo bem assim? – sorriu para ele.

– Acha isso engraçado?

– Isso o quê?

– Que eu tenha pedido o recibo?

O outro tirou os óculos.

– Não, não acho engraçado. Estou trabalhando, me esqueci, é tão grave para fazer disso um problema?

Agora, sem os óculos, Rocco finalmente entendeu com quem se parecia. Um *Felis manul*, também chamado de gato-

-de-pallas, o da estepe. Era idêntico ao desenho da enciclopédia que ele olhava quando criança. Os olhos verdes, sérios, que o rosto perfeitamente redondo e gordo tornava ainda menores, a boca ligeiramente arqueada para baixo, o nariz achatado.

– Absolutamente não – disse Rocco. – Pode acontecer. – Afastou-se do caixa, e o homem recolocou os óculos para retomar as contas.

Pôs o recibo no balcão enquanto um rapaz negro se aproximava, com um sorriso deslumbrante.

– O que vai pedir, chefe?

– Um café.

– Quer no estilo italiano ou africano? – perguntou.

– Como é o estilo africano?

O rapaz colocou a xícara vazia no pires.

– Assim! – e começou a rir. – Estou brincando, agora vou preparar.

Rocco riu. O espírito do rapaz era contagiante. A camisa preta tinha uma auréola branca nas costas.

– De onde você é?

– Nigéria!

– Você é africano e está suando?

– Sim. Porque eu faço tudo aqui, não é verdade, Davide? – disse ele, virando-se para o colega ruivo que estava encostado no balcão mexendo no celular. O outro mostrou-lhe o dedo médio sem tirar os olhos da tela. Tinha o rosto marcado por espinhas.

– Qual é seu nome? – Rocco perguntou.

– Steven, para os amigos. 328 0361462 para os gays! – e começou a rir junto com o colega. Quando se virou para colocar a xícara no pires, viu a mão de Rocco mostrando uma carteira. Ele se aproximou para ler, mas Rocco rapidamente a retirou.

– Finanças... – Rocco disse baixinho. A alegria do rapaz sumiu como uma onda na praia. – Conhece Giovanni Ferri?

O rapaz limpou as mãos na camisa.

– Giovanni Ferri? Não. Acho que não.

– E se eu lhe mostrar uma foto?

Steven assentiu. Rocco pegou o celular e mostrou uma foto do garoto.

– Olhe, aqui está ele. Esse cara aqui. Você o conhece?

– Sim. Claro. Giovanni! – e chamou Davide, que se aproximou. Ele também, com as mãos enfiadas nos bolsos traseiros da calça jeans, olhou a foto.

– Sim. Claro que conheço Giovanni. Nós o chamamos de Sammy, como a tartaruga. Costuma vir aqui com alguns amigos.

O homem do caixa levantou-se e aproximou-se lentamente de Rocco.

– O que há?

– O cavalheiro está procurando Giovanni Ferri – disse Steven.

– Giovanni? Ele esteve aqui há umas duas noites. Sempre passa de noite. Mas não o vi ontem – disse o gato das estepes. – O senhor é da polícia?

– Não, fiscal de finanças – disse Rocco, sorrindo. O homem franziu a testa. Os dois barmen se entreolharam perplexos. – Com quem Giovanni Ferri andava se encontrando?

Os três ficaram assustados.

– Vamos lá, com quem ele andava se encontrando?

– E eu sei lá? Olha, se o senhor quiser ver os registros eu...

– Devem estar em ordem como os recibos que você emite, certo?

O gato-de-pallas olhou para baixo.

– Com quem ele esteve anteontem à noite?

– Com a namorada e dois amigos que não conheço– disse o ruivo. – Tomou a cerveja de sempre e depois foi embora.

– Mas por que está procurando por ele? – arriscou o dono do bar.

– Digamos que não é da sua conta?

– Sim, digamos.

– A que horas ele saiu?

O ruivo pensou um pouco. Foi Steven quem respondeu.

– Estava limpando as mesas lá fora. Eram oito e meia. Sei disso porque naquela hora estava começando um jogo de beisebol na Fox, e eu sempre assisto. Seattle Mariners contra Houston. Grande partida.

– Você é fã de beisebol?

– Curto um monte.

– E poderia me dizer se Giovanni estava usando uma camisa do Oakland?

– Caramba, sim! Aquela branca e verde com o elefante. Você sabe quantas vezes perguntei se ele me vendia? Eu daria até vinte euros. Mas ele era apegado a ela.

Rocco assentiu.

– Vocês foram muito gentis. – Bebeu o café. Fez uma careta. – Da próxima vez, faça do jeito africano: no jeito italiano você é um desastre. – Steven caiu na gargalhada, contagiando também o colega cheio de marcas e o dono do Old England, aliviado ao ver aquele estranho fiscal de finanças sair.

– Alfredo, você tem alguma novidade?

– Então, os mergulhadores encontraram duas máquinas de lavar, uma estante de metal e uma gaiola de galinha no lago.

Com o celular no ouvido, Rocco olhava pela janela. Eles estavam no trânsito da alameda Parioli, parados uma eternidade no semáforo da piazza Ungheria.

– Ligo a sirene, doutor? – perguntou Parrillo. Rocco olhou para ele de viés.

– Você é um idiota, por acaso? Não! – depois voltou a falar ao telefone com De Silvestri. – Algo mais? Uccio Pichi ligou?

– Nada, ainda. No entanto, eles já estão trabalhando no celular de Giovanni Ferri. Mas eu não confiaria muito nisso.

– A última pergunta: o substituto da perícia...

– Quem? Gizzi, o zumbi?

– Ah, você o conhece?

– Sim, doutor. Um cretino.

– Mas ele ligou?

– Esse nunca liga. O senhor tem que ir vê-lo.

Rocco abriu a janela. O cheiro da poluição era sufocante. E o ar quente não dava trégua.

– Tudo bem, obrigado, Alfredo, se tiver alguma novidade...

– Eu ligo.

Schiavone desligou o telefone e saiu do carro.

– Estou de saco cheio, vou a pé. Vou parar no número 72, você me espera do lado de fora. Parrillo, se você ligar a sirene quando eu não estiver, lhe mando para as montanhas Nebrodi.

– E onde ficam?

– Como eu vou saber? Mas não parece um lugar ameno, não é?

Bateu a porta e atravessou a rua. Pelo menos a alameda Parioli ficava na sombra e em declive. Passou pelas bancas que ficavam na calçada e que ali, como em toda a cidade, transformavam Roma em um *suk*. Ele se divertiu observando a fauna. Senhoras plastificadas, rapazes de cabelos bem penteados, machos bronzeados com gravatas coloridas descendo pela barriga, empregadas domésticas de uniforme listrado com poodles, yorkshires e pugs na coleira. A rua na verdade tinha sido transformada em um estacionamento. Em filas duplas e triplas havia carros caros e brilhantes. Mercedes, BMW e uma espécie de veículo anfíbio muito útil no asfalto esburacado da capital.

Rocco marchou rapidamente. Um trovão fora de lugar retumbou à distância. Entretanto, o céu crestado pelas folhas de castanheiros estava azul. Ele passou pela quarta banca e finalmente chegou ao número 72. Entrou.

– Diga – falou um porteiro da guarita.

– Família Massari.

– Bloco B, terceiro andar. Quem é?

– Polícia.

O porteiro mordeu os lábios e sentou-se de novo à mesa, folheando uma revista.

Um homem de seus 45 anos abriu a porta. Alto, elegante, de paletó xadrez e camisa listrada. Tinha cabelos ralos penteados para trás e olhos azuis desbotados. Uma barbicha estilo Cavour engordava seu rosto. Os lábios estavam ligeiramente suados.

– Por favor. Estávamos esperando pelo senhor. Enrico Massari, sou o pai de Isabella – disse ele, deixando-o entrar. Um apartamento elegante, paredes na cor creme e móveis de madeira clara. – Fique à vontade. – Abriu uma porta dupla em estilo florentino e entraram em um salão luminoso. Em um sofá estava uma garota loura, com rabo de cavalo, calça jeans rasgada no joelho e um par de Dr. Martens nos pés. Ao lado dela, um jovem de terno e gravata. – Minha filha Isabella – disse o dono da casa – e o advogado Sorrentino.

– Pensei que se tratasse de uma conversa amigável – disse Rocco.

O advogado se levantou e apertou-lhe a mão.

– Prazer. Sim, é um bate-papo amigável, mas como é que se diz? Prevenir...

Schiavone se sentou e olhou o rosto de Isabella. Estava com as mãos cruzadas à frente, os cotovelos apoiados nos joelhos. O suéter leve de algodão ultrapassava os pulsos, onde ela apoiava a boca.

– Quando vocês ficaram sabendo?

– Hoje de manhã – respondeu o pai.

Isabella tinha os olhos calmos e desbotados do pai, levemente nublados por uma aura de ansiedade, mas não eram olhos tristes.

– Quando foi a última vez que você viu Giovanni? – perguntou o subchefe.

– Anteontem à noite.

– Posso saber a que horas?

Isabella olhou para o advogado, que assentiu.

– Estávamos no portão de minha casa umas dez, dez e meia. Não me lembro bem.

– Não olha o relógio a cada cinco minutos, não é? – disse o advogado, dando de ombros.

– E quem disse o contrário. Eu, por exemplo, jantei ontem à noite com alguns amigos, mas não sei a que horas voltei – disse Rocco. – Às duas horas? Às três? À uma?

O sr. Massari e o advogado sorriram levemente.

– Pois é... – disse o pai da menina.

– Como Giovanni era?

– Em que sentido?

– Isabella, como era seu namorado?

– Quer dizer, como era a aparência dele?

– Não. Que tipo de pessoa ele era.

– Giovanni... era um cara tranquilo. Estudava. Um bom rapaz.

Rocco já estava farto daquela atmosfera falsa e enjoativa. Ele esticou as pernas, suspirando.

– Vocês já notaram? Toda vez que perguntamos a alguém como era a vítima, ficamos sabendo que sempre foi um bom rapaz, um bom filho, um homem honesto, um bom pai de família. Mesmo que tenha sido morto, sei lá... esfaqueado, envenenado, enterrado vivo. Por exemplo, dr. Massari, o senhor certamente é uma boa pessoa. E acho difícil que seja brutalmente assassinado no meio da noite, numa espécie de execução, não acha?

– O que... o que o senhor quer dizer? – perguntou Enrico Massari.

– Quero dizer que boas pessoas geralmente não são mortas com uma lâmina enfiada na base do crânio e jogadas de um penhasco em uma pedreira de mármore no meio da noite. – Havia exagerado deliberadamente, como se estivesse passando a unha no quadro-negro para chacoalhar a situação.

Isabella e o pai ficaram atônitos. Foi o advogado quem retrucou.

– Por que nos conta esses detalhes macabros? Minha cliente era namorada da vítima, um pouco de gentileza não faria mal!

– Tem razão. Mas foi apenas para lhes dar um quadro da realidade, para explicar as coisas tal como a vida as vomita em cima de nós, e não como os jornais ou as conversas de salão nos contam. Aí o Giovanni era um tipo tranquilo, bom, estudioso, respeitoso, e foi confundido com outra pessoa. Poderia ser, não é?

– Poderia ser – respondeu o advogado.

– Você o amava?

– Esta é uma questão pessoal. Isabella, não há necessidade de responder – interveio o pai de sua poltrona.

– Clara, a mãe de Giovanni, me falou que lhe telefonou, e você respondeu que tinha discutido com ele na noite anterior. É verdade?

Isabella olhou de novo para o advogado. Foi ele quem respondeu.

– Não vejo como isso possa ter a ver com a morte de...

– Não tem nada a ver, de fato! – Rocco o interrompeu. – Mas, se não me ajudarem a entender mais coisas, nunca vou pôr as mãos nos filhos da puta que mataram aquele bom rapaz! Ninguém está acusando você de nada aqui, Isabella. Só estou pedindo ajuda!

Isabella mordeu os lábios novamente, abriu a boca, a mão do advogado pousou no ombro da menina, mas ela se esquivou.

– Tínhamos discutido, é verdade. Aqui, na porta de casa.

– Obrigado – disse Rocco. – Posso saber por quê?

– É uma longa história. Tem outro garoto envolvido, Silvano. Ele estava convencido de que eu...

Rocco interrompeu Isabella com um gesto da mão.

– Não, desculpe, isso é assunto seu, problemas de casal que eu francamente prefiro dispensar. Eu quero saber se Giovanni frequentava pessoas estranhas ultimamente.

– Doutor, não sei. Não quando eu estava com ele. Nos víamos na universidade, em alguns bares, de vez em quando estudávamos juntos. Mas não sei lhe dizer o que ele fazia quando estava sozinho.

Rocco se pôs de pé. Teve a sensação de que aquele gesto o ajudava a respirar fundo, a plenos pulmões, como quando se supera um perigo iminente.

– Você também estuda Direito?

Isabella assentiu com a cabeça.

– O exame que mais odiei foi o de Criminologia. Quem diria, não é? Um policial que detesta essa matéria.

Finalmente Isabella sorriu, enquanto os dois homens se levantaram, seguindo o exemplo do subchefe.

– Está indo bem?

– Vou prestar Criminologia no final do bimestre.

– É fácil, no fim das contas. Mas é preciso aguentar as idiotices de Lombroso. Você o conhece, certo?

– Claro! Criminosos de nascimento.

– Que bobagem, não concorda, advogado? Então, boa sorte com seus exames, Isabella. – Rocco apertou a mão do advogado, do dr. Massari e, finalmente, da moça. – Criminosos desde o nascimento... como se bastasse olhar o rosto de uma pessoa para perceber se se trata de um criminoso ou não. Já ouviram uma bobagem maior que essa?

Isabella estava mentindo. Ele sabia disso, estava tão claro quanto o céu naquele dia de final de junho. O advogado, o pai que suava, um comitê de recepção exagerado, excessivo. Eram pessoas ricas, com um futuro garantido. Algo havia acontecido naquela casa, algo que perturbara aquela tranquilidade típica do Parioli e que eles, sem o amigo advogado, não teriam conseguido enfrentar. Entrou no carro imerso em suas reflexões, Parrillo partiu, e não trocaram uma palavra até chegarem ao EUR.

A tarde passava preguiçosamente e o sol não se decidia a se pôr. Depois de tentar ligar três vezes para a mulher sem sucesso, teve vontade de tomar um sorvete. Pegou a carteira e saiu em direção à alameda Europa para comprar um *cornetto* Algida. Assim que saiu do escritório, Alfredo De Silvestri foi ao seu encontro.

– Hoje pareço um mensageiro. Más notícias, doutor.

– Vamos ouvi-las.

– Lembra-se do autoatendimento? Bem, três pessoas usaram aquele caixa eletrônico à noite. Nós os rastreamos.

Um deles é um comerciante de Ciampino, que nos pediu para sermos discretos, acho que ele tinha ido visitar a amante...

– Ou prostitutas, quem sabe...

– Sim. O outro é um engenheiro que ia visitar a mãe em Frascati.

– E o terceiro?

– Um agente que estava voltando para casa. Nós o ouvimos, é da delegacia de polícia de Tuscolana. Mas quando abasteceu, ele estava sozinho e não percebeu nada. Foi o último a usar o caixa eletrônico, por volta das onze horas. Lamento.

Rocco deu um tapinha em Alfredo.

– Seria bom se o pessoal forense nos trouxesse umas boas notícias, né?

– Seria bom.

– Olha, Alfre, você pode me fazer um favor?

– Claro.

– Uma coisa fácil. Pode verificar uma placa para mim e me dizer quem é o proprietário? AX 213 XB.

Alfredo anotou mentalmente.

– Isso tem alguma coisa a ver com o caso?

– Não.

Eles se entreolharam por uma fração de segundo. Um breve silêncio, daqueles que tendem a ser repletos de implicações entre pessoas que se conhecem bem. Dos olhos cansados e experimentados de Alfredo aos olhos cansados e apáticos de Rocco, num intervalo de tempo infinitesimal. Somente um ouvido atento e sensível teria alcançado o diálogo que transcorreu silencioso e rápido.

– Alfre, por que você não vai para casa?

– Doutor, por que o senhor não vai?

– Porque não há ninguém lá.

– E também não há ninguém na minha.

– Sua mulher ainda está zangada?

– Está.

– Você tem que se aposentar, Alfredo.

– E o senhor precisa mudar de emprego.

– É a única coisa que sei fazer.

– Eu também, doutor.

Ele não queria mais o sorvete. Despediu-se de Alfredo e voltou ao escritório. O céu ficou laranja para dar lugar lentamente ao roxo e ao azul-escuro que logo abraçaria toda a cidade pelo leste. Mais uma noite solitária começaria para Rocco.

Foi uma noite complicada. Não só por causa da insônia, mas porque uma tempestade equatorial desabou sobre Roma. Folhas, pétalas de flores, sacos plásticos voavam. As venezianas batiam nas paredes, e o limoeiro de Marina perdeu três frutos. Rocco conseguiu deslocar o vaso para baixo da varanda, encharcando-se como se estivesse no convés de um navio durante uma tempestade oceânica. Rocco sabia que aquela chuva, que trazia um sopro de frescor e de alívio, teria piorado a situação a partir da manhã seguinte, aumentando a umidade e assemelhando a capital da Itália a uma cidade do Rajastão.

O sol já estava alto havia um tempo, e uma mortalha tropical envolvia Roma. Vittoria estava esperando o neto fazia vinte minutos e ele ainda não tinha aparecido. Sentada na poltroninha da entrada, bem ao lado do interfone, ela segurava a bolsa com força sobre os joelhos e mexia no fecho de ouro falso. Ela olhou para o antigo relógio colocado no *trumeau*, bem ao lado da foto da boa alma de seu marido Raffaele, em uniforme de segundo-tenente, com todos os cabelos dos seus vinte anos.

Cada vez que ela olhava para aquele retrato, se lembrava do filho, Guido. Idêntico ao pai, apenas vinte centímetros mais alto. Ela não conseguia distinguir bem os ponteiros dourados, então se aproximou e apertou os olhos. Nove e meia. A essa altura, já encontraria uma fila assustadora nos correios. Por que Matteo prometeu a ela que passaria lá? Por que continuava confiando em seu neto? Ele morava a três quadras, o tempo de chegar a sua casa, com o ritmo rápido e ágil de um jovem de vinte anos, era de três minutos no máximo. Cinco se ele parasse para olhar uma vitrine. Vinte minutos de atraso significavam apenas uma coisa: Matteo ainda estava dormindo. "Não se preocupe, vó, eu acordo, tenho que estudar!", ele lhe dissera na noite anterior.

"Claro", pensava Vittoria. Tinha certeza de que ele se atrasara na noite anterior e o imaginava, agora, revirando-se sonolento entre os lençóis, incomodado pelo sol que penetrava entre as ripas da veneziana, esquecendo as promessas feitas à avó.

Tinha que ir sozinha.

Vittoria não tinha problemas de ir sozinha aos correios, era seu filho Guido, pai de Matteo, quem insistia para que alguém a acompanhasse quando ela fosse receber a pensão.

"Mãe, você sabe quanta gente ruim tem por aí?"

"Não, não sei. Estou sempre em casa!"

"Mas você lê os jornais?"

"Não."

"Mas você vê televisão, não é? Com todos esses imigrantes, sabe como é? Eles veem você entrando no correio, seguem, lhe dão uma pancada na cabeça e adeus! Acabam com você e sua pensão!"

E assim, durante dois anos, todos os meses, Guido, Anna ou seu filho Matteo iam até a casa dela, acompanhavam-na até os correios, traziam-na de volta e adeus! Até o mês que vem.

"Mas então", pensou Vittoria, "o imigrante ou quem quer que seja, mesmo que eu esteja com Anna, que é magra feito uma vara, qual a diferença para dar cabo de nós duas?"

"Talvez se virem duas pessoas pensem duas vezes!", o filho sempre lhe respondia. "Resumindo, mãe, eu me sinto mais tranquilo. Saber que você está sozinha me deixa ansioso".

Não o suficiente para levá-la a morar com ele. Guido havia ficado com a casa da família, de 180 metros quadrados na via Urbino, e os três moravam lá. Ela foi relegada a apenas 50 metros, com cozinha na sala, quarto de dormir e um pequeno banheiro sem banheira. "Não se preocupe, mãe, agora Anna e eu vamos resolver as coisas e depois você vem para nossa casa!" Três anos se passaram. Três anos de reforma da casa, como se fosse o Palazzo Venezia. Vittoria sabia a verdade, mas era uma dessas verdades que não podem ser reveladas em família. Nem passava pela antecâmara da cabeça de sua nora, Anna, a rainha dos 180 metros quadrados, manter a sogra em casa. Aquela casa que tinha sido sua e de Raffaele, e de sua mãe, e antes ainda de sua avó. Vittoria cresceu lá e criou seus filhos lá. E agora? Anna, que vinha de uma casa que era um buraco, um meio porão atrás da alameda Somalia. E quando, trinta anos antes, Vittoria visitou os pais de sua nora e entrou pela primeira vez naquele apartamento, seu coração apertou. Anna morava lá com os pais, os avós, três irmãos e uma tia. Em apenas três cômodos. As paredes sujas de fuligem, o papel de parede engordurado. Mas agora ela levara seu filho e a velha casa da via Urbino, e a reformava fazia três anos. "Vamos fazer uma casa automatizada", disse Guido. Ela demorou três noites para entender, no Natal passado, essa história de casa automatizada. O aquecimento, as luzes, as persianas, o alarme contra roubo, tudo era controlado por um robô, um cérebro eletrônico. Anna havia instalado um piso em concreto industrial, mas os antigos ladrilhos de mármore da casa, da década de 1920, eram lindos. Vittoria conhecia todos os ladrilhos daquele pavimento. Aquele lascado, aquele onde o irmão arranhou o joelho, aquele que se movia e era possível erguê-lo para esconder o pouco dinheiro que conseguia economizar com trabalhinhos. Não sobrou nada! Anna queria cimento industrial. Uma pasta cinzenta sobre mais de cem anos de pés, de sapatos de couro, de calços de corda, das solas cravejadas dos alemães, das pantufas de Raffaele, dos chinelos das crianças. Até o banheiro, que tinha uma banheira de zinco com patas de leão, em que três gerações da família se lavaram, tudo isso também desfeito, jogado no lixo! Em seu lugar havia um troço de fibra de vidro que funcionava como hidromassagem. Ela não reconhecia mais a casa de sua infância nas raras ocasiões em que Anna a admitia no palácio. Derrubaram paredes, destruíram portas, desfiguraram janelas. E por que tudo isso? Para ter um apartamento "automatizado", que mais parecia uma concessionária do que uma casa. Mas era a casa de Anna, não era mais a casa dos Livolsi.

A cretina.

Morta de fome.

E feia também.

Mas é melhor guardar para si esses pensamentos de família, ela sabia. No entanto, Vittoria não aguentava mais e tinha prometido a si mesma que mais cedo ou mais tarde falaria tudo. Até a última sílaba. Quem sabe no leito de morte, antes de dar o último suspiro e cuspir a alma para sempre. Queria olhar bem na cara daquela mulherzinha que tinha imbecilizado seu filho e lhe dizer: "Querida, meu tesouro. Sabe de uma coisa? Você é uma mulherzinha ordinária, feia, seca, baixa e inútil, e pode esquecer que não vou colocá-la na capela da família quando esticar as canelas. Sabe por quê? Porque está em meu testamento, com o tabelião! Morta de fome!". Diria isso a ela e então fecharia os olhos, se juntando a Raffaele, que a esperava fazia muito tempo.

Levantou-se. Pegou as chaves do apartamento e saiu, cansada de esperar pelo neto Matteo que de todo modo não viria.

Estava quente. Ainda não era algo irrespirável, mas dava para sentir que o verão avançava e que em uma ou duas semanas Roma se tornaria um forno. A chuva que tinha caído durante a noite só piorou a situação. Cumprimentou o porteiro que, como sempre, estava na calçada, encostado no capô de um carro, fumando e conversando com o zelador do número 25. Motos e carros já haviam começado sua ciranda sem fim. Ela olhou para a via Aosta. Estava toda sob o sol. Resolveu cortar pela via Fidenza, que estava na sombra, e esticar um pouco. Vittoria não tinha pressa, a fila do correio já estava armada.

Parecia estar deitado na calçada, entre as scooters, consertando uma delas, como fazem os mecânicos quando entram embaixo do carro para mexer e desparafusar. Via o jeans, os tênis. Olhou ao redor. Não havia ninguém. Lentamente, Vittoria se aproximou do que devia ser um rapaz, seu neto também usava calças rasgadas. Não estava consertando a moto. Parecia estar dormindo. Estava de boné, com a cabeça apoiada nos braços. Ela não conseguia ver seu rosto.

– Ei... ei! – chamou. – Ei! – Um homem de camiseta branca saiu de um bar. – Senhor! – o chamou Vittoria. – Senhor, venha aqui, por gentileza.

Ele ergueu os olhos para o céu.

– O que é?

– Há alguém aqui. No chão.

– No chão?

O homem se aproximou. Também viu o rapaz caído no asfalto, entre as scooters estacionadas.

– Oi! – o chamou. Então se abaixou e o sacudiu. Mas ele não deu sinais de acordar. – Oi! – gritou novamente. Então o agarrou pelo ombro e o virou.

O rapaz tinha os olhos meio abertos, sem brilho. Da boca saía um fio de sangue escuro. Demorou alguns segundos para Vittoria reconhecê-lo. Aquela pilha de trapos jogada no chão entre as scooters era Matteo, seu neto. Arriou no chão sem gritar ou gemer. O coração tinha parado de acompanhá-la.

O sol agora batia forte na via Fidenza. O corpo do rapaz estava coberto por um pano branco. Transportaram a avó dele para San Giovanni, inutilmente. Rocco desceu do carro com o agente Simone Zuccari, um louro cacheado e inteligente, com sardas no nariz e um olhar azul que parecia estar sempre em busca de algo interessante. Pouco atrás, Parrillo estacionou o carro com outro policial. Os agentes se aproximaram, passando a fita que delimitava o local do crime.

– Olá, Uccio – disse Rocco a meia voz.

Spartaco Pichi, o patologista, calçava as luvas de látex.

– Oi, Rocco... a gente sempre se encontra.

– Ah, sim. Quem é?

– Matteo Livolsi. Vinte anos...

Spartacus levantou o pano. O rosto do rapaz apareceu. Parecia estar sorrindo. O sangue que escorrera da boca tinha secado. A pele estava roxa. Pichi levantou a camiseta. Sem marcas no tronco. Virou ligeiramente o cadáver e examinou o pescoço.

– Eu sabia... – ele disse – olhe aqui!

Rocco se inclinou para observar. Na nuca havia um ferimento do tamanho de uma moeda de cinco centavos.

– Este também, um golpe seco na base do crânio. Morreu sem nem perceber.

– Por que não há sangue no chão? Quero dizer, não é muito pouco?

– Sim – disse Uccio, movendo o olhar para o asfalto. – Diria que quase nada.

– E o que dá para entender?

– Que não o mataram aqui. Mas não muito longe. Parece que a avó dele o estava esperando em casa para ir aos correios receber a pensão.

Rocco assentiu.

– Me ajude a entender, Uccio. Por que ele não tem sangue na camiseta? E bem pouco no pescoço? Quero dizer, abriram um tremendo buraco na base do crânio dele. Deveria haver sangue.

– Eles limparam? – arriscou o médico.

– Não. E para quê?

– Eles o esfaquearam de cabeça para baixo?

– E o que é isso, um porco a ser abatido? Não, eu preciso pensar sobre isso... – Ele se levantou e acendeu um cigarro. Amaldiçoou aquela cidade de merda, que acabara de lhe dar o segundo garoto de vinte anos morto da mesma forma. Rocco olhou para os prédios que sufocavam a rua.

– Parrillo!

O agente de cabelo encaracolado chegou correndo.

– Diga, doutor.

– Mesmo que eu não acredite muito, agora você e seu colega vão dar um belo giro pela vizinhança. Lojistas, vizinhos, qualquer pessoa que tenha janela para rua. E vejam se achamos alguém que viu alguma coisa.

– Posso pedir uma mão ao pessoal da Appia?

– Peça uma mão a quem você quiser. Entreviste o máximo de gente possível. Vamos ver se a sorte nos ajuda!

– Entendido! – e Parrillo se afastou às pressas.

– Vou dar uma olhada nele e levá-lo ao hospital – disse Uccio, tirando as luvas de látex. – Espero lhe dizer algo hoje à tarde. Mas aposto tudo que é a mesma arma cortante do outro dia. Um ponteiro com cerca de dez centímetros.

– Ah, então é oficial, um ponteiro. Por que não me disse antes? – Uccio não respondeu. Rocco coçou a cabeça. – Quem o encontrou?

– A avó. Teve um ataque cardíaco e morreu. O pobre coitado morava perto, na via Urbino.

Rocco se virou para Zuccari.

– Alguém foi à casa dele?

– De Silvestri e inspetor Munifici – respondeu o agente.

Guido e Anna Livolsi, os pais de Matteo, estavam na sala, sentados no braço de uma poltrona de couro, agarrados como dois náufragos a uma rocha no meio de um oceano tempestuoso. Anna olhava para o chão, o marido a segurava forte, com medo de que se perdesse. Próximo à porta de entrada, De Silvestri cumprimentou o subchefe com um gesto. O inspetor Carlo Munifici estava de pé, na frente do casal. Rocco se aproximou. Os passos ecoavam no chão de concreto e resina. Nem mesmo um quadro nas paredes. Nenhum sinal de biblioteca. Apenas uma imensa televisão repousava num canto.

– Schiavone, investigação... – disse sem estender a mão. De todo modo, sabia que eles não a apertariam. Estavam bloqueados, abraçados sem qualquer intenção de sair daquela posição, como se aquele abraço fosse o único baluarte que lhes restava para se protegerem da dor. Guido apenas ergueu os olhos, procurando os de Rocco. Estavam vermelhos, com olheiras. Saía muco de seu nariz. Bateu as pálpebras. – Não quero fazer nenhuma pergunta... apenas prestar minhas mais profundas condolências. – Então o subchefe olhou para o inspetor. – Informou os senhores sobre o procedimento?

Ele assentiu.

– Posso dar uma olhada no quarto? – e teve o cuidado de não mencionar o nome de Matteo.

O pai fez que sim e com o olhar indicou a porta do corredor. Rocco baixou ligeiramente a cabeça e saiu da rocha com os dois náufragos.

Não era o quarto de um jovem de vinte anos. Paredes nuas, uma cama de casal, guarda-roupa com portas de vidro. Uma pequena estante com textos jurídicos, todos do primeiro ano. Uma televisão e o PlayStation, única concessão do mobiliário aos mais jovens. Na mesa com tampo de vidro, um laptop desligado. Ele abriu as gavetas. Encontrou apenas alguns isqueiros, pedaços de papel com anotações escritas numa letra apressada e confusa. Algumas moedinhas, canetas, lápis, apontadores, uma foto de Matteo cheio de espinhas com uma loira. No guarda-roupa havia poucas roupas, muitas camisetas. Nada mais. Havia um carregador conectado na tomada ao lado da porta. Rocco voltou para a sala. A cena não havia mudado, apenas Anna tinha apoiado a cabeça no peito do marido, que parecia ter recebido uma dezena de tapas sem entender de onde vinham.

– Seu filho tem um celular? – Rocco perguntou gentilmente, quebrando aquele silêncio viscoso.

– Como?

– Um telefone celular. Ele tem?

– Sim. Sim. Ele tem – disse Guido – está sempre com ele. Hoje de manhã saiu cedo. Antes de ir à casa da avó, ele ia encontrar um amigo no bar, foi o que me disse. Quando saiu, com certeza estava com o celular. – Então caiu em prantos. – Ele faz isso... sempre... – O choro do marido contagiou imediatamente a esposa, que fechou os olhos, tremeu, abriu a boca e finalmente soltou um grito junto com um fio de baba. Seco, agudo, como o de um animal ferido, que repercutiu no apartamento e penetrou direto nos ossos de Rocco. Eles a deixaram gritar, consumir os pulmões e as cordas vocais, até a garganta ficar vermelha. Então o marido cobriu a cabeça dela com os braços, como se quisesse escondê-la, e o grito foi diminuindo lentamente. Tornou-se primeiro um suspiro, depois um gemido e, por fim, um soluço silencioso. Rocco abordou o inspetor Munifici.

– Lá no quarto do rapaz há um laptop. Temos que levá-lo. – O policial assentiu. – Munifici, vá também com De Silvestri dar uma volta pela via Fidenza. Casas, lojas, vejam se alguém viu alguma coisa. Parrillo está trabalhando nisso, mas eu confio mais em vocês dois. – Então, sem dizer mais nada, deu as costas e, fazendo um sinal a Zuccari para que o acompanhasse, saiu do apartamento.

Quando os dois policiais já estavam na rua, Rocco respirou fundo. O agente o observou com seus olhos claros e ágeis.

– O que foi, doutor?

– Estou simplesmente de saco cheio. Queria ser como Pichi, que olha os cadáveres como objetos de trabalho. Ou como um cirurgião que abre barrigas como se fossem pedaços de carne.

– Os cadáveres lhe causam impressão?

– Não. Isso não. O que está em torno é que me causa impressão.

– Os parentes, não é?

– Mais ainda, o escroto que me presenteou com um cadáver no meio da rua. Para a delegacia, vamos.

Eles se aproximaram do carro quando o celular de Rocco começou a tocar.

– Aqui é Gizzi.

– Oi.

– Ouça... – a voz do substituto forense era lenta, como se as palavras lhe custassem uma hipoteca. – Preciso falar com você. Estou no local onde o corpo foi achado esta manhã. Você está na área?

– Estou aqui atrás, na via Urbino, embaixo da casa dos pais.

– Há um bar bem aqui em frente. Vamos nos encontrar lá, tem ar-condicionado.

Rocco não entrou no carro.

– Vou voltar à via Fidenza, a pé. Você me alcança com calma, Zuccari.

O outro assentiu e desligou o motor.

– Então aproveito e ligo para casa.

– Faça o que quiser – e o subchefe voltou ao local do crime.

Assim que dobrou a esquina da via Urbino, pensou no trajeto que o jovem poderia ter feito para ir até a via Fidenza, supondo que era sua intenção passar por ali ou que não o tivessem levado. Em qual bar ele queria tomar o café da manhã? Onde encontrou o amigo, se é que o encontrou? Por que saiu mais cedo de casa, quem ele deveria encontrar? Todas essas perguntas inundaram sua mente. Mas ele tinha quase certeza de que, se havia um encontro, era com o assassino. Olhava atentamente as portas e as lojas pelas quais ia passando. Alguém o matou durante aquele percurso e depois o largou na via Fidenza? Mas como é possível agarrar uma pessoa, levá-la a um lugar escondido e matá-la em pleno San Giovanni? Um dos bairros mais populosos de Roma? Aquele portão aberto podia ser o covil da aranha assassina que massacrara o rapaz, empurrando-o lá para dentro? Ou a garagem no fim da rua? Uma van estacionada em segunda fila?

Uma multidão de curiosos e fanáticos do verão reunia-se para observar as operações da perícia. Os policiais forenses, de macacão branco e capuz, começaram a trabalhar. Rocco pensou no calor que aqueles pobres coitados tinham que suportar, fechados naqueles imaculados escafandros. Um inspetor conversava com dois jornalistas, que faziam anotações em bloquinhos. Reconheceu o fotógrafo que dois dias antes acompanhara o pobre Alberto Ferri à pedreira. Eles se cumprimentaram com um leve aceno de cabeça. Então ele começou a tirar fotos, e Rocco caminhou para o bar. Por baixo de seus pés veio uma rajada de ar quente misturada a um cheiro de urina e mofo. Olhou para baixo. Estava passando por uma grade na calçada. No fundo do horrendo da cidade havia bitucas, resíduos de papel e certamente, pelo fedor que subia, também um rato morto. Ele aproveitou a oportunidade para jogar a bituca.

O ar-condicionado no máximo tinha transformado o bar numa geladeira. Um frio que acertou seu peito como um soco.

– Que porra é essa... – murmurou, aproximando-se do balcão onde Gizzi estava encostado, tomando um café. – Não podemos aumentar a temperatura? Não se pode ir de Mumbai a São Petersburgo.

Gizzi não respondeu. Limitou-se a bebericar seu café.

– Muito frio, doutor? – disse o garoto atrás do balcão.

– Eu diria que sim. Você vai ter um troço esta noite quando sair.

– Faço um café?

– Me faça um café.

– Antes que o senhor me pergunte, eu não conhecia ele... coitado – e o rapaz se virou e foi para a cafeteira, manejando o aparelho. O bar estava vazio. Uma máquina de videopôquer piscava num canto. Rocco olhou a geladeira de sorvete e fez uma careta. Nem sequer um Algida.

– E então...

Gizzi tinha pegado um Baci Perugina e estava tirando o invólucro.

– Então vamos falar sobre o assassinato na pedreira. O do autoatendimento. Encontramos umas impressões digitais interessantes em um dos teclados.

– Vocês estão trabalhando nisso?

– Sim. Demora um pouco, mas a digital é bem nítida. Consegui os nomes dos três que usaram o caixa eletrônico, e tomara que não pertença a nenhum deles. – Sério, enfiou o chocolate na boca. – Fiz como você pediu. Encontramos sangue no caminho do autoatendimento até a cerca. E identificamos o ponto de onde Giovanni Ferri deve ter caído.

O barista pôs a xícara de café na frente de Rocco.

– Aqui está, doutor.

– Obrigado. – Rocco pegou a xícara e olhou para o colega. – Por que você está triste?

– Porque odeio concordar com você.

– Então ele foge, é perseguido, chega à beira do precipício, o matam, e ele cai.

– Sim – Gizzi assentiu – deve ter sido mais ou menos assim.

– Isso dá a entender que ele provavelmente estava no carro com os assassinos. Para onde o estavam levando?

– Sei lá.

Rocco terminou o café.

– E por que não tentaram esconder o corpo? Quero dizer, o lago estava a vinte metros de distância.

– Isso eu não sei.

– Caramba, Gizzi, como você é prestativo.

– Talvez lhe ajude saber mais uma coisa?

– Depende.

– Aquela camisinha do triciclo.

Rocco quase caiu na gargalhada.

– Não me diga que você a examinou!

Gizzi o fuzilou com o olhar.

– Eu já lhe disse, somos exigentes e muito, muito profissionais.

– E o que você descobriu? Estava cheio?

– Se por cheio você quer dizer usado, sim, estava.

– E sabe também por quem?

Gizzi se pôs a ler o papelzinho do Baci Perugina.

– Não há necessidade de fazer exame de DNA. Pertence a Luigi Cuticchio, conhecido como Gigi *er cesso*.

– Ah, o velho vigia.

– Sim, ele me confessou. Sai com garotas nigerianas à noite.

– Está vendo, o Gigi *er cesso*... ele sai com nigerianas!

– Em um triciclo – exclamou Gizzi, com uma careta de horror no rosto.

– A gente fazia isso numa 500, não num triciclo. Na verdade, se você pensar bem, tem até um bagageiro. Talvez seja até confortável!

– Talvez – o substituto forense amassou com raiva a mensagem do Baci Perugina e a jogou no chão.

– O que estava escrito aí?

Mas Gizzi não respondeu.

– Você paga! – e saiu do bar.

Rocco recuperou o papelzinho. "O fardo dos chifres é o mais leve do mundo, mesmo que o homem seja tão infamado: quase todas as pessoas o veem; e quem o leva na cabeça nunca sente. Ludovico Ariosto." Rocco começou a rir. O fato de a mulher de Gizzi ter se vingado do marido o enchia de orgulho.

– Existe um Deus, você sabia? – disse na cara do barman, deixando dois euros no balcão.

– Se o senhor diz...

A pedreira voltou a funcionar. O barulho das correntes serrando a pedra era mais insuportável que o brilho do mármore, que despontava como recheio de torta das encostas dos montes fatiados. Um operário o reconheceu e o cumprimentou erguendo a mão. Rocco retribuiu, indo em direção à casa de Luigi Cuticchio, conhecido como Gigi *er cesso*. Mario Mastini, o chefe, saiu da sala da gerência usando um par de luvas de proteção.

– Doutor! – gritou por cima do barulho. – Posso ajudar?

– Só preciso fazer uma pergunta a Gigi *er cesso*. Ele está aqui?

– Está lá. Não o vi hoje. Se precisar, estou à disposição!

Rocco seguiu em frente e chegou à guarita do vigia. Bateu. Sem resposta. Bateu novamente. Virou a maçaneta e abriu lentamente.

– Posso entrar?

Estava escuro lá dentro. Um quarto imundo, de madeira, com linóleo no chão. A lâmina de sol que entrava pela porta iluminou o rosto do vigia. Ele estava deitado em uma cama de acampamento com os olhos fechados e as mãos cruzadas sobre o estômago. Parecia estar dormindo ou pronto para o caixão. Nas paredes, centenas de rótulos de cerveja colados serviam de papel de parede. Uma mesa com fogão elétrico, algumas panelas e uma cafeteira moka velha. Frascos de vidro tão sujos que não dava para ver o conteúdo. Cheiro de vinho, chulé e mofo. Rocco não fechou a porta para pegar um pouco de luz e respirar. A única janelinha do casebre estava fechada com tábuas. Ele permaneceu ali, na porta, olhando aquela caverna de solidão.

– Gigi? – chamou. – Gigi! – O velho tremeu.

– Quem é? O que foi? – Então ele lentamente virou a cabeça em direção à porta. Pôs a mão na frente do olho bom para bloquear a luz do sol. – Não estou vendo... quem é?

– É o subchefe Schiavone. Lembra de mim? – O homem mexeu um pouco o rosto, tentando escrutinar aquela silhueta contra a luz.

– Estou dormindo, o que houve?

– Preciso lhe fazer uma pergunta.

– Mas não dá para fechar a porta? Está me cegando!

– Tanto, você já está na metade do caminho!

Rocco fechou as ripas que serviam de porta, tendo o cuidado de deixar uma fresta para deixar passar o ar. O cômodo caiu na escuridão novamente. O sol penetrava pelas tábuas soltas das paredes, mas não o suficiente. Gigi acendeu uma luz. Um pequeno abajur de cúpula rosa manchada com uma renda que tentava dar uma graça afetada àquele objeto catado em um aterro sanitário. O calor era insuportável.

– Mas como você consegue dormir? É como estar dentro de um forno.

– Olhe, na minha idade as temperaturas são diferentes. – Ele se sentou na cama. – E aí? O que você quer saber?

– Da noite do assassinato.

– E daí?

– Me diga a verdade. Você não estava aqui.

– Claro que eu estava aqui.

– Já disse que não. Olhe, nada vai acontecer com você. Mas já me ajuda se você contar a verdade.

O velho encolheu os ombros.

– E por que eu deveria te ajudar? – disse raspando a garganta e escarrando no chão, sobre o linóleo. Rocco reprimiu uma ânsia de vômito.

– Porque você me disse que a morte daquele garoto te dá nojo.

– É verdade. Eu já disse e digo de novo. Quer que eu repita?

– Não há necessidade. Então, me diga: você estava aqui?

– Não – e coçou a cabeça.

– E onde você estava?

Abriu um sorriso inocente, mostrando os poucos dentes multicoloridos. Eles variavam do amarelo-claro ao preto-sépia, passando pela terra de Siena.

– Fui visitar minhas amigas.

– Quem são?

– Nigerianas, trabalham na Tiburtina... elas têm umas bundas que você nem imagina.

– Quem quiser que imagine, Gigi! – Teria desejado tudo, menos ver o amplexo entre Gigi *er cesso* e sua amiga nigeriana. – Elas dão para você, Gigi?

– Pagando...

– Pobres coitadas. – Rocco nunca mudaria de ideia sobre isso. Era o trabalho mais duro do mundo, o mais difícil, pior que a mineração. E o primeiro que lhe dissesse que elas fazem isso por livre escolha, ele o botaria contra a parede e lhe quebraria o septo nasal.

– Espero que elas cobrem um abono de você.

– Vinte euros por um boquete, trinta pelo amor completo, cinquenta pelo rabo – e, satisfeito com a tabela de preços, escarrou de novo no chão.

– Se cuspir de novo eu chuto sua boca, Gigi, então em vez de catarro você vai cuspir sangue. Bem, você caiu na putaria. Pode me dizer a que horas voltou?

– E como eu vou saber? Devia ser... sei lá? Meia-noite, meia-noite e meia.

– Antes?

– Não, antes não. Nem depois, porque o chefe me ligou à uma.

– Um telefonema do patrão?

– Sim. Ele faz isso todas as noites, à uma, para ver se está tudo bem. Seja como for, eu tenho insônia. O problema é que ele também tem! – e caiu na risada. Depois o riso se transformou numa tosse que terminou com o habitual escarro no linóleo. – Desculpe, é que passei mal...

Rocco reabriu a porta.

– Obrigado, Gigi. Pode me tirar uma curiosidade?

– Se eu puder...

– Você não faz isso dentro do triciclo, né?

– Não. Na caçamba.

– De fato... fique bem – e saiu para rever o céu, as nuvens e o sol.

O inspetor Munifici, de cabelos pretos e encaracolados, desses que se barbeiam de manhã até debaixo das pálpebras e já precisam passar novamente a navalha na hora do almoço, segurava o caderno na mão esquerda e a caneta na direita. Em pé diante da escrivaninha, Rocco rabiscava na margem de um jornal. Estava pondo em uma famosa apresentadora de TV um bigode, uma barba e um dente preto. À sua frente estava o laptop de Matteo Livolsi.

– Então, doutor... Matteo Livolsi não tinha namorada, estava matriculado na faculdade de Direito, mas sem prestar nenhum exame; segundo seu pai, ele queria tirar uma espécie de licença sabática, mas o pai estava cético...

– Como passava o dia? – Rocco perguntou olhando para Alfredo De Silvestri, que brincava com o botão dourado do paletó.

– Ele encontrava os amigos, saía, navegava na internet, jogava futebol.

– Fazia porra nenhuma, em suma.

– Exato. Tinha decidido, segundo o pai, fazer uma viagem de seis meses ao exterior. Costa Rica. O sonho dele era abrir um...

– Bar na praia etc. etc. – interrompeu Schiavone. – O sonho habitual do italiano frustrado deste país. Aí eles vão para lá e percebem que o quiosque vai mal, que a Costa Rica não é o paraíso que eles pensavam, que não têm mais saúde, que o mar é um pé no saco todos os dias e que os traseiros das garotas sul-americanas vão embora junto com o dinheiro da carteira. Voltam para a Itália aos 45 anos e terminam seus dias montando uma empresa para esvaziar porões.

De Silvestri e Munifici sorriram.

– Obrigado, Munifici. Algo mais?

O outro fez que não, acenou com a cabeça e saiu da sala.

– Alfre, a primeira coisa que precisamos ter certeza é se existe alguma relação entre Matteo Livolsi e o cadáver do outro dia. Aquele...

– Giovanni Ferri – antecipou De Silvestri.

– Ele mesmo. Faça uma verificação. Dois rapazes de vinte anos mortos da mesma maneira, com dois dias de diferença, devem ter pontos de contato. Reúna todo o material dos policiais que entrevistaram vizinhos e passantes. É um trabalho longo e tedioso, mas você consegue.

De Silvestri sorriu.

– Estou indo – e ele também saiu da sala e cruzou com Parrillo, que já punha a grande cabeça encaracolada na entrada do escritório de Rocco.

– Olá, Alfre... Doutor?

– O que você quer, Parrillo?

– Nem sinal do celular de Matteo Livolsi. O que fazemos?

– E o que você quer fazer? Porra nenhuma! – Rocco respondeu. Depois dispensou com um gesto o policial, que desapareceu fechando a porta atrás de si. Sentou-se à escrivaninha, abriu a gaveta e, finalmente sozinho, tirou o primeiro baseado do dia. Era quase hora do almoço e ele ainda não tinha fumado. Apoiou os pés na escrivaninha e começou a observar a fumaça subindo até o teto, onde o ar movido pelo ar-condicionado a espalhava. Da janela conseguia ver a Cristoforo Colombo, a grande artéria romana que liga a cidade a Ostia, entupida de carros brilhando sob o sol escaldante. Prometia ser um verão curioso. Alternavam-se dias de calor insuportável e de chuvas tropicais repentinas. Um verão louco. Um verão inútil. Apagou a guimba e ligou o computador de Matteo. Começou a vasculhar o histórico do navegador. Encontrou sites onde se podia assistir a partidas gratuitamente. Havia dois filmes pornôs, e Rocco não pôde deixar de passar uns dez minutos ali, até que um endereço atraiu a atenção do subchefe.

Os ex-integrantes do Ascanio Sobrero.

Não era um site oficial, mas um blog editado por ex-alunos do colégio. A identificação e a senha estavam memorizadas na página de acesso. Matteo Livolsi se autodenominava Mat 87. Passou os olhos em algumas mensagens. Festas, jantares, "Gosto muito de Sveva", "Já viram a D'Amico na Sky?", "Galera, todo mundo no estádio domingo!".

Nada de interessante. Um quadro de avisos para trocar bobagens com velhos amigos de escola, para talvez tornar menos traumática a despedida de colegas com quem você conviveu durante cinco anos. Algo que nunca aconteceu com Rocco. Depois de passar nas provas do ensino médio, jogou fora o dicionário e jurou nunca mais ver nenhum dos 28 colegas que odiara desde o primeiro dia de aula. Um nome com quem Mat 87 conversava chamou sua atenção: Sammy 87. Ele leu algumas mensagens.

"Oi, Sammy... bar de sempre, horário de sempre então?", escreveu Mat 87 cinco dias antes. Foram as mensagens seguintes que congelaram o sangue de Schiavone:

"Ok, Mat... bar de sempre, no mesmo horário. E Skin?"

"Não, Sammy. Skin não. Aliás..."

"O quê?"

"Não falamos mais com Skin!"

"Por quê?"

"*Dont trust Skin, Gio...*", e depois três caveiras pretas com dois ossos cruzados embaixo.

Um golpe no peito. Mat 87 se empolgou e ligou para o amigo Gio. Gio tinha Sammy como apelido. E Sammy era o apelido de Giovanni Ferri, o que sempre chega por último na scooter 50, lento como a tartaruga do desenho animado.

Gio!

Mat estava conversando com Giovanni Ferri, a outra vítima, e talvez uma primeira peça do caso finalmente se encaixava. Matteo Livolsi e Giovanni Ferri eram amigos. Colegas do ensino médio.

E havia o problema de Skin. Quem era? Um amigo, uma garota, uma potencial terceira vítima ou o autor dos crimes? Ou seria apenas uma brincadeira entre dois ex-colegas de escola? É claro que Skin não fazia parte daquele grupo de alunos antigos, caso contrário teria lido aquelas mensagens um tanto ofensivas a seu respeito. E por que não deveriam confiar nele? Brigas de pós-adolescentes ou aquelas três caveiras pretas com ossos cruzados significavam algo mais?

Skin. Pele.

Funcionava assim com Rocco. Alguma coisa, um cheiro, um detalhe chamava sua atenção, e aí ele seguia a trilha como um cão de caça até o fim. Tinha que visitar o Liceo Sobrero. Esperava encontrar o diretor naquele final de junho. Se não se enganava, eram os dias dos exames finais.

O pescoço longo e magro, o nariz largo, os olhos com os globos saltados faziam do diretor Salvatore Berni uma *Giraffa camelopardalis*, e as poses que assumia enquanto mastigava o charuto apagado tornavam-no idêntico ao desenho da antiga enciclopédia dos animais. Bastava substituir o toscano por um galho e pronto.

– O senhor está com sorte, hoje encerramos a sessão dos exames orais... mas venha ao meu gabinete, é mais confortável. – Atravessaram um corredor escuro, para o qual se abriam portas amarelas. No fundo havia uma vermelha. A placa anunciava que esta era a diretoria.

– Por favor, por favor – e o diretor o deixou entrar.

A sala era grande, cheia de janelas baixas com esquadrias de ferro azul. O ar cheirava a charuto toscano.

– Veja, delegado...

– Por acaso o chamo de diretor?

O diretor parou no meio do caminho, bem em frente à escrivaninha.

– Não. Por quê?

– Porque é a segunda vez que lembro ao senhor que não sou delegado.

– Subchefe, me desculpe!

– Imagine, diretor.

– Então, subchefe... sim. Matteo Livolsi e Giovanni Ferri foram alunos desta escola. Eles se formaram, se não me engano, no ano passado.

– Sim. Posso? – e Rocco se sentou. – Eles estavam na mesma classe?

– Espere, vou verificar... – Salvatore Berni enfiou a cabeça num registro antigo. Virava as páginas e continuava mastigando o charuto. – Sim, turma B.

– Bons alunos?

– Livolsi se formou com 45.

– Descarte-o! – disse o subchefe.

– Ferri com 60 – e levantou o rosto para Rocco. – Mas por que o senhor está me perguntando sobre Ferri e Livolsi?

– Porque eles foram mortos.

O diretor abriu a boca apenas o suficiente para deixar cair o charuto na mesa. Imediatamente o recuperou, apoiando-o em um cinzeiro.

– Oh, senhor! Mataram...?

– Exato. Agora, o fato de os dois terem frequentado a mesma turma no ano passado dá o que pensar.

– Claro! – então o diretor começou a observar a lâmpada verde em sua mesa, como se seus pensamentos tivessem secado repentinamente.

– Há algum professor com quem eu possa conversar?

– Ahn?

– Digo, há algum professor dos dois rapazes com quem eu possa conversar?

A girafa pensou por um instante.

– Certo. Certo. A Cruciani, membro interno, literatura. – Ele deu um pulo e olhou pela janela. – Sim, o carro ainda está aqui. Vou mandar ligar para ela imediatamente – e saiu às pressas, deixando Rocco sozinho.

O subchefe levantou da cadeira e começou a olhar em volta. Havia duas estantes com livros antigos de bolso. Sorriu ao ver surgirem três garrafas de Sambuca, escondidas pelos livros. Dois diplomas atestavam que o diretor tinha vencido dois concursos de poesia em Rho e Roncobilaccio. O homem voltou para a sala acompanhado por uma mulher elegante e bronzeada, de cerca de quarenta anos. Um rosto anônimo, cabelo anônimo, nariz anônimo. Somente os olhos eram intensos. Pareciam duas azeitonas da Apúlia. Precisos como bisturis, apontavam para os objetos e pareciam estudá-los minuciosamente. Quando Rocco olhou para ela, teve a sensação de que ele é quem estava sob escrutínio.

– Bom dia, professora... Sou o subchefe de polícia Schiavone – e apertou-lhe a mão. Ela era seca e a apertou com firmeza.

– Bom dia. O que aconteceu?

– Dois de seus ex-alunos. Livolsi e Ferri. Infelizmente foram assassinados.

A professora olhou para Rocco, erguendo levemente as sobrancelhas. Depois se virou para o diretor.

– Salvatore, pode nos deixar a sós?

O diretor recuou, obsequioso.

– Claro, claro, posso mandar trazer um café?

– Quer um café, doutor? – parecia que os papéis tinham se invertido entre os dois. Cruciani tornou-se a diretora, e o diretor, o professor. Aliás, observando o modo como ele manteve a vista baixa diante do olhar frio e analítico da mulher, parecia um aluno indisciplinado que corre o risco de perder o ano.

– Não, obrigado. Estou bem.

Com um sorriso a mulher dispensou o diretor, que saiu fechando delicadamente a porta atrás de si.

– É uma notícia terrível – disse a professora, e finalmente foi se sentar em uma cadeira de madeira bem debaixo da janela.

– Eles eram seus alunos. Bons?

Balançando levemente a cabeça, Cruciani respondeu.

– Não exatamente. Ferri era melhor, sim, um geniozinho à sua maneira. Livolsi seguia seu rastro e amadureceu graças ao amigo. Frequentemente faziam uma dupla. Ferri escrevia muito bem, sabe? E lia. Ele lia muito. O pai é jornalista, o conhece? Alberto Ferri.

– Sim, o conheci – evitou contar que estava internado na UTI. Quanto às más notícias, a professora já tinha o suficiente para aquele dia.

– Ele teria gostado de seguir essa carreira. Giovanni fundou um jornal escolar, chamado *Lo spione*! – e deu uma risadinha cruzando as pernas. Tinha tornozelos finos. – Ainda me lembro de um de seus artigos mais engraçados, era sobre aquelas... – e apontou para a estante.

– Sobre o quê?

– As garrafas que Salvatore mantém escondidas lá atrás. O título era "Estou bêbado ou acordado?". Muito irônico. Ele tinha uma bela escrita.

– Eles se metiam em problemas?

– Que eu saiba, não. Matteo Livolsi ficava principalmente atrás das meninas. Giovanni estava mais sério. Tinha uma fixação por notícias policiais. Como o pai dele. Estava interessado em assassinatos, tráficos, escândalos. Metia o nariz nos assuntos do dr. Alberto. Sempre que podia, o seguia sem ser visto, sabe? Todos no jornal o conheciam.

– E quanto a Matteo?

– Como eu disse. Ele seguia o amigo. Esportivo, um pouco, como dizem... simplório.

– Um fanfarrão?

– Sim, exatamente. Mas era um bom rapaz. Por que eles acabaram assim?

– Se eu soubesse não estaria aqui, professora Cruciani. Amizades pouco limpas?

A mulher pensou sobre isso.

– Não aqui. Não no colégio. Eles são todos bons rapazes. Talvez até uma maçã podre, mas no máximo algumas brigas no pátio. Nada especial. Nada que me faça pensar em assassinato. Meu Deus, isso é terrível – e colocou as mãos na frente da boca. – Como... como morreram?

– Você trabalha com literatura?

– Sim.

– Continue fazendo isso. Por favor, me satisfaça uma curiosidade. O diretor daqui é bom em versos?

A professora deu de ombros.

– O que o senhor quer que eu lhe diga? Eu não gosto. Esconde-se atrás de um estilo muito enigmático, pois acredito que na realidade seu pensamento não é transparente. Em suma, mais que um estilo, o dele é um refúgio.

– Ele já dedicou algum à senhora?

Cruciani corou.

– Não... por quê?

– Porque se os versos são herméticos, o comportamento dele, ao contrário, parece claro, fresco e doce como a água. – A professora sorriu, apreciando a citação, e Rocco deixou a diretoria.

O escritório de D'Inzeo parecia uma área ecológica para reciclagem de papel. Principalmente jornais. Estavam empilhados por toda parte. Não havia prateleira ou poltrona que não acomodasse uma pilha deles. Para completar a instalação do museu de arte moderna, dezenas de colunas de jornais antigos assentados no tapete oscilavam a cada vez que a porta era aberta, fazendo as pessoas temerem o pior.

– Sente-se, Rocco – disse o magistrado, um cigarro aceso na boca, sentado à mesa e concentrado na leitura de alguns papéis.

Rocco olhou em volta.

– Antes de tudo: onde me sento? Segundo: você não acha que fumar aqui dentro é tentativa de suicídio?

– Fumar lá fora também é – respondeu Sasà D'Inzeo sem tirar os olhos dos papéis.

– Quero dizer, suicídio por autocombustão. Basta uma faísca e o inferno começa aqui.

Finalmente o magistrado ergueu os olhos. A fumaça escondia seu rosto. Manteve o olho direito ligeiramente fechado.

– Então fique de pé – respondeu. – Conte-me tudo.

– Primeiro, me diga o que você faz com todos esses jornais.

D'Inzeo olhou em volta surpreso, parecia só agora notar aquelas frágeis torres de papel que o circundavam e submergiram.

– Eu preciso disso.

– Para quê?

– Há artigos de que eu preciso.

Rocco pegou o primeiro jornal de uma prateleira ao lado dele.

– Dezoito de janeiro de 1989... pode me dizer por que precisa de um *Corriere della Sera* de vinte anos atrás? Você não sabe que existem hemerotecas?

– Então, você quer me contar ou só veio para me encher o saco?

– Na verdade, foi você quem me chamou.

– Para me contar o que está acontecendo, não para falar dos meus jornais! – e finalmente colocou os papéis sobre a escrivaninha. Tirou os óculos para olhar melhor Rocco, o subchefe encostou-se no espaldar de uma das duas poltronas de couro.

– Então, uma segunda vítima. Matteo Livolsi. Vinte anos. Mora a três quarteirões de Giovanni Ferri. O mesmo método de assassinato.

– Puta merda...

– Pois é. As novidades são as seguintes. O primeiro assassinato, o da pedreira. Giovanni Ferri foi provavelmente seguido por um ou mais homens, ainda mais provavelmente pararam no autoatendimento da bomba de gasolina não muito longe da área da pedreira.

– Eles pararam para abastecer?

– Essa é a minha hipótese. Giovanni estava com eles, aproveitou para fugir e conseguiu. Em parte. Foi alcançado, atingido bem na borda do barranco e caiu.

D'Inzeo pôs o cigarro no cinzeiro cheio de bitucas.

– Por que não desceram ao fundo do barranco?

– Isso eu não sei. No autoatendimento eles têm uma digital clara, mas não tenho muita esperança. Uma coisa é certa. Antes de ser morto, Giovanni Ferri foi espancado. Agora o médico legista irá nos socorrer neste assunto.

– E vamos ao segundo, o da via Fidenza.

– Matteo Livolsi. Ele frequentava a mesma escola de Giovanni Ferri. Os dois eram amigos muito próximos. Também encontrei um chat onde eles conversaram. Matteo Livolsi não fazia nada o dia inteiro, matriculou-se na faculdade de Direito, nunca a frequentou e nunca prestou um exame...

– O oposto de Giovanni Ferri – disse o magistrado. – Falei com meu antigo colega de faculdade que dá aulas particulares. Giovanni era um estudante modelo.

– Mas Matteo, não. Na escola ele era medíocre, arrastado pelo amigo, se formou por milagre. Não parecia estar namorando. Soltei meus rapazes para averiguar se alguém viu alguma coisa em plena luz do dia. Mas há uma coisa que não bate.

– Se você quiser me contar... – Sasà D'Inzeo apagou o cigarro nas bitucas do cinzeiro.

– Há pouco sangue na ferida. E não havia nenhum no chão. Portanto, está claro que ele não foi morto lá.

– Na rua, você quer dizer.

– Exato. Mas, me escute bem, ele não tinha sangue no pescoço nem na camisa. Como se o tivessem matado de cabeça para baixo.

Sasà fez uma careta.

– Não, mas o que é isso? Um porco degolado?

– De fato, pensei que a cabeça dele pudesse estar coberta. Mas não por um chapéu. Não seria suficiente. Não cobriria a base do crânio. – Rocco parou para refletir.

– Um capacete? – disse o magistrado com uma luz de excitação nos olhos.

– Então você está me dizendo que a vítima usava um capacete?

– Por que não, Rocco? Chega até a base do crânio, talvez tenha absorvido um pouco do sangue. Eles o apunhalaram com o capacete e depois o largaram lá. Eles o carregaram em uma scooter e...

– Não. Eu não vejo assim. – Rocco tentou imaginar a cena. – Quer dizer, digamos que o tenham obrigado a subir numa scooter com uma desculpa qualquer. Então, sei lá, enquanto estão parados, antes de Matteo tirar o capacete, alguém chega por trás e o mata? Não, é impossível.

– Mas ele estava deitado entre as scooters. Talvez o tenham levado lá e...

– Não, Sasà. E então eles o deitaram e tiraram o capacete? Não bate. É ficção científica.

– Tudo bem, tentei – e voltou a olhar os papéis.

– Como se pode matar alguém de cabeça para baixo? – Mas Rocco perguntava mais a si mesmo. De fato, D'Inzeo nem sequer ergueu os olhos. – De cabeça para baixo... – e ficou à janela, olhando para os edifícios em frente.

– Eles poderiam ter colocado a cabeça dele em um escorredor depois de esfaqueá-lo. – Sasà parecia muito divertido com essa hipótese. Quase quis sorrir. Mas aquela bobagem dita para fazer algum barulho começou a cavar uma pequena trilha nos arbustos que haviam invadido a mente do subchefe. Ele deu um soco na escrivaninha que fez o magistrado estremecer e uma pilha de jornais vibrar.

– O que foi? – gritou.

– Uma escada!

– Uma escada?

– Uma escada externa. Você sabe, não é? Tem degraus feitos de grade...

– E então?

– E então alguém jogou a vítima na escada, talvez uma briga ou algo parecido. O outro, o assassino, golpeou sua nuca por baixo. O sangue escorreu, talvez direto para o assassino através da grade... é isso! – disse Rocco.

O magistrado assentiu cada vez mais convencido.

– Uma escada. E então? É uma agulha num palheiro, Rocco.

– É verdade. Mas é uma hipótese, certo?

– O que você quer fazer?

– Primeiro! Mandar alguém lá para ver se existe uma escada parecida em alguma saída secundária de uma loja, de um supermercado, e entender se aquele é o local do assassinato.

O magistrado pegou o telefone.

– Quem está aí na perícia? Gizzi?

– Exato.

– Aqui é D'Inzeo – disse ao telefone com voz entediada – me chame Gizzi. Da científica. – Cobriu o telefone com a mão. – Vamos ver se temos um pouco de sorte. E depois?

– Em segundo lugar, quero sair desta sala o mais rápido possível. Há um cheiro de papel molhado misturado com fumaça que dá vontade de vomitar.

– Sim, afora isso.

– Estou interessado em Giovanni. O filho do jornalista. É aí que preciso dar uma olhada.

– Você vai me manter informado?

– Claro. Você também, se Gizzi tiver alguma evolução.

– Gizzi? Meu nome é D'Inzeo. Agora me escute bem, sem me encher o saco.

Com um sorriso nos lábios, Rocco saiu da sala.

A noite caía e o trânsito estava congestionado. As repentinas vielas ao longo do Tibre, que se desenrolam em espirais seguindo os caprichos do rio, retinham os carros num torniquete sem saída. Somente as scooters, como insetos velozes, conseguiam abrir caminho por aquele emaranhado de chapas metálicas. Nuvens passavam entre as ameias do Castelo Sant'Angelo enquanto turistas assustados tentavam atravessar na faixa de pedestres e ainda chegar vivos em casa. O sol desaparecia atrás da Basílica de São Pedro, que estava sentada como um balofo satisfeito no meio de toda aquela confusão. O céu estava pintado de vermelho, assim como os muros da cidade. E se essa visão costuma trazer uma sensação de paz e serenidade aos corações, a Rocco Schiavone lembrava apenas que em breve seria noite e ele provavelmente a passaria em branco. Gaivotas, corvos, andorinhas e pombos esvoaçavam sem rumo, Zuccari bufava ao volante e olhava para os vizinhos de carro. Ele ficou obcecado por um casal discutindo em um Smart. Ela gritava na direção, e ele se agitava ao lado dela, agitando braços e mãos.

– Devo levá-lo ao escritório? – disse.

– Não, ao largo Alessandria. Tenho que verificar uma coisa primeiro. Você pode ir, eu me arranjo na volta. – Zuccari, cansado do dia, assentiu.

– Acha que eles vão se estapear em breve? – e apontou para Rocco o casal briguento.

– Pode ser. Faça uma coisa, ultrapasse, suba na calçada, bata no frentista, faça o que quiser, mas não aguento mais ficar parado aqui no meio.

– Devo ligar a sirene?

– Nem tente!

Zuccari engatou a primeira, desviou em direção ao posto de gasolina, tirou um fino do frentista, passou a um milímetro dos carros parados e escapou em direção à ponte.

Vinte minutos depois, deixou o subchefe no largo Alessandria.

– Nada mal, hein? – disse. Rocco sorriu, deu um tapinha no ombro dele e saiu do carro. Só então o celular tocou.

– Quem é?

– Aqui é D'Inzeo, quer fazer o favor de memorizar meu número?

– Você tem novidades?

– Não encontraram nenhuma escada, Rocco. Pelo menos não nas vizinhanças. Se quisermos, posso mandar Gizzi procurá-la por toda Roma. Aquele pé no saco mereceria.

– Deixa para lá. A vida já o puniu.

– Como assim?

– Acho que a esposa visita outras camas. Ok, Sasà, obrigado. Mando notícias.

– Onde você está?

– Indo para um pub.

– A trabalho, não é? – e encerrou a chamada.

Dobrou a esquina e se viu diante do Old England, o local frequentado por Giovanni Ferri. Cerca de cinquenta rapazes estavam sentados às mesas, montados em scooters, conversando e bebendo cerveja em copos plásticos. Rocco, transparente aos olhos daquela multidão de jovens de vinte anos, entrou no pub. O gato-de-pallas ou das estepes estava sempre no caixa.

Steven trabalhava como um maníaco. Duas meninas o ajudavam no serviço. Rocco se aproximou do balcão.

– Um suco de damasco.

Steven se virou com os olhos arregalados diante do absurdo do pedido em um pub depois do pôr do sol e assim que viu Rocco, sorriu.

– Ah, é o senhor! Pareceu-me estranho. Suco de damasco? Quem sabe se eu tenho.

– O que tiver. – O rapaz se abaixou, abriu a geladeira, pegou uma garrafinha e bateu no fundo.

– Abacaxi. Eu tenho este porque usamos para coquetéis.

Rocco assentiu. Olhou para o dono do lugar, que o estava observando. Trocaram um sorriso formal.

– Olha aqui, Steven... você pode me ajudar de novo?

– Claro – respondeu o rapaz, despejando o líquido amarelado em um copo.

– Você também conhece um cara chamado Matteo Livolsi?

Ele fez uma careta.

– Os nomes significam pouco para mim. Você não tem uma foto?

Rocco pôs a mão no bolso. Tirou a fotocópia do documento do falecido Matteo Livolsi.

– Aqui está. – Estendeu o papel para Steven enquanto ele colocava o copo no balcão.

Rocco bebeu com avidez. Steven sorriu.

– E como não? Ele estava sempre com aquele outro... Giovanni. – Devolveu o papel para ele. – Sempre juntos. Em suma, frequentemente. Mas eu o conheço como Mat.

– Que significa Matteo. Sabe me dizer alguma coisa sobre ele?

– Espere enquanto sirvo cerveja para aqueles três idiotas

e já volto. – Saiu por um momento para encher três copos de chope. Rocco olhou ao redor. As mesas de dentro estavam vazias. Calor demais. Apenas uns caras conversando baixinho e comendo batatas fritas e pipoca. A multidão estava lá fora. Havia garotas de uma beleza desconcertante. Com dentes brancos e perfeitos, cabelos longos. Comparados a elas, os garotos pareciam desajeitados cheios de arrogância. Ele não se lembrava de garotas tão bonitas em sua época.

"A espécie está evoluindo", disse a si mesmo. E por um instante, mas só de passagem, como um reflexo de luz num carro em movimento, também sentiu vontade de ter vinte anos.

– Aqui estou. Olha, eu gosto de conversar com o senhor – Steven começou. – Mas só se me contar a verdade. O senhor não é fiscal de finanças, né?

– Não.

– É realmente um policial.

– Do topo da cabeça até a ponta do sapato.

– Eu sabia! – e deu um tapa no balcão. – Agora Davide me deve vinte euros.

– Quem é Davide?

– O ruivo com espinhas, meu colega.

– Ah, é verdade. Ele não está aqui?

– Não veio hoje. Disse que está com febre. Mas será que no verão alguém fica com febre?

– É muito fácil, sabe? E quem ele disse que eu era?

– O pai daquele Giovanni. Talvez tivesse aprontado alguma confusão e o pai estivesse procurando por ele.

– Não, Steven, você está certo. Sou da investigação. Então, você pode me dizer algo sobre esse Matteo?

– A verdade? Eu nunca gostei dele. Sempre chateava, tinha toda uma teoria sobre o ponto de virada, que na vida basta um golpe de sorte e você vai se dar bem para sempre. Na minha opinião, não é o caso.

– E como é?

– Tem que trabalhar, tem que dar duro, e se tiver um pouco de sorte, pode se sair bem. Não acredito nesses golpes de sorte. São para os preguiçosos e os desesperados.

O dono do bar se levantou da caixa registradora e foi ao encontro de Rocco e do rapaz.

– E você, Steven, não é preguiçoso nem desesperado.

– Não posso me permitir isso – e sorriu para Rocco.

– Boa noite. Ainda está verificando? – disse o gato-de--pallas.

– Sim. Recebemos algumas denúncias anônimas – respondeu Rocco. – O senhor conhecia Matteo Livolsi?

– Quem?

O subchefe também entregou o papel ao dono do local.

– Este.

Olhou para ele por um instante. Franziu os lábios.

– Sim. Acho que ele andava sempre com o outro...

– Giovanni Ferri.

– Exatamente, aquele que o senhor procurava ontem. Mas por quê? Uma questão de impostos?

– A verdade? Sou o subchefe de investigação.

O dono do pub arregalou os olhos.

– E por que um sub...

– Matteo e Giovanni foram assassinados. No intervalo de dois dias.

Observou o efeito da notícia nos rostos de Steven e do grande felino. Steven ficou de boca aberta. O outro, em vez disso, semicerrou os olhos e passou a língua nos lábios.

– Santa paz... – disse.

– Sim. É por isso que preciso de informações. Agora, me digam: tinha alguém que eles encontravam com frequência aqui no bar?

Eles balançaram a cabeça negativamente, como os dois cachorrinhos que antigamente colocavam na traseira dos carros.

– Não... acho que não. Isto é, sim. Os rapazes, aqueles que estão lá fora.

– Algum em particular?

– Tenho que pensar. Assim no momento... não. Ninguém.

– Se puderem pensar em alguma coisa que possa me ajudar na investigação, podem me ligar?

– Sim...

Rocco estalou os dedos e Steven rapidamente pegou um guardanapo de papel. O subchefe se inclinou para pegar uma caneta na mesa de trabalho e anotou seu celular.

– Por favor. Uma ajuda seria essencial.

Entregou o papel ao gato-de-pallas e saiu do bar, atravessando a multidão de jovens de vinte anos entre o cheiro de cerveja, axilas e maconha.

Ele tentou ligar para sua mulher novamente. Mas a resposta era sempre a mesma: "o usuário procurado não está acessível no momento".

O usuário procurado. Aquela voz gravada nem imaginava o quanto aquilo doía o coração de Rocco. Abriu a geladeira e optou por dois ovos fritos. Não tinha pão e ele teve que raspar a gema com bolacha integral. Ligou a televisão procurando um filme. A programação era desastrosa. Passou a noite assistindo a um jogo de sinuca entre dois escoceses com excesso de peso. Esperava que acompanhar as bolas enquanto elas colidiam e caíam nos buracos tivesse um efeito hipnótico. Adormeceu durante o terceiro jogo de sinuca. Às três horas acordou diante da televisão ainda ligada. A partida tinha terminado. Tinham passado ao críquete. Ele desligou a TV, levantou-se e saiu para o terraço. O ar estava fresco, Roma estava dormindo, ele não. Acendeu um cigarro e olhou para a cidade. Tinha uma brincadeira que ele sempre fazia com Marina. Ele apontava para os telhados e ela adivinhava igrejas, monumentos e palácios. Era ótima nisso.

Ele esperava pela manhã, mesmo que isso trouxesse calor e caos. Mas pelo menos poderia trabalhar sem pensar muito na mulher. Tentou se concentrar no caso. Mas os pensamentos migravam como pássaros. Uma ambulância gritava ao longe. Ele pensou em como as noites, com o passar dos anos, se tornavam cada vez mais longas. Quando estava no ensino médio, mal entrava na cama e já era hora de se levantar. E também durante a universidade, ou quando cursou o ensino superior da polícia. Se o destino lhe concedesse a aposentadoria e a velhice, ele a imaginava um mundo perpetuamente abraçado pela escuridão, como no Círculo Polar Ártico, quando no inverno o sol não consegue acariciar a paisagem nem ao meio-dia. Às quatro horas voltou para dentro. Foi para a cama. Tentou abrir um livro. Mas não entendia o que estava lendo. Os nomes dos personagens se confundiam entre as linhas, brincavam de esconde-esconde com as páginas. Colocou o volume na mesa de cabeceira. Olhou para o travesseiro do lado de Marina. Bufou. Fechou os olhos e ficou assim até o sol entrar no quarto, no início apenas uma mancha rosada. Rocco se levantou e, xingando, foi fazer café. Restava apenas uma cápsula. Tinha que se lembrar de comprá-las. As chaves na fechadura da porta o fizeram virar-se para a entrada. Alguém estava na casa. Ele podia ouvir os passos. Era Inna.

– Bom dia, já acordado?

– Não. Geralmente durmo em pé na cozinha enquanto preparo o café – respondeu. Inna pôs as chaves sobre a mesa, a jaqueta de algodão no sofá e, esfregando as mãos, entrou na cozinha.

– A senhora? Ainda em Florença? – perguntou com um sorrisinho.

– Não. Agora está em Catanzaro – disse Rocco. – Depois vai para Abbiategrasso e finalmente para Salsomaggiore Terme. Você quer um mapa exato dos movimentos dela?

Inna sorriu e abriu o armário.

– Hoje limpo os vidros.

– E eu com isso. – Apertou o botão vermelho e tirou a xícara de baixo da máquina.

– O senhor sempre nervoso de manhã.

– De tarde também. E de noite. E de madrugada. E toda vez que alguém me enche o saco. – Encostou os lábios, aspirando o cheiro de café. – Você também quer, Inna?

A ucraniana o olhou surpresa.

– Não, obrigada. Acabei de tomar.

– De todo modo, eu não tenho mais cápsulas. – Deixou a xícara na mesa e começou a sair.

– Hoje é dia de pagamento, senhor.

– Oh, sim?

– Oh, não? Semanal – disse a mulher, tirando frascos e trapos do armário da cozinha.

– Bem. Vou deixar para você na cômoda da entrada. Me diga quanto é.

– O senhor não sabe?

– Não. Minha esposa sabe.

– Ligue para ela e peça que lhe diga.

– Às sete e meia?

– Por quê? É muito cedo? Normalmente sra. Marina acorda ainda mais cedo.

– Por que você não me diz, Inna?

– E o senhor confia?

– Claro. Sou um policial. Se você me der um golpe, tiro sua autorização de residência e a mando de volta algemada para o Volga.

– Não sou do Volga.

– Seja de onde for.

– 250 euros – disse Inna, seriamente.

– Ótimo – Rocco respondeu e finalmente saiu da cozinha. Se pudesse, Inna teria borrifado Vetril na cara dele. Não descartou que mais cedo ou mais tarde faria isso.

Ele não queria passar no escritório. Acendeu o baseado diretamente na scooter, mas a ausência de para-brisa deixou que o vento queimasse metade dele, e além disso, uma fagulha queimou a manga de seu paletó de linho. Tentava se concentrar, mas não conseguia. Nem mesmo o capacete preso sob a garganta parecia capaz de bloquear os pensamentos que flutuavam e se amontoavam uns sobre os outros. Marina, os dois garotos mortos, Gizzi, Sasà D'Inzeo, Isabella e o advogado. Ele parou no semáforo e ouviu o celular tocando. Rapidamente enfiou a mão no bolso do paletó e respondeu, encostando o telefone na bochecha.

– Quem me enche o saco?

– Aqui é Uccio, faz duas horas que estou ligando para você! Não consegue ouvir o toque?

– Espere, estou numa scooter. – Ele parou. – Conte-me tudo, Uccio.

– Então, tenho algumas coisas para você. Para começar, a primeira vítima, Giovanni Ferri, foi espancada. Ele sofreu uma fratura no zigoma e quebrou duas costelas. A arma do crime é a mesma para os dois homicídios, a mesma laceração, a mesma incidência, enfim, tudo igual. É uma arma cortante, pontiaguda, como um prego grande ou um ponteiro. Penetrou vários centímetros na base do crânio. Morte rápida. Sem dor? Não sei, precisaria experimentar, e sinceramente prefiro não.

– Compreensível.

– Sigo em frente: Giovanni Ferri tem vestígios de fibras de algodão sob as unhas rasgadas. Deve ter lutado com os agressores. Digo "os" porque são algodões diferentes. Outra coisa, ele morreu entre meia-noite e uma. Nem depois, nem antes.

– Bem. Meia-noite... Isso é interessante. Nenhum dos que usaram o caixa eletrônico de autoatendimento da Tiburtina abasteceu depois das onze.

– E o que isso significa?

– Significa, pense bem, que à meia-noite e meia os assassinos e Giovanni estavam no posto de autoatendimento, e talvez tenham sido os últimos a usá-lo, e a digital que Gizzi encontrou era a correta. Tem mais alguma coisa?

– Agora se segure porque esta é a mais interessante. Está ouvindo?

– Estou.

– Nos bolsos dos jeans de Giovanni Ferri e de Matteo Livolsi encontrei cocaína. Poeira, coisa pouca.

– Vestígios no sangue?

– Nenhum.

Rocco respirou fundo.

– Isso não nos faz pensar em uso pessoal.

– A menos que tivessem parado há cinco dias, e aí eu não teria encontrado nenhum vestígio no sangue. Se ajudar, porém, os jeans de Giovanni eram novos em folha.

– Entendi. Tenho que voltar à casa da mãe. Ótimo trabalho, Uccio. Você foi precioso. Se as coisas forem como pensamos...

– É algo feio.

– Eu diria que sim.

Mas o motivo daqueles assassinatos começava a tomar forma no horizonte do subchefe. Apenas insinuado, uma sombra, uma poeira como a encontrada nos bolsos da vítima, mas era sempre um espectro a perseguir. Ele deu meia-volta na alameda Trastevere e rumou decidido para San Giovanni.

Esperou Clara Caputo, mãe do pobre Giovanni, durante três quartos de hora na frente do portão. Ele a viu de longe. Caminhava arrastando os passos e olhando para o chão, sem se importar com as pessoas e a cidade zumbindo ao redor. De vez em quando parava, movia os lábios e recomeçava a andar. O subchefe sabia que a pergunta que viera lhe fazer reavivaria sua dor. Porque se tratava de um detalhe da vida cotidiana e, por isso mesmo, mais doloroso, porque essa vida cotidiana já não existia. Quando a mulher chegou ao portão, ergueu o olhar. Viu Rocco, não sorriu, apenas disse:

– O que é?

– Preciso de uma informação, senhora.

– É algo demorado? O senhor quer subir?

– Não. É uma informação muito simples. Peço que a senhora tente se lembrar. Acredite, é muito importante.

Clara começou a ouvir.

– Giovanni estava usando jeans novos. Pode me dizer quando os comprou?

Clara se virou lentamente para a rua. Com um gesto de cabeça indicou a calçada oposta.

– Está vendo aquela loja? Ele comprou ali.

– Sabe me dizer quando?

– Claro que sei, doutor. Alguns dias atrás. Porque eu tinha lavado as roupas na máquina e tinha caído água sanitária. Estraguei as calças dele. Sabe quanto custa uma Levi's nova?

A pergunta pegou Rocco de surpresa.

– Não. Eu não uso. Muito?

– Cem euros.

– Poxa.

– Eu paguei pela calça, sabe? Meu filho não trabalhava. E de resto me pareceu justo. Eu estraguei, eu pago pelo meu erro. A vida é assim, não é? É preciso pagar pelos próprios erros. Agora, pode me explicar qual erro o Giovanni cometeu? Onde foi que ele errou? – e concentrou os olhos tristes no rosto do subchefe.

– Não, senhora, eu não sei.

– Justamente. No entanto, gostaria de saber por que razão um rapaz de vinte anos é massacrado numa pedreira de mármore e atirado em um barranco como se fosse lixo. Um rapaz... meu filho, doutor. Que dei à luz, amamentei, criei, abracei e beijei. Ele era bonito e gordo quando criança, sabia disso? – e foi embora, engolida pela escuridão da escada, sem olhar para trás.

O hospital Sant'Eugenio se ergue esquálido e fantasmagórico em uma bela rua residencial do bairro EUR, habitada por pinheiros e ladeada por alamedas, não muito longe do que a geração de Rocco chamava de Palasport ou Palaeur, e que foi rebatizada de Palalottomatica na era das corporações e dos patrocinadores. Era um declínio do qual não se enxergava o fim. Poucos dias antes, a cúpula da Basílica dos Santos Pedro e Paulo havia sido coberta por um enorme anúncio de uma marca de bolsas que, talvez, financiasse a restauração da igreja.

Era de se esperar, portanto, que o Circus Maximus passasse a se chamar Fiat 500, já que a inauguração estava prevista para dali a poucos dias, que a Fontana di Trevi virasse Acqua Ferrarelle e os pórticos de San Pietro, os Abraços do Mulino Bianco. Nada se salvaria desse patrocínio selvagem, talvez nem mesmo o hábito coral do papa.

A UTI estava em silêncio. Parentes esperavam atrás da porta de vidro. O horário de visita previa a entrada por apenas uma hora, no período da tarde. Rocco tocou a campainha. Mais de cinco minutos se passaram antes que uma enfermeira vestida de verde abrisse a porta. A pele de âmbar revelava suas origens magrebinas.

– Diga-me...

– Subchefe Schiavone. Polícia do Estado.

A jovem saiu da enfermaria, fechando a porta atrás de si.

– Imagino que esteja aqui pelo jornalista que perdeu o filho, certo?

– Exato. Gostaria de saber se é possível conversar um pouco com ele.

– Está intubado e inconsciente. Sinto muito... se o senhor quiser, posso pedir para falar com o médico responsável.

– Não, não, obrigado. Eu precisava falar com ele. Alguém veio visitá-lo?

A enfermeira moveu o queixo. Rocco se virou. Num banco de fórmica, de cabeça baixa e olhar perdido no nada, estava uma mulher.

– Ela. Nunca saiu daí. Acho que é a namorada.

– Obrigado. A senhora foi muito gentil. – A enfermeira voltou ao trabalho, e Rocco se aproximou da mulher com as pernas cruzadas embaixo do banco. – Bom dia. Eu sou...

– Eu já sei. Sou Monica Beltrami, jornalista. – Não sorriu para ele. Os olhos azuis opacos marcados por olheiras estavam com a esclera vermelha. Monica Beltrami tinha o cabelo bagunçado e dois brincos de ouro pendurados nos lóbulos. – Queria falar com Alberto?

– Sim. Eu precisava saber algo sobre o trabalho dele.

– Ele é um jornalista da seção policial. Trabalhamos lado a lado, sou da seção internacional. O senhor precisa de detalhes?

– Exato.

– Não posso ser de muita ajuda. Não é que Alberto e eu falássemos sobre trabalho. Ele corre atrás de seus casos, eu, de Bruxelas e da Farnesina. Mas vou lhe dar um conselho. Vá à redação. Procure Fabio, o fotógrafo, eles trabalham juntos há sete anos. Certamente ele será capaz de lhe dizer algo.

Rocco só tinha visto redações de jornal em filmes. Imaginava-as habitadas por homens de camisa com mangas arregaçadas e cigarros na boca, que se moviam de uma escrivaninha a outra com papéis nas mãos e xícaras de café fumegante. Mulheres que a passo veloz pegavam pastas, abriam arquivos, outras sentadas à mesa digitando no computador. Fotógrafos desleixados com a câmera pendurada no pescoço e um charuto apagado na boca. Energúmenos de suspensórios que despontavam de seus escritórios separados da redação por paredes de vidro dando ordens e gritando insultos. Ventiladores preguiçosos, cestos de lixo e cinzeiros transbordando, carpetes, janelas com vista para a cidade. E o cheiro de tinta e cigarro no ar. Porém, quando entrou na agência de notícias Agsi, havia apenas um idoso sentado, comendo uma pequena pizza vermelha e assistindo à televisão. Transmitia um programa de notícias em inglês. Havia jornais por toda parte e paredes cheias de fotos e artigos recortados. O homem parou de mastigar seu lanche e olhou para ele.

– Diga, quem o senhor procura?

– Procuro um fotógrafo. O que trabalha com Alberto Ferri.

O homem assentiu duas vezes.

– Fabio Rocchetti?

– Fabio, sim. Mas não sei o sobrenome dele.

– Olhe, ele não presta mais serviços de casamento.

– Schiavone, da investigação.

– Ah – deu outra mordida na pizza e, com a boca cheia, continuou. – É sobre a história do filho de Alberto, certo?

– Sim.

– Um nojo. – O homem finalmente se levantou, colocou a comida numa prateleira, limpou as mãos nas calças e se aproximou de Rocco. – Nello De Santis... internacional – e apertou sua mão. – Venha, eu o acompanho. Fabio deveria estar aqui embaixo, no refeitório – então com o polegar apontou para a televisão atrás dele. – Elegeram Sócrates presidente do conselho da União Europeia.

– É algo grave?

– Bem, não sei, não gosto do nome. Lembra o jogador de futebol que marcou o gol na Copa do Mundo da Espanha?

– E daí?

– Precisamente...

– Mas pelo menos é melhor do que a alemã que saiu, certo? – e deixaram a sala.

– Como está Alberto? – De Santis perguntou.

– Sedado em terapia intensiva.

– Agarraram-no pelos cabelos, coitado. Uma história de merda, hein?

– Não é?

– Sim – o jornalista colocou um cigarro na boca. – Realmente, uma história de merda. Eu estava pensando sobre isso esta manhã. *Eskatos*, uma palavra grega, significa fim último. De modo que a escatologia é o raciocínio sobre o fim último do homem, do universo. No entanto, *skatos* em grego antigo é cocô, e escatologia é o tratamento e a análise da merda. Não acha que é um paralelismo amargo e cínico como só os antigos gregos sabiam ter?

– Sim. Continuamos falando sobre o fim último.

– Quer se trate do homem ou de seus excrementos... para os gregos a diferença estava em um épsilon.

Rocco sorriu.

– Não, nunca tinha pensado nisso.

– Épsilon... um apóstrofo rosa entre as palavras destino e merda. Um destino de merda para os gregos antigos era quase uma tautologia.

Rindo, eles entraram em uma sala que tinha um pequeno bar à esquerda e uma dezena de mesas de plástico no centro. Ao longo da parede frontal, um balcão com bandejas de massas e saladas. O fotógrafo estava sentado perto da janela, folheando um jornal. Assim que viu Rocco entrar, tirou os óculos e largou o jornal.

– Fabio! – disse o editor-chefe. – O subchefe Schiavone, está procurando você!

Ele se levantou. Usava uma camisa cinza surrada e suas pernas nuas e esbranquiçadas, cheias de pelos, despontavam de uma calça na altura do joelho, com grandes bolsos laterais. Os cabelos brancos e a barba de alguns dias lhe davam uma vaga aparência de náufrago. Tinha olhos tristes.

– Salve... nos conhecemos.

– De vista, sim – e Rocco apertou-lhe a mão. – Nos vemos de vez em quando nesses lugares amenos onde a humanidade dá o pior de si.

– Deixo vocês. Voltarei para ouvir a CNN. – De Santis cumprimentou o barman e saiu da sala.

– Por favor, dr. Schiavone, sente-se. Deseja alguma coisa?

Rocco se sentou.

– Não, obrigado. Preciso falar com o senhor.

Fabio Rocchetti tomou um gole de água do copo plástico.

– Se eu puder ajudar.

– Giovanni Ferri, o filho de Alberto...

– Pobre rapaz. Nem consigo pensar nisso.

– Ele vinha frequentemente aqui, não é?

O fotógrafo assentiu.

– Acho que o menino tinha herdado a paixão pelo jornalismo.

– Ficava bisbilhotando?

– Sempre! – e amassou o copo. – O pai muitas vezes o confiava a mim. Ele vinha comigo no carro. De vez em quando ele chegava de scooter. Como lhe disse, uma paixão.

– Você poderia me dizer em que Alberto estava trabalhando?

– Em várias coisas. O assassinato de Tor Pagnotta, o do policial que matou a mulher e a filha. Depois temos o roubo nos correios de Casalbertone... depois, me deixe pensar... não, melhor, vamos juntos até a redação. Há anotações dele. Assim pode dar uma olhada nelas.

Nello De Santis não estava mais lá. Havia deixado a televisão ligada. Fabio abriu caminho até uma escrivaninha abarrotada de jornais e periódicos, encostada na parede. Ao lado havia um arquivo de ferro.

– Só usamos para guardar comida – disse Fabio, e tirou um pacote de wafers da gaveta de cima. Ele abriu e começou a mordiscar um. – Olhe, essas são as coisas de Alberto. Esses três cadernos, essas pastas rosas e o bloco de anotações. Vou me sentar ali à mesa para trabalhar um pouco no Photoshop. O senhor pode levar o tempo que quiser – e mastigando um biscoito ele foi embora.

Rocco começou a examinar as anotações do jornalista. Ele tinha uma letra assustadora. Foram necessários grandes esforços de imaginação para decifrar a escrita. Mas o subchefe avançou rapidamente. Seguia um pensamento fixo, tão tênue quanto um vaga-lume, mas se agarrava a ele como se fosse o último recurso de sobrevivência. Ele estava pronto para interceptar uma daquelas palavras que soariam em sua cabeça: heroína, cocaína, anfetamina, cetamina, speed, crack, superpílula, shabu, cobret. Na terceira pasta rosa ele finalmente encontrou o que procurava. Uma simples folha de papel, A4, com setas e símbolos. Acima estão os nomes de dois bairros: "Pigneto/Quadraro". Uma flecha se juntava a um círculo, dentro do qual estavam marcadas duas iniciais: "L.B." e "S.S.". Outra seta vermelha com "coca", escrita ao lado do círculo com as iniciais, terminava em um quadrado, dentro do qual estava escrito: "Nomentana/Salario". Um enorme ponto de interrogação fechava uma espiral vermelha. No verso da folha, uma sigla: "SLR U 971197-8".

Pior que as palavras-cruzadas de Bartezzaghi.

Rocco pegou o papel, levantou-se e aproximou-se do fotógrafo sentado, trabalhando em frente ao monitor de um computador.

– Escute, este papel significa alguma coisa para você?

Fabio o pegou na mão. Olhou. Fez uma careta.

– Não. Nada. Onde o senhor achou isso?

– Numa pasta rosa.

– Ah. Sim. É sobre as coisas em que Alberto estava trabalhando. À primeira vista, parecem anotações sobre tráfico de drogas. Mas não consigo pensar em mais nada.

– Não lhe ocorre mais nada?

– Claro. Pigneto, Quadraro. Os Furino mandam lá. São meio napolitanos e meio romanos.

– Os Furino mandavam – corrigiu Rocco. – Metemos na cadeia metade da família.

– Tem razão. Eu sei que o comércio de rua está nas mãos dos nigerianos.

– Sim. Mas de onde vem a droga?

– Isso eu não sei. Vai meter o nariz nesse vespeiro, doutor?

– É o meu trabalho. Posso ficar com isso? – perguntou, segurando o papel.

– Claro. Pode deixar comigo. Se alguma coisa me vier à mente...

– Sempre pode me achar no horário de expediente.

– Mas, me diga uma coisa. A morte de Giovanni... – e antes de dizer "morte" o fotógrafo teve uma pequena hesitação, quase com medo de pronunciar aquela palavra ao lado do nome do jovem filho do colega. – Tem alguma coisa a ver com tudo isso?

– Creio que sim.

– Oh, puta...

Ele tinha dito a Sasà D'Inzeo na pedreira, assim que viram o corpo de Giovanni: "são coisas que acontecem quando bons rapazes de família topam com os ogros". Giovanni topara com um ogro. Desses medonhos, assustadores e implacáveis. O mesmo aconteceu com Matteo Livolsi. Sentado à sua escrivaninha, com a intenção de preparar o segundo baseado do dia, olhava para a tela do computador. Entrou de novo no bate-papo dos dois meninos, o dos ex-integrantes do Ascanio Sobrero.

"Ok, Mat... bar de sempre, no mesmo horário. E Skin?"

"Não, Sammy. Skin não. Aliás..."

"O quê...?"

"Não falamos mais com Skin!"

"Por quê?"

"*Don't trust Skin, Gio...*"

Quem era Skin? E o bar? Poderia ser o Old England? Perguntas sem resposta, escuridão total, formigamento nas pernas e na virilha, vontade de sair do escritório, voltar para casa, dar uma bela trepada com Marina e recolocar a vida nos trilhos. Pegou a caixa de charutos posta sobre a mesa. Não havia Cohiba, mas cigarros leves, que ele usava para fazer os baseados. Começou a preparar um quando De Silvestri olhou para fora, cansado por aquele dia. Os ombros estavam baixos e as bochechas caídas. Dava para sincronizar o relógio pelas bochechas de De Silvestri, era algo que Rocco tinha notado há algum tempo. Elas caíam uma certa quantidade a cada meia hora. Olhando para elas naquele momento e fazendo um cálculo aproximado, sem considerar a posição do sol, deviam ser pelo menos sete e meia.

– O que você ainda está fazendo no escritório, Alfre? – e então olhou a hora no PC. Sete e quinze.

– Estou indo para casa. Mas antes eu queria lhe passar o nome do dono da placa que você me pediu para verificar.

O Audi que levara Marina para casa duas noites antes.

– Ah, sim. E quem é?

– Domiziano Varisco.

O nome não significava nada para Rocco.

– O que se sabe sobre ele?

– É um antiquário. Tem uma loja na via dei Coronari. Residente na via Giangiacomo Porro, bairro de Parioli.

– Um antiquário, hein? Obrigado, Alfredo.

O agente já ia saindo. Rocco o chamou de volta.

– E temos também o número da loja?

De Silvestri verificou suas anotações.

– Claro... via dei Coronari... 12A.

– Por outro lado, tenho algo bom para lhe contar. Você sabe? Giovanni Ferri morreu entre meia-noite e uma, Pichi diz meia-noite e meia. Aqueles três que usaram o caixa eletrônico para pagar a gasolina passaram antes dos assassinos...

– Então será que a digital achada por Gizzi é a certa?

– Com um pouco de sorte.

– Quer saber, doutor? Em muitos anos de trabalho na polícia, nunca vi uma sorte dessas.

– Nunca perca as esperanças, Alfre!

O velho agente fez uma careta.

– A esperança é a arma dos fracos – e saiu.

Domiziano Varisco, via dei Coronari, 12A. Ele passaria lá no dia seguinte. Terminou de preparar o fumo e depois misturou a erva com o tabaco. Da gaveta tirou uma seda, enrolou o baseado, lambeu-o e guardou-o no bolso do casaco de linho. Pegou as chaves da scooter e se arrastou para fora do escritório. No hall de entrada topou com Zuccari, que, ao contrário de De Silvestri, tinha um rosto descansado e sorridente.

– De que você está rindo, Zuccari?

– Tiro férias daqui a duas semanas, doutor. Vou para Palinuro. Já esteve lá?

– Sim. Uma maravilha.

– Olhe, já tenho o resumo dos interrogatórios de vizinhos e passantes sobre o assassinato de Matteo Livolsi.

– Me dê uma boa notícia. Uma testemunha ocular, e me poupo da investigação.

Zuccari de repente ficou triste.

– Nada a fazer, doutor. Ninguém viu nada. Ninguém nas lojas, nas janelas, ninguém na rua.

Rocco bufou.

– De Silvestri tem razão, nunca um golpe de sorte. Este é um país de gente que vive bisbilhotando os outros, mas, quando mais se precisa, não se acha um disposto a dar uma mão.

– É isso mesmo! – o agente concordou.

– Imagino que não havia câmeras.

– Nada.

– De uma farmácia, de uma garagem...

– Nada mesmo. Escuridão total.

– Que saco! – bufou. A sorte estava caminhando para outro lugar. – Tudo bem, Zuccari. Boa noite. E não se atrase.

– Ah, doutor, tem um cigarro?

– Pegue. Dentro da caixa de charutos Cohiba. Depois feche de novo.

Finalmente saiu da delegacia. O sol se acalmara. O ar estava um pouco mais fresco. Na Colombo, os carros continuavam acelerando sem sentido. Teve vontade de comer peixe, talvez no Circeo, diante do pôr do sol. Imaginou-se sozinho à mesa, quebrando grissinis, rodeado de casais e amigos que riam e curtiam aquele paraíso. Acendeu o baseado, subiu na scooter e foi para casa.

Não comeu peixe. Mais ovos fritos que, segundo a embalagem, tinham vencido há dois dias. Ele sabia que estava correndo perigo, mas o horror de sair e comprar alguma coisa superava o risco de uma salmonelose. Jogou a louça na pia, determinado a ver televisão. Numa pequena estante na entrada havia DVDs, ele queria assistir a *O poderoso chefão – parte um.*

Pegou a caixa e foi para a sala. Mal teve tempo de colocar o disco no aparelho, quando o interfone tocou.

– Quem é, porra...? – ele disse, voltando para a entrada. Depois repetiu a frase no fone. – Quem é, porra?

– Seba e Furio – respondeu o vozeirão do amigo.

Havia pouco a questionar. Teve que os deixar subir. Abriu a porta e disse adeus a Francis Ford Coppola.

Frescos e descansados, os dois amigos tinham trazido umas cervejas artesanais feitas em Tuscia.

– Coisa séria, Rocco – começou Sebastiano. – Um amigo de meu primo é que faz. Estão frescas, mas melhor geladas, vou colocar no freezer – e desapareceu na cozinha. Rocco olhou Furio nos olhos para saber por que vieram à sua casa. Mas o outro sorriu e escapou para a sala.

– Você tem alguma batata frita? – Sebastiano gritou.

– Não. Já jantei – respondeu Rocco.

– Droga, você está internado? São oito e meia!

– Eu sei, Furio, mas estou cansado.

– Então você não vem jantar conosco. – Sebastiano voltou para a sala. Segurava um saco de croutons para pôr na sopa. – Posso? – e mastigou um punhado.

– Não, eu diria que não.

– O que você comeu? – Furio perguntou.

– Dois ovos vencidos.

– Talvez alguém aqui acabe com dores de barriga!

– Acho que não, Seba.

Eles se sentaram no sofá. Sebastiano olhou para o relógio.

– Só alguns minutos, molhei as garrafas e elas vão ficar tinindo no freezer!

– Mas vocês vieram porque estão com pena de mim?

– Um pouco, sim – disse Furio. – Sozinho aqui, sem Marina, é de dar tristeza.

– Sim – Seba reforçou a ideia, mastigando mais um punhado de croutons. – Caramba, que bons. Têm gosto de alecrim.

– Já que vocês vieram me encher o saco, pelo menos me deem uma mão – e o subchefe se levantou. Pegou o paletó que havia jogado nas costas de uma cadeira e tirou o papel que pegara na redação do jornal. – Isso diz alguma coisa a vocês?

Furio agarrou a folha.

– O que é isso?

– Notas de um jornalista. Deve ter a ver com o tráfico de drogas.

– Posso ver? – Sebastiano se aproximou do amigo.

– Espere, Seba... ah, bem, a coisa está clara. São as áreas – e Furio passou a anotação a Seba. – Os bairros Pigneto e Quadraro pertencem a estes L.B. e S.S.

Sebastiano sorriu.

– E acho que estão tentando entrar na área de Nomentano Salario. – Depois foi até a cozinha pegar as cervejas.

– Até aí eu já tinha chegado. O que dá para saber mais?

Furio afundou no encosto do sofá.

– Os nigerianos controlam a estrada para Pigneto.

– E disso eu também sei – disse Rocco se sentando. – Mas os nigerianos vendem. Agora que os Furino não estão mais lá, quem está no lugar deles? Quem fornece?

– S.S. – refletiu Furio. – Quem poderia ser? Silvano Saracchi?

– Não, morreu há dois anos – disse Rocco. – Acidente de carro. Pensei em Sergio Stigliano, você se lembra de Sergio Stigliano? Ele estava nas casas de jogo.

Furio pensou um pouco.

– Sergio, o irmão de Edoardo? – Rocco assentiu.

– O que você está pensando! Sergio é zelador em Morena! – Sebastiano disse, voltando para a sala com as cervejas. – Não, que nada, faz tempo que ele parou. Tenho que pensar um pouco nisso – e entregou uma garrafa para Rocco e outra para Furio.

– E esta sigla incompreensível no verso da folha – Rocco leu. – SLR U 971197-8, o que é?

Os amigos olharam aquela sequência de números e letras.

– Sei lá... pode ser uma senha... – disse Furio.

– Nunca vi nada assim – disse Sebastiano. – Olhe, você não tem um punhado de espaguete? Faço um alho e óleo?

Sebastiano e Furio saíram à meia-noite, deixando para trás a cozinha suja e o cheiro de alho frito que empesteava a casa. Rocco pegou o carro e em menos de quinze minutos chegou ao largo Alessandria. Queria observar, tentar entender o que acontecia à noite no Old England. Estacionou a cerca de vinte metros do local, acendeu um cigarro e ficou de vigia.

As mesas estavam cheias de rapazes. Conversavam, fumavam, riam, sabiam que tinham a vida toda pela frente. Alguém chegou de scooter e foi se sentar com os amigos, um outro colocou o capacete, carregou uma menina e desapareceu em direção à avenida Italia. Tudo normal. Um tédio terrível. Enquanto as moças conversavam, fumavam, sorriam e arrumavam os cabelos, os rapazes se empurravam, riam loucamente, bebiam em grandes goles, ocupavam o espaço. As moças observavam, os rapazes se exibiam. Isabella chegou em uma scooter branca cheia de flores adesivas e escritos em marcador permanente, um claro legado de seus tempos de colégio. Assim que a avistaram, de uma mesa à direita da entrada do pub, duas moças se levantaram e foram ao seu encontro. A abraçaram e a beijaram, então o trio se aproximou do resto do grupo, dois rapazes de cabelos compridos que ficaram sérios e sóbrios. Eles também abraçaram Isabella, era o afeto devido à viuvez. Isabella estava séria, sentou-se, pôs um cigarro na boca. Steven saiu do bar com duas cervejas numa bandeja. Ele as colocou sobre uma mesa e caminhou em direção a ela. Ele também a abraçou e beijou suas bochechas, depois acendeu o cigarro dela. Isabella balançou a cabeça e forçou um sorriso. Mas Rocco teve a impressão de que se tratava de uma cena ensaiada diante do espelho. O namorado dela havia morrido, e essa era a atitude esperada. Mas tinha vinte anos, não era o caso de se deixar queimar numa pira com o namorado. Sair, rever os amigos e recomeçar a vida era a coisa mais natural a fazer. Aquele rosto abatido e aquela falsa dor nos olhos serviam para se proteger dos julgamentos da matilha, para respeitar o código moral do grupo. Porque é assim que se faz. Caso contrário, ficaria explícito um conceito natural: ninguém é essencial, somos todos substituíveis. Mas esse é um conceito terrível. E aumentaria a ansiedade e o medo de acabar nas trevas da morte e desaparecer para sempre da memória e do coração dos amigos. Steven voltou ao pub e Rocco sorriu ao pensar em como aquele garoto africano havia zombado dele. Ele conhecia muito bem Giovanni Ferri e também Matteo Livolsi. Caso contrário, não se explicaria aquela intimidade com Isabella. Steven sabia muito mais do que deixava transparecer. Foi então que uma lâmpada se acendeu em Rocco: *Skin*. Pele. Foi esse o apelido um tanto racista que as duas vítimas deram a Steven? E se estivesse certo, por que Matteo afirmou que ele não era confiável?

O ar noturno acariciou-o e deu-lhe algum alívio. A scooter funcionou bem, Taiwo sabia o que fazia como mecânico. Na via de Santa Croce in Gerusalemme, a sessenta quilômetros por hora, não havia vivalma. Steven estava cansado e seus ouvidos zumbiam. Davide tinha que se decidir a voltar ao pub. Não poderia trabalhar nos turnos da manhã e da noite por muito mais tempo. Só tinha dormido seis horas em dois dias e, se aquele idiota cheio de espinhas não aparecesse no trabalho amanhã, ele iria falar com o chefe.

– Alguém já lhe disse que a escravidão acabou? – ele gritava contra o vento, imaginando o diálogo com aquele gordo. – Não posso fazer o trabalho por nós dois. Ah, sim? Acha? Me demite? E quem consegue arranjar a oitocentos euros por mês para fazer o trabalho de três cristãos? Como? Os reforços? Mas sabe o que faço com reforços à noite? Três rapazes que mal sabem a diferença entre uma cerveja e um gim tônica? Eles não entendem nada, e eu faço o trabalho por três! – Um ônibus que se dirigia à garagem passou em alta velocidade com os faróis apagados, sem respeitar a placa de pare. – Seu idiota! – Steven gritou apertando o botão da buzina, mas ele permaneceu em silêncio.

Taiwo era bom com motores, mas realmente não sabia o que fazer com o sistema elétrico. Precisava trocar aquele velho Scarabeo. Mas com que dinheiro? Se só em seguro iam quase trezentos euros por ano. Ele ficaria dormindo na casa dos pais sabe-se lá quantos anos ainda. Dormindo, não vivendo, porque só ficava em casa o tempo suficiente para se deitar na cama, fechar os olhos por algumas horas e depois abri-los novamente. Ele certamente não poderia chamar isso de viver. Encostou a scooter no poste, não tinha suporte, e partiu pela via del Pigneto. Ali viu imediatamente um grupo de vinte negros, quase todos nigerianos e alguns senegaleses, sentados, bebendo cerveja e esperando. Steven se aproximou, procurando o rosto de Chuwku. Alguém o cumprimentou. Muitos nem olharam para ele. Dois membros do grupo de africanos passavam saquinhos a um rapaz de cabeça raspada e camisa rota. Amarelo como mozarela coalhada, balançava chapado. Chuwku estava encostado no muro e bebia cerveja direto da garrafa. Steven se aproximou.

– Chuwku!

O outro olhou para ele e sorriu.

– *Ndewe kedu*? – Steven lhe disse, a única coisa que ele conseguia falar na língua de seu pai.

– *Odinma! Mas ci*? – ele respondeu.

– Está tudo bem. – Steven começou a falar italiano novamente. – Tem alguma coisa para mim?

– Sim – e Chuwku olhou em volta fazendo sinal para que Steven o seguisse. – Quanto para você?

– Me dê vinte euros.

Olhou-o. Os olhos como dois tições com a esclera vermelha.

– Você vai me encher o saco por vinte euros?

– Caramba, Chuwku, é o que eu tenho.

Chuwku estendeu a mão e pegou o dinheiro.

– Espere – ele disse, e caminhou em direção à esquina da rua. Foi até o esconderijo onde guardava as coisas. Steven olhou ao redor. Naquele momento restavam apenas estudantes, escritores e jovens diretores. Steven os invejava, eles tinham um monte de tempo disponível, talvez pudessem ficar em uma janela olhando para o céu e esperando por inspiração. E, acima de tudo, talvez tivessem uma família que os apoiasse. Ele se imaginou sentado na frente do pai tomando café da manhã enquanto o sol nascia. "Oi, pai. Acho que vou começar a pintar." "Bom garoto. Comece pelas paredes do quarto de seus irmãos, que estão sujas de dar nojo!" Pois bem, é o que teria dito o pai, que mal conseguia pagar os seiscentos euros mensais daquele apartamento de merda de três cômodos onde viviam. Chuwku voltou olhando em torno. Então rapidamente lhe entregou um saquinho. Resmungou uma palavra que Steven não entendeu, mas não devia ser um cumprimento, pegou a cerveja e voltou ao muro à espera do próximo cliente.

Steven colocou o capacete e voltou para a scooter. Desencostou-a do poste de luz e depois de três tentativas conseguiu dar partida. Saiu de Pigneto em direção à via Casilina, na altura do entroncamento, para sua casa. Não tinha notado que um silencioso Toyota híbrido o seguia a cem metros desde o Old England.

Ele deixava a corrente com o cadeado presa à grade do local das caldeiras. Era uma solução cômoda para sempre estacionar perto de casa e não arrastar aquele traste pesado e barulhento. Não que sua scooter fosse tentadora para alguém, mas, se a roubassem, adeus trabalho no pub e adeus dinheiro em casa. Com três irmãos no ginásio e uma irmã ainda no primário, ele não podia se permitir. Encaminhou-se para o portão. Teve uma sensação estranha, alguém o estava observando. Porém, não havia ninguém na rua, e as janelas dos prédios estavam todas apagadas. Três postes de luz mal iluminavam a via e, nas sombras entre os carros estacionados, notou apenas um gato. Apressou a caminhada. Seus passos rápidos e abafados pela sola de borracha não faziam barulho. O portão estava a uns vinte metros de distância. Estava escuro, o neon das escadas devia ter quebrado de novo. Esse sentimento ruim não o abandonou. Estava com falta de ar, não conseguia respirar, e seu coração começou a bater forte nos ouvidos. Acelerou ainda mais.

"Estou me cagando nas calças", pensou.

O portão nunca chegava. Aquela boca escura de alumínio anodizado, a salvação pelo escuro e pela noite, parecia ficar cada vez mais distante. Enfiou a mão no bolso em busca das chaves. Ele não queria se atrasar quando chegasse à fechadura, queria estar pronto para abrir e entrar. Uma carícia fria fez os pelos de sua nuca se arrepiarem. Ele se virou, ninguém o estava seguindo. As chaves de casa escorregaram de seus dedos suados para o chão. Abaixou-se para pegá-las. Quando se levantou, diante dele, surgida do nada, estava a sombra de um homem.

– Que...?

– Não me reconhece?

Ele expirou o pouco ar que restava em seus pulmões e conseguiu inspirar longa e profundamente.

– O policial! Boa noite, ou bom dia, pode escolher.

– Você e eu precisamos conversar – Rocco lhe disse. – Não gosto de ser sacaneado.

– Agora?

– Tire esse sorrisinho idiota e entre no carro! – lhe disse, apontando para um Toyota estacionado ali perto.

– Você conhecia muito bem Giovanni e Matteo, Steven, não me diga bobagens. – Rocco acendeu um cigarro. Steven assentiu com a cabeça enquanto mantinha os olhos no painel.

– Então agora me diga umas coisas.

– O que o senhor quer saber?

– Os dois traficavam?

Steven respirou fundo.

– Olha, chefe...

– Subchefe, isso é um pé no saco. Sou subchefe. É a primeira e última vez que lhe digo isso.

– Entendido. Ouça, subchefe, na verdade não sei o que aqueles dois estavam fazendo. Ou melhor... – apressou-se em dizer para reprimir um gesto de aborrecimento de Rocco –

ou melhor, eu sabia, mas não me envolvia. Em suma, eles se meteram com um grupo pesado.

– Que grupo?

Steven olhou pela janela. Como gostaria de estar no quartinho de merda que dividia com os irmãos, ouvindo o pai roncar.

– Não sei que grupo. Mas traficavam coca.

– Seus amigos de Pigneto não têm nada a ver com isso?

O rapaz observou o policial jogar o cigarro pela janela.

– Eles não são meus amigos.

– Mas você fala com eles.

– Compro.

– O quê?

– Erva.

– Me mostre...

Steven bufou e pôs a mão no bolso. Tirou um pequeno pacote de papel transparente. Dentro havia um pouco de maconha. Rocco pegou. Abriu. Sentiu o cheiro.

– Isto não é ma...

– Claro que é!

– Isto é pura merda, cultivada em alguma garagem ou no meio do anel viário... – e devolveu.

– O senhor entende disso? – Steven perguntou, irônico.

– Mais do que você pode imaginar. Quanto você deu?

– Vinte euros...

– Tudo bem, pelo menos não tiraram muito de você. Vamos voltar ao assunto, então quer dizer que você não conhece o pessoal que trafica em Pigneto?

– Apenas Chuwku, que me vende erva de vez em quando. O senhor quer me prender?

– Não mude de assunto, Steven. Para quem Matteo e Giovanni traficavam?

– Eu já lhe disse, não sei. Eles vinham dia sim, dia não, e eu os via passando saquinhos a uns rapazes. Aquele bar é frequentado por gente com grana, não viu? Pessoas de Parioli, de Corso Trieste... todos têm Ligiers, Smarts...

– Faz quanto tempo?

– Só notei isso há umas duas semanas. Juro!

– Então eles não eram seus amigos?

– Não, subchefe, não.

– E você não tinha negócios com eles?

– Eu? O senhor está louco? Se eu estivesse fazendo negócios com eles, não morava mais aqui, talvez tivesse um estúdio em Trastevere.

– Não em Trastevere, na minha opinião. Talvez em Pigneto, ou em San Giovanni.

– Acha que os preços são muito altos?

– Esqueça Trastevere. Mas você deveria dar uma olhada em Roma Oriental. Monteverde...

– Quem dera... onde o senhor mora?

– Estamos divagando, não acha?

– O que quer dizer?

– Estamos perdendo o fio da meada. Quem dava a droga para eles?

– De novo? Não sei! Eu já disse, eles não eram meus amigos.

– Se eles não eram seus amigos, por que te chamavam de Skin?

Steven começou a rir.

– Skin? Eu não sou o Skin! O senhor achou que fosse eu porque sou escurinho? Não, se enganou. Skin é Davide, aquele desgraçado que está com febre há dois dias, e eu faço todo o trabalho dele.

– Skin é Davide?

– Sim, o ruivo que trabalha no pub comigo. Eles o chamam assim por causa das espinhas. Viu quantas tem? Parece que uma panela de pipoca explodiu na cara dele!

Rocco teve vontade de dar um soco na própria cara. Uma corrente fria partiu de suas pernas e alcançou a nuca. Apertou as mãos no volante e apoiou a testa nele.

– O que o senhor tem? – Steven perguntou.

– Onde ele mora?

– Quem? Skin?

– Davide, onde ele mora?

Quinze minutos depois, Rocco Schiavone deixou o carro em frente a uma garagem enquanto o sol começava a iluminar o esqueleto do gasômetro na via Ostiense. Um pensamento obscuro e obsessivo não o abandonava desde que tinha deixado Steven no Casilino. Que Davide Mariotti, Skin para os amigos, estivesse de cama com algum grau de febre era uma hipótese que ele agora descartava. Se o rapaz estivesse de alguma forma envolvido naquele duplo homicídio, seria um milagre encontrá-lo vivo. Tocou o interfone, apertando o botão por pelo menos meio minuto. Imaginou os moradores da casa ainda imersos em sonhos, pulando das camas com o coração na garganta e o fôlego curto. Depois de mais vinte segundos, uma voz masculina respondeu em surdina.

– Alô?

Nesse momento era melhor dar o golpe final e deixar a ansiedade finalmente transbordar.

– Polícia. Abra! – O outro abriu sem dizer palavra. Havia esquecido de perguntar pelo andar. Era o apartamento 5. Quatro apartamentos por andar. Excluindo a casa do zelador, devia ficar no primeiro.

Quando chegou ao patamar, viu a porta aberta. Um homem de cueca boxer e camiseta, cabelos brancos e cacheados, estava esperando encostado no batente da porta. Tinha uma barba de alguns dias, que também era grisalha.

– Sr. Mariotti?

– O que... o que está acontecendo?

– Schiavone. Investigação.

– Mostre-me... mostre-me sua identificação – reagiu o homem, postando a mão na frente do corpo, como se quisesse parar aquele intrometido antes do amanhecer. Estava com medo, era visível.

Mostrou a carteira ao sr. Mariotti e teve a sensação de que ele deu um suspiro de alívio.

– Gostaria de se sentar? – e abriu caminho.

O vestíbulo era iluminado por um lustre de vidro fumê da década de 70. Uma cômoda Ikea sustentava um espelho e uma dezena de cães de cerâmica.

– Estou procurando seu filho – disse Rocco. Uma mulher miúda apareceu na porta, de cabelo louro palha, vestindo um roupão leve e esfregando as mãos. Ambos tinham pele enrugada, olheiras e cabelos desgrenhados. Um cheiro de canela no ar.

– Meu filho não está – disse o homem em voz baixa.

– E onde ele está?

O marido olhou para a mulher, que baixou os olhos.

– Olhe. A questão é que não sabemos.

– Não sabem?

– Não sabemos.

A mulher não parava de esfregar as mãos. O homem, porém, estava suando. Duas manchas úmidas sob as mangas da camiseta estavam ali para provar.

– Desde quando não sabem dele?

– Há dois dias – falou o homem.

– Por favor, entre. Acabei de fazer o café – disse a senhora, com voz fina.

A cozinha também era da Ikea. Estava arrumada, limpa e dava para sentir ainda mais o cheiro da canela. Na bancada, sob um pano azul e branco, repousava uma rosca. Sentaram-se à mesa e, enquanto a esposa servia o café nas xícaras, Rocco percebeu que a pálpebra direita do marido piscava em ritmo sincopado e hipnótico, três batidas a cada cinco segundos.

– Claudia e eu estamos com medo – disse. – Faz dois dias que não temos notícias de Davide. O celular está sempre desligado, telefonamos para os amigos, mas ninguém sabe de nada.

A mulher trouxe duas xícaras. O homem ofereceu o açúcar, mas Rocco recusou com um gesto.

– Só sabemos isto – e Claudia enfiou a mão no bolso do roupão. Guardava um pedaço de papel quadriculado amassado. Entregou ao subchefe. – Encontrei na cama de Davide antcontem.

Rocco leu. Em letra apressada, estava escrito:

"Não me procurem. Estarei fora por alguns dias. Volto logo. Não se preocupem. Davide."

– É tudo?

– Sim – confirmou a sra. Mariotti.

– Ele já tinha feito isso antes? Digo, desaparecer assim por uns dias, sem avisar aonde ia?

Os Mariotti balançaram a cabeça negativamente. Rocco tomou um gole de café.

– Ele levou alguma coisa? Roupas? Dinheiro?

– Algumas camisetas, eu sei porque tinha acabado de passá-las.

– E o laptop – acrescentou o marido.

Rocco pousou a xícara.

– Posso dar uma olhada no quarto de Davide?

Os dois assentiram e Claudia foi na frente. Passaram por um pequeno corredor, também iluminado por dois lustres de fumê marrom. Nas paredes havia baixos-relevos de metal representando um presépio e uma crucificação. A senhora abriu a porta e ligou a luz. Rocco entrou.

A cama estava arrumada, como o resto do quarto. Havia um guarda-roupa branco, uma mesa de cabeceira com quadrinhos da Marvel. Nas paredes, Shakira olhava Fabio Grosso, que comemorava após o último pênalti contra a França. O policial abriu o guarda-roupa. Algumas camisas, calças, camisetas. Nas gavetas, roupa de cama, roupa íntima e uma caixa de preservativos intocada. Davide esperava por isso e estava pronto. Sob a janela havia uma escrivaninha. Um maço vazio de cigarros, três isqueiros, uma caixa de metal com alguns clipes, dois carregadores de celular, um caderno aberto, algumas canetas.

– Davide tem uma scooter? Um carro?

– Ele tem uma scooter, sim.

– Cilindradas?

– Cinquenta – o marido olhou para Claudia. – Cinquenta, certo? – e a mulher confirmou com um movimento de cabeça.

– Verificaram se está aqui?

– Sim, foi a primeira coisa que fiz. Ele estaciona aqui embaixo.

– E? – perguntou Rocco, que estava começando a se irritar.

– Está lá!

– Sabem se ele tem uma conta bancária? Usa o caixa eletrônico? Algum cartão de crédito recarregável? – a cada pergunta eles faziam que não com a cabeça. – Caramba, que cansaço, parece que estou esvaziando o mar com um balde – murmurou o subchefe. – Verificaram se ele foi à casa de algum parente? Tios? Avós? Primos?

– Não, doutor. Tenho uma irmã em Ancona e um irmão em Narni, mas ele não está lá. Ninguém o viu.

– Ele tem uma namorada?

– Não.

– Mas que merda! – o policial deixou escapar, levantando-se de repente. – Mas ele deve ter ido a algum lugar, não é? Algum amigo deve saber onde ele está! – O casal Mariotti permaneceu em silêncio. – Ouçam com atenção. Se seu filho aparecer, digam-lhe para vir até mim imediatamente, subchefe Schiavone, Delegacia de Polícia de Roma EUR. Me entenderam? – Depois pegou uma caneta na mesa de Davide e anotou seu celular. – Este é meu número. Por favor, não brinquem. Davide se meteu em uma história feia. Muito feia.

O dia já clareara e não era mais o caso de dormir. Voltou para o carro e decidiu ir para casa tomar banho. Não conseguiu nem tomar café, as cápsulas tinham acabado, pegou a scooter e foi até a piazza del Fico para tomar o café da manhã. As lojas já estavam abertas, o verão estava no auge e já dava o melhor de si às nove e meia. Saiu da mesa e caminhou em direção à via dei Coronari. Entre as ruelas do centro o sol não brilhava, e a sombra e a umidade tornavam tudo mais suportável. Perdeu algum tempo olhando as vitrines das lojas, onde móveis antigos polidos e telas com molduras douradas cheiravam a falsificações. Ele se perguntou se Marina gostaria delas. Olhando para uma natividade, decidiu que iria visitá-la antes do meio-dia. Não ouvir mais sua voz tornou-se insuportável. Parou em frente ao número 12A. Uma linda loja com três vitrines para a rua. Uma mesa marchetada e iluminada por spots valia por si toda a coleção. Uma pintura, que Marina teria datado com precisão e que Rocco supôs ser do final do século XVII, repousava preguiçosamente sobre uma prateleira de gesso dourado. Representava a fuga para o Egito, a lua, as palmeiras, o pobre burro sobrecarregado e as sombras da sagrada família se dissipando na escuridão da noite. O rosto de José estava tenso e nervoso, seus olhos quase invisíveis procuravam ansiosamente o perigo, as grandes mãos de carpinteiro seguravam firmemente as rédeas do burro, pronto para defender sua esposa e o filho dos soldados de Herodes. Parecia andar na ponta dos dedos, embora seus pés grandes calçassem sandálias enormes e disformes. Já a Virgem estava serena. Seu rosto estava iluminado e ela olhava o bebê envolto em um pano de lã com o amor que só uma mãe tem no olhar. E o pequeno sorria para ela. Rocco lembrou-se das últimas palavras que a mãe de Giovanni dissera sobre o filho. Que ele era pequeno e rechonchudo, que ela o amamentara, e agora ele não estava mais lá. Já a Virgem sabia que nada aconteceria a seu filho. Não naquela noite, não no Sinai, não seriam os guardas de Herodes que tirariam a vida do seu amor que lhe retribuía o olhar com um leve sorriso. José, porém, não. Estava morrendo de medo. Era um homem, o rosto castanho escuro, cor da terra, o céu estava longe de seus olhos e dos pensamentos. Era pavor, sangue e nervos, era arrepios e o coração batendo no fundo do peito.

"Belo quadro", pensou.

Entrou.

Um homem muito elegante, na casa dos quarenta anos, foi ao seu encontro enquanto uma moça de uns vinte anos, com rabo de cavalo e rosto vermelho, fugiu atrás de uma porta de madeira cheia de frisos coloridos, como se ofendida com a entrada daquele cliente. Era provável que os dois estivessem discutindo, mas o sereno e calmo antiquário não o demonstrava.

– Bom dia... o senhor estava observando o quadro na vitrine, eu vi.

– Sim.

– Astolfo Petrazzi, conhece?

– Finais do século XVII?

– Parabéns... – um barulho vindo do escritório atraiu a atenção do antiquário. – Com licença... olhe com calma o que você prefere e leve o tempo que quiser. Volto já. – O homem caminhou rapidamente, ajeitou a gravata e desapareceu atrás da porta dos frisos. Rocco permaneceu sozinho na loja, bem guardada por uma série de câmeras de circuito fechado. O ar-condicionado não dava vontade de sair de lá, então perdeu algum tempo olhando um aparador e um espelho e dois candelabros apoiados em uma superfície de mármore, dos quais Marina teria gostado. Como a lareira de pedra. Jurou que, se Marina voltasse logo para casa, ele também instalaria uma lareira na sala de estar, embora em Roma fosse uma loucura encontrar lenha para o fogo e construir a chaminé significasse lidar com pedreiros durante semanas. Mas sua mulher teria gostado. Quem sabe se no verão o preço das lareiras, mesmo que antigas, cairia em relação ao inverno. Quase teve vergonha daquele pensamento tão estúpido e inútil quanto uma lareira num apartamento com aquecimento central. O dono da loja não voltava. Rocco se perdeu observando uma marinha napolitana de Gigante. Na verdade, não sabia o que dizer a Varisco, tinha ido à loja mais para olhá-lo nos olhos e entender, na medida do possível, se aquele homem poderia ser uma ameaça à sua relação conjugal. Os cabelos cacheados e loiros, os olhos castanhos e inteligentes e acima de tudo a elegância e o físico esguio faziam com que se inclinasse para o sim. Domiziano Varisco era muito perigoso. Ele se aproximou da porta com frisos. Estava encostada. Abria-se para uma segunda sala expositiva cujas paredes eram revestidas de tecido adamascado vermelho. Muitas pinturas, duas escrivaninhas e mais espelhos. A vitrine dava para um beco lateral. Duas vozes vieram de trás de uma cortina de veludo. Rocco se aproximou. Encostou o ouvido no tecido e ouviu. Uma era masculina, a de Varisco, a outra provavelmente era a da moça que tinha escapado quando ele entrou na loja.

– Mas é possível saber o que devo fazer? Está emburrada comigo há dias! É uma coisa insustentável – disse ele.

– Foi meu aniversário, sr. Varisco, será que o senhor não se lembrou?

– Não, eu não me lembrei. É algo tão grave assim, srta. Stefania?

– Trabalho aqui há mais de um ano e esperava...

– Então, se trabalha aqui há um ano, deveria ter percebido que eu não mando felicitações no Natal, não mando na Páscoa nem no dia de Ano-Novo.

– Eu sei. Eu notei – a voz da mulher estava ressentida, agressiva.

– Então me diga, srta. Stefania, por que eu deveria lhe desejar um feliz aniversário?

– Para mostrar que se preocupa comigo, né?

– Eu lhe dou um salário ruim?

– Eu não diria isso!

– Alguma vez a tratei mal?

– Eu não diria.

– Sempre fui correto, e toda vez que a senhorita desempenhou bem seu trabalho, parece que a elogiei, e já fiz isso em mais de uma ocasião, não é?

– Sim, sr. Varisco, isso mesmo. Mas eu esperava outra coisa.

– Esperava o quê, srta. Stefania? Até lhe dei bônus trimestrais para cada venda bem-sucedida!

– É verdade.

– Sempre me comportei de maneira correta, gentil, educada, e sempre que me pediu férias e folgas eu nunca disse não.

– Não é isso.

– E então é o quê? – Varisco começou a levantar a voz.

– Eu me sinto transparente.

– Transparente?

– Se fosse eu ou qualquer outra, daria no mesmo para o senhor!

– Oh, meu Deus, mas o que deveria fazer agora?

– Olhe para mim!

– Mas estou olhando!

– Olhe para mim não como se eu fosse sua secretária, mas eu realmente tenho que lhe dizer? Olhe para mim como uma mulher.

– O que está tentando me dizer, Stefania?

– É possível que o senhor não tenha notado nada? Estou apaixonada pelo senhor!

Houve um breve silêncio. Rocco sorria. Aquela visita se transformara em um show no Sistina.

– A senhorita... – Varisco balbuciou.

– Sim. Faz meses! E o senhor nunca percebeu!

– Ah, eu seria um distraído? Escute, Stefania, vou lhe explicar agora e me escute com atenção! Aqueles meus amigos que entram na loja com roupas coloridas, desmunhecados, rindo a plenos pulmões e dando gritinhos de excitação, o que acha que são? Excêntricos? Não! São gays! Como eu, srta. Stefania! Eu sou gay! Homossexual! Bicha! Consegue compreender isso ou não?

Rocco ouviu passos nervosos aproximando-se da cortina. Rapidamente se afastou, fingindo grande interesse por um vaso chinês. Stefania, com o rosto corado e os olhos baixos, saiu da sala e atravessou a loja sem notar o subchefe. Pouco depois, Varisco também retornou. Olhou para Rocco.

– Infelizmente ouvi tudo – confessou o policial.

– Sinto muito. É extremamente desagradável.

– O senhor não me conhece, mas eu sim. Meu nome é Rocco Schiavone.

Um sorriso sereno se espalhou pelo belo rosto de Domiziano.

– O marido de Marina?

– Confesso que o vi acompanhando minha esposa e não vim aqui por causa do quadro.

– Imagino que tenha tido uma resposta mais que satisfatória. Vamos tomar um café?

– Não peço coisa melhor.

No caminho para o café, passaram a se tratar de modo informal e, depois do pedido, Rocco e Domiziano pareciam dois amigos de longa data.

– Mas devo dizer que me acabei de rir – disse Rocco, colocando uma ponta de açúcar na xícara.

– Verdade? Não, mas ela está louca. Está de luto por mim há semanas.

– Ela se apaixonou – e bebeu o café.

– Mas como é possível? Você me viu?

– Bem, o que quer que eu lhe diga? Você é boa pinta.

– Quantos caras heterossexuais que você conhece usam uma camisa listrada colorida sob uma jaqueta xadrez e gravata de tricô?

– Poucos.

– Justamente. Aliás, me desculpe, mas está muito quente aqui – e tirou a jaqueta, apoiando-a em um banquinho. Os bíceps dele ondulavam sob a camisa de algodão. – Como você está? – perguntou.

– Mal. Marina não me responde. Você sabe de tudo?

– Tudo – disse Domiziano sério, e bebeu o café mantendo os olhos fixos no subchefe.

– O que eu tenho que fazer?

– Não sei. Ela está pensando. Claro, você foi uma decepção para ela.

– Daria um olho para voltar atrás.

– Deixe para lá. Você pode fazer algo mais construtivo.

– O que seria? – Rocco perguntou esperançoso, pendurado nos lábios do antiquário.

– Vá encontrá-la. Talvez apenas para um sorvete ou um aperitivo. E fazê-la rir. Ela precisa sentir o seu perfume. E, olha, eu não deveria lhe contar isso porque sou amigo dela, mas ela sente sua falta. Muito, muito.

– Ela sempre está com o celular desligado!

– Caramba, Rocco! Vá pessoalmente, não é? Ela tem que ver você. Não respeite o pedido dela. Não jogue de acordo com as regras dela. Quebre-as. Que se lixem. Você que nunca ligou para regras agora está tendo problemas com isso? Com Marina?

– Não sei. Estou me sentindo bloqueado.

– Você sabe onde ela está. Vá procurá-la no trabalho, mas sem desculpas do tipo: "eu estava passando por aqui!". Vá até ela e conte a verdade. Pelo menos chacoalhe esta situação. E faça isso por mim, também. Sinceramente, não aguentaria mais um jantar com Marina em lágrimas, falando comigo sobre você.

Rocco sorriu.

– Do que você está rindo? Acha graça que sua mulher fale de você e chore?

– Bem, deixa uma certa esperança.

– Você não entende nada de mulheres, senhor subchefe, deixe que lhe diga. Agora tenho que voltar para a loja. Já viu alguém se interessar pela pintura de Petrazzi?

– Só por curiosidade, quanto custa?

– Quando você entrou e eu olhei como estava vestido, nunca lhe teria dito o preço. Você não tem o ar de quem lida com dinheiro. Mas agora, sabendo quem você é, posso lhe dizer. São 65 mil.

– Poderia me dar um desconto?

– Não. Eu não o venderia a você de jeito nenhum.

– E por quê?

– Mas você é idiota? Como justificaria isso para sua mulher?

O subchefe baixou o olhar.

– Tem razão. Obrigado, Domiziano.

– Imagine. E leve Marina de volta para casa. Tenho outros planos para esta noite. É verão e, se eu não aproveitar agora, me diga que diabos eu fiz seguindo dietas e musculação no inverno para ficar com tanquinho e bíceps de praia?

Convocou De Silvestri, Zuccari e o inspetor Munifici, os melhores da delegacia, para fazer um balanço. Seus homens o escutavam.

– O que temos, então? Temos dois rapazes mortos, provavelmente por uma quadrilha de drogas. Um terceiro amigo deles, Davide Mariotti, sumiu de circulação. A reunião está aberta. Força, desembuchem as coisas que não fazem sentido para vocês.

Munifici, que já às onze horas apresentava os sinais de crescimento da barba no rosto, ergueu a mão.

– O primeiro assassinato na pedreira. Não entendo o corpo abandonado à vista de todos, quando havia um lago a poucos metros de distância onde seria possível ocultá-lo.

– Há alguma notícia sobre a saúde do nosso jornalista? – Rocco perguntou.

Os agentes olharam para De Silvestri.

– Ele se recuperou? Podemos fazer perguntas a ele?

– Pelo que soube – respondeu o velho policial – ele ainda está em coma. Não fala, não ouve, em resumo, doutor, não dá sinais de vida.

Rocco fez uma careta de desaprovação.

– Sabemos algo sobre aquela impressão digital?

– Ainda nada – disse Munifici. – Mas, se quiser, ligamos de novo para Gizzi na científica.

– Me parece uma boa decisão. Você, Zuccari? Alguma ideia?

– Como eu vejo isso?

– Sim, como você vê.

– Três filhinhos de papai...

– Dois. O terceiro, Davide, não é. De qualquer forma, vá em frente.

– Aí esses três resolvem virar traficantes, alguém não gosta e os elimina.

– Sim. Quem? – Rocco perguntou.

– Quem controla o território.

– E esse é o problema. Agora Roma está dividida. Eu sei disso, a DIA* sabe, e os jornalistas também sabem. Mas eles estavam traficando a esmo. Não tinham território fixo. Então, a meu ver, não se trata de invasão.

---

* Direzione Investigativa Antimafia, Departamento da Polícia da Itália contra o crime organizado. (N.T.)

– Tem razão, doutor – disse Munifici. – Na minha opinião, ou deviam dinheiro a alguém...

– Ou quem lhes fornecia a droga decidiu livrar-se deles por algum motivo – arriscou De Silvestri.

Rocco uniu as mãos na frente da boca e começou a falar olhando para a mesa.

– Alguma coisa nos escapou, e eu pensei em algo. Então, o assassinato na pedreira. O rapaz morre por volta da meia-noite, meia-noite e meia. Nessa hora, Gigi *er cesso* volta com o triciclo, ele tinha estado com putas da Tiburtina.

– No triciclo? – e Zuccari arregalou os olhos azuis.

– Sim. Ele as come na caçamba – especificou Rocco. – Isso talvez responda à questão de por que não jogaram o corpo no lago.

– Pode ser. O vigia volta e, para não serem vistos, eles fogem.

– Então temos o segundo cadáver. Morto não se sabe onde, levado para a via Fidenza, perto da casa dele. Ninguém viu nada, agiram com rapidez e precisão. Mas agora eu me pergunto, e me acompanhem... – Rocco se levantou e foi até a janela. – Na pedreira, matam aquele pobre coitado. É noite. O vigia é meio cego. Quais eram as chances de vê-los bem o suficiente para reconhecê-los mais tarde? No escuro?

– Poucas. Na verdade, pouquíssimas. E então?

– Então, eu digo: essas pessoas estão com um medo fodido de serem vistas. Apenas vistas. Como se um simples olhar bastasse para se sentirem ferradas.

Os três policiais refletiam sobre o raciocínio do superior.

– Não é assim? E quem tem medo de ser reconhecido, mesmo que de longe?

– Um ator famoso? – arriscou Zuccari.

– Alguém muito alto?

– Não, Alfredo, tem muita gente alta. Não é suficiente. Alguém que tenha uma peculiaridade que o distingue da maioria, mesmo a uma distância de vinte, trinta metros. – Rocco olhou seus colegas um por um. – Alguém que já se diferencia pelo aspecto, entendem? Não por um defeito físico, mas por algo que poucas pessoas têm na Itália. A tez!

Uma luz acendeu nos olhos dos policiais e do inspetor.

– Eles são... negros? – sugeriu Munifici.

– Eu diria que sim. Os nigerianos controlam parte do tráfico na cidade. Não sei quem lhes dá a droga, mas que eles traficam é claro como o céu de Roma.

– Nigerianos... – Alfredo se sentou. – É uma hipótese válida. Mas e o assassinato em San Giovanni? Por que largam um rapaz no meio da rua? Não podiam deixar que o encontrassem em outro lugar?

– Não, porque o mataram ali perto, em plena luz do dia, e não podiam transportar o corpo.

– Mas por que não esperaram até anoitecer? – perguntou o inspetor.

Rocco mordeu os lábios.

– Porque, talvez, Matteo tivesse farejado algo. Eles já haviam eliminado Giovanni, e agora era a vez dele. Tiveram que agir rapidamente e sem perder tempo. Resta saber onde o mataram. – Afundou na cadeira. – Mas acho que pode ter acontecido em uma escada, uma escada externa. – Os colegas olharam para ele sem entender. – Sim. A vítima foi atacada e derrubada em um degrau, e o assassino a golpeou por baixo. É por isso que não há sangue no pescoço e nas roupas do pobre Matteo Livolsi.

– Doutor, precisamos de um cigarro aqui, se não eu não consigo pensar – disse Zuccari. Rocco entregou-lhe a caixa de madeira que mantinha sobre a mesa. Zuccari abriu a caixa. – Posso? – pegou um cigarro. – Que cheiro... Sempre me perguntei que tabaco era esse.

– Não, coisa leve. Antes havia dentro uns Cohibas!

– É por isso que dá para sentir o aroma! – disse Zuccari.

– Repita! – Rocco disse, olhando o agente.

– O quê?

– O que você disse!

Zuccari olhou para Munifici e De Silvestri sem entender.

– Que ainda se sente o aroma, por quê?

Rocco sorriu.

– Por quê? Porque a caixa está fechada! É por isso que se sente. Porque a tampa é de madeira e retém os odores.

Os policiais não o acompanhavam. O subchefe acabara de afirmar o óbvio, e eles não entendiam aonde ele queria chegar.

– Se a tampa fosse uma grade, uma gaiola, alguma coisa aberta, o cheiro teria saído. Certo? – Então Rocco deu um pulo. – Zuccari, temos o que fazer!

– Sim, mas não entendi... – disse Munifici.

– É por isso que você sempre será um inspetor! – Munifici o mandou tomar no cu, mas só em pensamento.

Rocco e Zuccari cruzaram a garagem precedidos por Nino, que estava sem fôlego por causa da barriga e da idade. Colunas e paredes estavam pintadas de vermelho, com uma letra em cada coluna, para que o proprietário não tivesse que se esforçar para encontrar o veículo.

– Deixe-me entender, Nino, só por curiosidade, quanto custa uma vaga de estacionamento?

– Depende. Duzentos e cinquenta individual, quatrocentos uma dupla, vaga de moto cento e cinquenta.

– Puta merda... – disse Zuccari. – Com uma quantia dessas você consegue uma casa em Viterbo!

– Com terraço – acrescentou Rocco.

– Eu sei – admitiu o vigia – mas em Roma, especialmente aqui em San Giovanni, não há estacionamentos – e abriu os braços. Os passos ecoavam no teto baixo de concreto atravessado por dezenas de canos misteriosos.

– E quantos carros tem aqui?

– Tá querendo contar meu dinheiro? – o vigia riu. – De qualquer forma, não é coisa minha, pertence a um banco. Enfim, são cerca de 150 carros. Faça as contas o senhor!

– Caramba – exclamou o subchefe.

– É. E leve em conta o fato de que há uma fila de espera de pelo menos trinta novos clientes.

Zuccari balançava a cabeça.

– Gente disposta a pagar quatrocentos euros para estacionar?

– Não é só por isso. Imagine que alguém compre, sei lá, um Lexus, uma Mercedes, um Jaguar, o que vai fazer? Deixar estacionado na rua? Se você tiver sorte, digo se tiver sorte, vai encontrar o carro arrebentado.

– Sim. Se tiver azar, o encontra em Tirana – disse Rocco. O vigia caiu na risada.

– É assim, doutor, é assim mesmo.

– E me diga uma coisa: por acaso a família Livolsi está entre os clientes?

– Preciso saber o carro. O sobrenome não me é estranho.

– Zuccari, você sabe que carro os Livolsi têm?

O agente pegou um bloco de notas do bolso. Começou a folhear as páginas.

– Então, sim. Um Subaru Legacy vermelho.

– Claro, com certeza. Ele o comprou há menos de um mês. Eu sei porque só tem um aqui. Por que está me perguntando isso?

– É útil para mim – respondeu Rocco.

– Então... – Nino parou entre duas colunas. – O senhor estava me dizendo que é a grade que dá para a via Fidenza?

– Exato.

O homem olhou em volta para se orientar.

– Então, então, então... deveria estar... ali – e apontou para um ponto completamente na sombra.

– Quem pode entrar aqui?

– Na garagem? Somente quem tem as chaves. Mas vou lhe dizer a verdade.

– Pois diga.

O vigia, talvez encorajado pela escuridão em que caminhavam, confessou.

– De vez em quando não estou na guarita. Tenho certa idade. Preciso fazer xixi pelo menos doze vezes por dia. Além disso, não é que haja tanto trabalho. E de qualquer forma, ninguém deixa objetos de valor dentro dos carros.

Finalmente chegaram diante de uma porta de ferro cinza.

– Deve ser por aqui. – Nino abriu. Eles se encontraram em uma caverna onde só podiam avançar em fila indiana. Paredes de concreto nas laterais e som baixo e contínuo de ar passando pelas tubulações. De vez em quando alguma coisa borbulhava dentro das paredes. – Vocês sabem disso? Um rio passa aqui embaixo. Roma está cheia de rios subterrâneos.

– Nino, contanto que não decida romper agora! – disse Rocco.

A passagem era longa, depois de um L, continuava por mais trinta metros. Cheirava a mofo e fungos podres.

– Mas para que serve esta cavidade?

– Acho que para a umidade e as tubulações de aquecimento dos prédios. E também as de água; enfim, é um espaço técnico. Existem três desses aqui. E todos terminam com uma grelha. Uma espécie de saída de emergência, entende? Vai que acontece um incêndio...

Quanto mais avançavam, mais o fedor se tornava insuportável. Aos fungos e ao mofo se somava o cheiro adocicado de um corpo em decomposição. Um rato, pensou Rocco. Finalmente chegaram à entrada de uma sala subterrânea. Havia uma escada de ferro que subia até a grade e, ao se olhar para cima, dava para ver o céu.

– Aqui está, chegamos. Lá em cima é a via Fidenza.

Abrindo bem os braços, Rocco bloqueou Nino e Zuccari.

– Não entrem! Eu vou sozinho.

Nino deu um passo atrás, um pouco assustado com a reação do policial. Rocco olhou para o chão. A poeira estava remexida. Alguém tinha caminhado recentemente naquela sala. Esticando a perna o máximo possível, passou pelo chão sem tocá-lo e conseguiu pôr um pé na escada. Se abaixou para olhar. No quinto degrau ele viu: uma pequena mancha de sangue. Espiou pelas malhas de ferro do degrau e no chão, menos de um metro e meio abaixo, a mancha escura era muito maior.

– Zuccari! Ligue para Gizzi. Mataram o rapaz aqui.

Zuccari assentiu e pegou o celular.

– Vou sair, não tem sinal aqui – e retornou.

Nino estava chocado.

– O quê... o quê?

– Esfaquearam o rapaz aqui. Estava estirado na escada, talvez um deles o tivesse imobilizado, e outro filho da puta o esfaqueou por baixo. Agora, preciso entender uma coisa. – Avançou mais três passos e chegou à grade que dava para a rua. Ficar de pé era impossível. Ele a empurrou levemente com as costas e ela cedeu. Saiu na calçada, escondido pelo contêiner de lixo, a meio metro das scooters onde o corpo do rapaz foi encontrado. – O fizeram rolar aqui fora... – disse a si mesmo.

Ele se inclinou para olhar o garagista que o esperava aos pés da escada. – Nino, dê a volta e venha para fora. Não entre. Vejo você lá em cima.

O homem assentiu e desapareceu nas entranhas como um rato velho prestes a se esconder. Um passante olhou para Rocco com meio tronco para fora.

– Está fazendo algum trabalho? – lhe perguntou, mas Rocco não respondeu. Estava pensando.

"Por que você estava aqui embaixo, Matteo?"

Ele teve que esperar a chegada dos peritos. Começariam a trabalhar nas pegadas deixadas na poeira da saleta, nas manchas de sangue, tentando encontrar digitais na escada, operações que demandariam horas de trabalho. Perda de tempo para Rocco, que não queria ficar na via Fidenza fumando e tomando café. Apoiado no capô do carro estacionado na sombra, Zuccari falava ao celular. O subchefe olhou a hora. Então tomou uma decisão repentina. Aproximou-se do agente.

– Leve-me à via San Giovanni em Laterano – disse-lhe.

O outro tapou o celular.

– Aonde?

– À basílica de São Clemente.

– Mas eu não sei qual é!

– Ignorante. Mexa-se, eu lhe indico o caminho!

Subiram no carro. Zuccari, bufando, se despediu apressadamente de seu interlocutor.

Nem cinco minutos depois, Rocco desceu do carro, atravessou a rua, passou pelo portão de madeira preta, pelo claustro, entrou na igreja e se dirigiu às escadas que conduziam à basílica inferior.

Suas pernas tremiam, talvez por isso tivesse agido impulsivamente, para não pensar demais. Às vezes na vida, e ele sabia disso, os pensamentos podem levar à imobilidade. Domiziano foi claro e direto, tinha de romper as regras, superar os obstáculos que sua mulher lhe impusera e olhá-la nos olhos, conversar com ela, entender, talvez até com um suspiro, um sorriso, se ele ainda tinha esperança de vê-la novamente em casa, ao lado dele, dormindo na mesma cama. Era como andar na corda bamba entre dois arranha-céus. Uma rajada de vento, um passo em falso, uma vertigem repentina e ele estava perdido.

Desceu as escadas.

Na nave central, em frente à parede esquerda, havia alguns tubos inocentes cobertos por um pano branco. Atrás, uma lâmpada emitia uma luz uniforme. No silêncio só se ouviam o ranger da madeira e o arranhar intermitente de uma espátula na parede. Marina estava lá, trabalhando. O que ele deveria fazer? Tossir? Chamá-la? Aproximou-se, mantendo os olhos no chão milenar, respirando o cheiro de local fechado, de madeira, incenso e terebintina. Contornou o andaime e avançou. Marina estava em uma plataforma, colada à parede, de óculos, trabalhando no afresco. Perdeu-se olhando para ela. Era linda. Com os olhos concentrados, os dentes mordendo de leve o lábio inferior, o cabelo preso em um coque por um lápis, ou seria uma varinha chinesa? Linda, com o jaleco branco imaculado que refletia a luz da lâmpada e criava um halo ao seu redor. Seus cabelos pareciam mais loiros, e os poucos grãos de poeira que dançavam em seu rosto se semelhavam a estrelas e cometas. Já não sentia o calor nem a umidade, não tinha fome, não tinha sede, não tinha corpo, Rocco. Observava em silêncio, respirava devagar e sorria como um imbecil.

– Você vai ficar aí o dia todo? – Marina disse sem tirar os olhos do afresco. Rocco despertou.

– Vamos, suba – disse tirando os óculos. – Como você está? – perguntou. Rocco encolheu os ombros. Marina segurava na mão uma espécie de espátula, com um material branco e pegajoso na ponta, gesso ou talvez tinta. Com ela, apontou para o afresco. – Bonito, não é?

Rocco concordou.

– Mas eu conheço. Onde está aquela escrita famosa... a primeira HQ da história, pensando bem.

– Eu tinha certeza de que você conhecia. De todo modo, é a história do milagre de São Clemente. O prefeito Sisinnio percebeu que sua esposa Teodora havia começado a adorar a Cristo. Depois, com seus soldados, quis retirá-la no momento em que São Clemente rezava a missa. Está vendo? Este de braços abertos é São Clemente. Só que Deus não permitiu. Cegou Sisinnio e os soldados, que, em vez da mulher, levaram embora uma coluna de mármore. Sisinnio continuou cego até voltar para casa. – Ela olhou Rocco nos olhos. – Bela história, não acha?

– Eu vou recuperar a visão em casa?

– Não sei. Talvez sim.

– E ele entendeu?

– Teodora já era cristã.

Rocco tocou a barba de dois dias.

– Teodora começou a adorar um deus que o marido não conhecia, e ele quis puni-la.

– Exato. – Enfiou a espátula cortante numa fresta minúscula, bem ao lado do santo.

Rocco coçou a cabeça.

– É uma bela metáfora. O marido estava cego porque não via a verdade.

– Mais ou menos. Agora resta saber qual deus estava certo. Os de Sisinnio ou o de Teodora?

Rocco se aproximou do afresco. Causava certa impressão. A pintura e as figuras, quando observadas tão de perto, mudavam de tamanho e de cor.

– Eu não saberia dizer. Geralmente o deus que vence é aquele que tem razão.

Marina sorriu.

– Historicamente falando, sim. Mas é mesmo verdade?

– Essa é uma pergunta difícil. Acredito que não exista um deus certo e outro errado. À sua maneira, eles estão todos no mesmo barco.

– Falam línguas diferentes, mas dizem a mesma coisa. Daí se entende que as nossas ações é que são certas ou erradas. – Olhou para Rocco, colocou a pequena espátula em uma caixa de madeira e pegou um pequeno pincel embebido em uma substância oleosa. – Não acredito em Deus, mas acho que isso ajudou a nos dar uma moral.

– De fato...

Marina encostou o pincel na parede, bem ao lado de uma figura com um báculo.

– Agora te pergunto uma coisa, Rocco: existe justiça na natureza?

– Não. A justiça é uma coisa humana.

– E ela se engana?

– Como todas as coisas humanas.

– E quem entre nós se engana?

Marina ergueu uma pequena esponja para absorver delicadamente uma mancha infinitesimal de óleo sobre a tinta.

– Este afresco está aqui há quase mil anos. Mil anos é muito tempo. Agora poderíamos esquecê-lo e passar uma bela camada branca sobre ele, ou restaurá-lo e tentar fazê-lo durar mais mil anos. Para que dois idiotas como você e eu possam olhar para isso um dia e pensar sobre suas vidas, sobre o que é certo, sobre o que é errado. – Largou a esponja e apoiou as mãos nos joelhos. – Se é o marido que é cego, se é a mulher que não entende. E acho que nunca descobriríamos isso, Rocco, porque o que nos ferra é o amor.

– Não estou entendendo nada.

– Nem eu, Rocco.

– Fiquei com vontade de fazer amor.

– Eu não.

– Quando você volta para casa?

– Quando eu entender.

– Sinto tanto sua falta.

– Sinto a sua também, Rocco. Eu também. – Ela pôs os braços em volta do pescoço dele. Cheirava a xampu e terebintina. – Eu já lhe disse que você tem olhos inexpressivos e apagados?

– E como.

– Você está cansado. Por que não vai para casa?

– Não posso. Estou com um grande problema – e não disse mais nada. Ele nunca falava do trabalho com Marina. – Quanto tempo devo esperar?

Marina respirou fundo.

– Não sei, Rocco. Não pense que eu consigo dormir à noite. Fico acordada e pensando. Uma manhã digo a mim mesma: "se deixe levar, Marina". Feche os olhos, vá para casa e viva ao lado daquele homem. Você o escolheu, não foi? Algo de bom ele há de ter – e sorriu. Os joelhos do subchefe tremeram.

– Eu já lhe disse que você tem os olhos mais lindos do mundo? – falou.

– Sim. Mas não é verdade.

– Quem disse isso?

– Eu.

– Você não entende nada. Cada minuto que passo sem você é um minuto perdido.

– Agora vá, Rocco. Prometo que te ligo em breve.

Rocco a beijou. E ele se sentiu um idiota, mas seu coração disparou e parecia subir pela garganta.

– Não acha um absurdo que eu sinta arrepios como seis anos atrás?

– É a umidade. Estamos no subsolo. Penetra nos ossos.

Eles começaram a rir. – Vá embora, vá. Eu tenho que trabalhar, você também. E se o padre chegar vou ter que explicar muitas coisas a ele.

– Tipo?

– Você é o quarto homem que beijei neste andaime hoje. Um tanto excessivo, até para um dominicano irlandês.

Riram.

– Bem, agora tenho que matar três homens. Posso saber os nomes?

– Não. Porque você seria realmente capaz de fazer isso.

Uma nuvem negra passou pelos olhos do subchefe. Talvez Marina estivesse brincando. Ou talvez não, talvez falasse a sério. Nunca se entendia bem o que dizia.

– Você não me tem em alta conta – disse, e desceu do andaime.

Assim que ele pisou no chão, Marina o chamou de volta:

– Rocco?

– Diga.

– Eu estava brincando.

– Tem certeza?

Os homens da perícia examinaram o local e se afastaram. Finalmente Rocco pôde entrar. Desceu a velha escada escura de sujeira. No chão examinado pelos peritos havia, em destaque, uma pegada de tênis e manchas de sangue embaixo da escada. Eles o tinham perseguido até aqui? Por que Matteo buscaria a salvação naquele buraco? Teria sido mais fácil ir até a entrada da garagem e gritar, talvez Nino, o vigia, o tivesse ouvido. Entrar furtivamente ali significava entregar-se aos assassinos. Estava claro que a presença do rapaz ali embaixo estava ligada a outra coisa. Começou a observar as paredes, graças à luz que caía perpendicularmente da grade no nível da rua. Tocou-as. Eram paredes de concreto áspero, das quais despontavam alguns pregos e dois vergalhões. Acendeu o isqueiro e deslizou por baixo da escada, entrando na área mais escura daquela caverna urbana. O piso estava ainda mais preto, e o cheiro era mais forte. Um gotejamento constante tornou-se cada vez mais presente à medida que ele adentrava aqueles espaços escuros. Teve que apagar o isqueiro antes que o polegar e o indicador pegassem fogo. Soprou e esperou alguns segundos. Então acendeu novamente. O teto descia cada vez mais, tinha que se abaixar para passar. Pensou que aquela espécie de nicho terminasse ali, mas continuava. Uma luz tênue vinha de trás de uma quina. Havia alguém ali. Rocco sentiu o batimento cardíaco aumentar. Apurou os ouvidos, mas não ouviu nenhum barulho. Decidiu avançar. Teve que se curvar e pôr os joelhos no chão. Adeus calças cáqui, pensou ele. Arrastou-se por dois metros e virou a esquina. Olhou e se viu diante do macacão branco de um policial curvado no pavimento com a lanterna apoiada no chão.

– Que porra...? – disse. O outro se virou.

– É o senhor, doutor? Finzi, da perícia. Venha ver o que encontrei...

– Mas não podia ter feito algum barulho, Finzi? Eu quase tive um infarto! – e alcançou o homem agachado.

– Percebi que o piso foi limpo neste ponto. Veja aqui...

O agente removeu algumas lajotas antigas e descobriu um buraco bastante grande.

– O que é isso?

– Um esconderijo... – respondeu Finzi.

– Você encontrou alguma coisa?

– Isto! – e ergueu um saco plástico vazio com uma pinça. – Estava preso debaixo de um cano que passa por baixo daqui.

– O que é isso?

– Estou levando para examinar. Mas posso quase lhe garantir que havia droga aqui dentro. Coca ou heroína, não sei...

À luz da lanterna, o sorriso de satisfação dos dois policiais assumiu um ar fantasmagórico.

– Muito bem, Finzi!

– De todo modo, o senhor chegaria até aqui.

– Com um isqueiro? Finzi, temos que parar de nos encontrar assim...

– Tem razão, doutor – e o policial voltou ao trabalho enquanto Rocco recuava. – Você acha que eu deveria tomar uma antitetânica?

– Não sei, mas uma desinfetada nas mãos eu daria.

Caminhava ao ritmo das remadas que dois rapazes davam em uníssono, rompendo a água parada e escura do laguinho no EUR. Nos gramados, cerca de dez crianças brincavam e gritavam. Já não eram tempos de férias prolongadas de três meses para famílias com crianças pequenas. Todos procuravam um lugar, embora aquele lago artificial fosse destino noturno de drogados e ratazanas, que lembrasse vagamente o mar, as montanhas, qualquer coisa que não fosse um prédio com antenas e cheiro de asfalto quente misturado a mijo. A água, um espelho pútrido onde flutuavam restos de comida e algas mortas, refletia o grande prédio da Eni e parecia uma mancha de petróleo. O verde do gramado tendia ao amarelo, e as árvores sofriam com o calor e o abandono. Sentou-se em um banco. Um casal de namorados passou com um cocker na coleira. O cachorro, exausto pelo calor do final da tarde, estava com a língua tocando o chão. Rocco acendeu um cigarro.

De quem os rapazes pegaram a cocaína? Quem usava os nigerianos para o comércio nas ruas? E os assassinos de Matteo e Giovanni eram mesmo nigerianos? O elo teria sido Davide, Skin, presumindo que ele ainda estivesse vivo. Ou ele também acabou com um ponteiro na base do crânio em alguma vala fora do anel viário? Tornou a pegar o pedaço de papel, a anotação do jornalista. Essas duas iniciais, S.S. e L.B. Ele tinha que lhes dar um nome o mais rápido possível. Detalhe significativo, que teria revertido o rumo daquela história de merda, de uma vez por todas. E aquela sigla no verso: SLR U 971197-8. O que significava? Por que Alberto Ferri não fazia um favor a si mesmo e a toda a polícia acordando do coma? Por que os assassinos conheciam o esconderijo de Matteo na garagem? Para onde estavam levando Giovanni quando ele conseguiu fugir do carro provavelmente parado no posto de autoatendimento? Um rato enorme, preto e com os pelos em pé, passou rapidamente por trás da pequena cerca e desapareceu em um buraco subterrâneo. Apagou o cigarro, esfregando-o sob o sapato e colocou-o no bolso. Levantou-se. A cabeça ficou um pouco tonta. Não muito longe havia uma sorveteria excelente, talvez uma casquinha para comemorar o bate-papo com Marina. Então havia algo para comemorar? Rocco não tinha entendido. Mas gostava de sorvete, talvez sem creme, uma privação que ajudaria sua consciência e o faria acreditar não ter ingerido muitas calorias. Um colete salva-vidas inchava em sua cintura, dia após dia, o que, se ele tivesse que contar com a aparência física para convencer Marina a voltar para ele, não o teria ajudado. O que o impediu de consumir açúcares nocivos foi o celular, que tocou enquanto ele andava para a sorveteria.

– Quem está enchendo meu saco?

– Doutor, aqui é Parrillo.

– E o que você quer?

– O senhor deveria voltar ao escritório.

– Posso saber o motivo desta urgência?

– Há alguém perguntando pelo senhor.

– Alguém quem?

– Um tal de Davide Mariotti.

Skin!

Davide estava na sala de depoimentos. Quando Rocco entrou, encontrou-o na companhia de Zuccari, que lhe oferecera um café da máquina automática. O rapaz estava pálido, até as espinhas que sujavam suas bochechas eram quase brancas. Ele segurou o copinho com as duas mãos apoiadas nos joelhos. Parecia estar com frio, embora o ar-condicionado daquela sala estivesse quebrado desde 1998.

– Davide! – disse Rocco – onde diabos você estava?

Ele olhou primeiro para Zuccari e depois para o subchefe.

– Fui à casa de um amigo meu... em Casalpalocco.

– E você estava escondido lá?

Davide assentiu.

– Diga-me o que está acontecendo.

Davide respirou fundo, baixou o olhar e começou.

– Giovanni e Matteo se meteram numa roubada. Eu sempre dizia isso a eles. Mas não me ouviram. Diziam que eu era um cagão, que se alguém quer mudar de vida não deve ter medo. Quando na outra noite...

– Pare! – disse Rocco. – Vamos por ordem. De quem é a droga?

– Isso eu não sei. Só sei que a conseguiram porque Giovanni não se importava com as coisas dele. E uma noite no bar, no fechamento, eu estava baixando a porta, quando ele e Matteo saíram com a namorada de Giovanni...

– Isabella? – Rocco perguntou.

– Exato. Sim, acho que sim. Resumindo, Giovanni é um cara sério. Era sério – corrigiu-se, engolindo em seco – e começou a dizer que graças ao trabalho do pai tinha descoberto uma pista. Uma coisa importante. Dava para ganhar uma grana com aquilo. Eu ouvi por acaso e pensei que fosse algo simples, então entrei. Achei que fosse sobre investimentos, sobre dinheiro, talvez abrir um negócio, sei lá. Em vez disso, Giovanni me olhou nos olhos e disse: "Davide!", na verdade, "Skin!". Ele e Matteo me chamavam assim, Skin, por causa dessas espinhas que não desaparecem.

– Já experimentou sabonete com enxofre? – Zuccari interveio.

– Simone, o que nos importa o problema dermatológico! – Rocco gritou. – Vá em frente, Davide.

– "Skin", ele me diz, "se você está dentro, está dentro; se não, levante a bunda e vá embora!"

– Por que você não foi embora?

– E eu sei lá? Porque a gente é idiota, porque eu podia imaginar tudo, menos que começariam a traficar. Eram bons rapazes, Giovanni nem fumava baseado. Então fiquei dentro. E ouvi. Giovanni sabia onde encontrar muita droga. Queria pegar e começar a vender. Falava sobre quilos de droga, pura, que aprenderia a fracionar junto com Matteo.

– Onde estava a droga?

– Não sei, doutor. Na noite em que a pegaram, eu não estava com eles. Estava esperando no pub, depois a dividimos, e cada um achou um esconderijo.

– Quanta droga era?

– Muita. Eles me deixaram mais de trezentos gramas.

Rocco olhou para Zuccari.

– Onde você a escondeu?

– Não levei para casa. Não envolveria meus pais nisso. Então a deixei no pub. No andar de cima, na privada, atrás da descarga.

– Ainda está lá?

– Não. No dia em que soube o que aconteceu com Giovanni, lembra? Quando o senhor foi ao pub perguntar por ele? Eu me caguei todo e a joguei no vaso sanitário.

– Muito bem – disse Zuccari.

– Você sabe quem matou Giovanni e Matteo?

– Não. Não sei. Não sei de quem eles roubaram nem quem os matou. Só estou com medo, doutor. Também porque talvez eles saibam quem eu sou. E fiz as contas. Eu poderia ser o próximo! Foi por isso que fugi.

Rocco foi até a janela.

– Você não vai para casa, vai ficar aqui. Zuccari, temos um quarto para Davide?

– Há duas trans lá no momento. Vamos perguntar ao juiz se ele pode nos dar uma mão?

– Não – disse Rocco. – Não, só nós dois devemos saber que Davide está com a gente, e ponto final. – Rocco virou-se para o rapaz. – Você vem para minha casa e não sai de lá até que essa história termine.

Davide concordou.

– O subchefe tem um belo apartamento! – disse Zuccari, e Rocco o fuzilou com um olhar.

– Podem avisar meus pais? Dizer a eles que estou bem?

– Mas por quê? Você não tem um celular?

– Claro. E posso usar?

– Apenas diga a eles que mantenham isso em segredo – explicou Rocco, dando de ombros. Davide pôs a mão no bolso e digitou o número de casa.

O sol havia desaparecido, e em seu lugar se acenderam os postes de luz ao longo do Tibre. Rocco deixou Davide depois de lhe mostrar o quarto de hóspedes. Também lhe deu cuecas e uma calça de algodão. O rapaz começou a assistir a um filme na Sky, e ele saiu novamente, acelerando sua scooter em direção à alameda Parioli, casa dos Massari. Quando chegou não encontrou o porteiro. No interfone, um homem respondeu:

– Sim?

– Subchefe Rocco Schiavone. Abra! – disse.

– O que aconteceu? Por que a esta hora?

– Não faça perguntas e abra! – respondeu em um tom que não admitia réplicas. Mas o homem respondeu.

– Não abro. Vou esperar meu advogado.

Rocco deu um tapa no muro.

– Está bem, então vamos esperar juntos. Agora vai me deixar subir ou volto com um mandado do juiz?

O homem pensou um instante. Então abriu o portão.

Encontrou Enrico, o pai, com a barbicha estilo Cavour e uma camisa azul de gola aberta, esperando na porta.

– O senhor não pode aparecer em...

– Dr. Massari, o senhor deve dar graças a Deus por eu ter vindo sozinho a sua casa, acredite!

O homem deu um passo para o lado e o deixou entrar.

– Quando o advogado chega?

– Acabei de ligar. Estará aqui em dez minutos. Posso saber de que se trata?

– Claro. Sua filha é a chave do duplo homicídio de Giovanni Ferri e Matteo Livolsi – disse calmo, com a intenção de assustar o impecável dr. Massari. E conseguiu, porque ele ficou branco.

– O quê... como?

– Sua filha sabe por que o namorado dela foi morto. Ela não contou ao senhor?

– Não... Isabella só me disse que Giovanni se metera em um problema que...

– Giovanni roubou cocaína de alguém, e esse alguém o fez pagar por isso. E sua filha não só conhecia os planos de Giovanni e Matteo, mas também lhe digo que ela sabe quem é o filho da puta dono da droga que eles roubaram!

– Acho que não... – Enrico Massari tentou se defender esfregando a barba. – Absolutamente não. Isabella não sabe dessas coisas. Ela me disse...

– Um monte de besteiras!

Naquele momento, as portas duplas de madeira que davam para a sala se abriram, e Isabella apareceu vestindo uma camiseta rasgada e um short.

– Isabella! – disse o pai.

A moça mordeu os lábios, cruzou as longas pernas e fixou o olhar no tabuado do assoalho.

– Não sei de quem pegaram, doutor, juro!

– Espere o advogado, Isa!

Mas ela continuou:

– Giovanni e Matteo meteram isso na cabeça. Mas não sei de quem eles pegaram – e caiu no choro. – Por favor, acredite em mim. Foi assim. Eu estava com medo. Muito medo. Ele queria esconder aqui comigo...

– Na minha casa? – Enrico gritou. – Mas vocês ficaram loucos?

– Eu disse não a ele, pai. Ele a levou para a casa da mãe. Escondeu lá.

– Vamos nos sentar? – falou Rocco.

Enrico parecia congelado. Não conseguia se mover. Olhava a filha com a respiração entrecortada, como se não a reconhecesse, como se não entendesse o que aquela moça estava fazendo descalça na entrada de sua casa.

– Isabella, você corre o mesmo risco que Giovanni e Matteo, sabia disso? – disse Rocco, piorando as coisas agora que o muro erguido pelo sr. Massari desabara miseravelmente, e era a hora de deixar as tropas entrarem no castelo.

– Eu? Por... por quê?

– Porque você sabe quem eles são, eles a conhecem e, como eliminaram seus amigos, poderiam fazer o mesmo com você. São bandidos, pertencem a uma organização terrível. Acha que eles vão acreditar em você quando disser que não sabe onde está a coca? Acha que eles são como eu? Acha que são pessoas calmas e serenas? Mataram seus amigos com uma facada na base do crânio, como animais no abatedouro! Primeiro eles te estupram, depois te cortam em pedaços e, no final, te jogam no meio do mato, é isso o que eles fazem!

Enrico Massari tremia. Apoiou-se em um móvel antigo de nogueira, a coisa mais sólida que conseguiu encontrar ao seu alcance.

– E terei que acompanhar a equipe forense para ver o estrago que fizeram em seu corpo! Eles não vão acreditar em você, Isabella – Rocco continuou com voz grave, escandindo bem as palavras. – Não vão acreditar porque, se recuperaram a droga de Giovanni e Matteo, ainda falta uma parte. A que vocês deram para Davide, para Skin. E que ele jogou fora!

– Eu não dei nada a ninguém! – Isabella gritou. – Papai, por favor, acredite em mim! Eles me botaram no meio disso, mas eu não queria fazer nada. Essas idiotices não me interessam. Papai... – se afastou da porta e correu para os braços do pai. – Me ajude, papai. Eu não quero... não quero... – e enterrou o rosto no peito do dr. Massari, que começou a acariciar seus cabelos, mantendo o olhar atordoado na parede. – Acredite em mim, papai... não tenho nada a ver com isso...

– Sim, meu amor, sim. Eu acredito em você.

– O que está acontecendo? – uma voz explodiu. Eles tinham deixado a porta da casa aberta. O advogado Sorrentino, desgrenhado e de camisa rosa, acabava de entrar. – Enrico! – disse. Então olhou para Rocco. – O senhor? Talvez eu precise lembrar que...

– Esqueça, Federico – falou o sr. Massari. – As coisas não são como pensávamos. Acredito, ou melhor, espero que o dr. Schiavone esteja aqui para nos ajudar, e não para arruinar nossas vidas.

– Estou aqui para salvar a vida de vocês.

O advogado olhou para o policial sem entender.

– Vamos nos sentar – disse Massari e, abraçando a filha, dirigiu-se para a sala.

Ao redor da mesa, enquanto uma camareira com avental listrado de rosa e branco preparava o jantar, Rocco, Enrico, o advogado e Isabella se entreolhavam atentamente.

– Minha sugestão – disse o advogado – é ficar em casa, Isabella corre muitos riscos se for vista por aí.

– Posso dizer a todos os amigos da Isabella que ela está doente, com cólica renal, com febre?

– Eu diria que não, dr. Massari – falou Rocco. – Cheira a desculpa esfarrapada e não se sustenta. Imagino que tenham uma segunda casa em algum lugar.

– Sim. No Argentario. Minha mulher está lá agora.

– Bem. Isabella deveria se juntar à mãe – propôs Schiavone.

– Com aquele idiota do Roberto? – a garota disse, a voz fria como uma lâmina.

– Isa, não é hora de criar problemas. Acho que já temos o suficiente, não é? – Enrico retrucou.

– Seu pai tem razão – interveio o advogado – é a coisa mais sensata. Sair de férias agora não deixará ninguém desconfiado. É verão, não é?

– E se eu, que era marido de sua mãe, aguentei o Roberto, acho que você também aguenta.

– Aquele idiota bronzeado com suas regatas e tacos de golfe de merda!

– Isabella! – o pai retrucou. – Não gosto quando você fala assim.

– Bem. – Rocco tentou reassumir o controle da situação. – Agora quero acreditar que você, Isabella, não sabe quem era o dono da cocaína. E também quero crer que Giovanni nunca lhe contou um detalhe sequer, talvez involuntariamente, de onde foi buscá-la. Nem mesmo sobre o que o pai dele estava trabalhando.

Isabella fez que não com a cabeça. Rocco prosseguiu.

– Mesmo que seja difícil acreditar em você, espero que todos estejam de acordo sobre isso! Principalmente depois do primeiro encontro que tivemos aqui mesmo, neste salão.

– As coisas eram diferentes naquela época, dr. Schiavone – disse Enrico. – Eu só sabia que Isabella e as amigas dela haviam se envolvido em uma briga entre gangues rivais por causa do roubo de alguns iPhones. Ou pelo menos – e olhou para a filha – foi isso que você me contou.

– Isabella, pense bem. Nada lhe vem à mente? Por exemplo, se eu lhe dissesse algumas iniciais – e repetiu aquelas quatro letras encontradas na anotação do jornalista, S.S. e L.B. – lhe vem alguma luz?

Isabella pareceu pensar por alguns segundos.

– Não, doutor, nada.

– Nem se eu lhe falar de nigerianos?

Isabella estremeceu.

– Nigerianos?

– Sim. Eles traficam nas ruas em áreas que Alberto Ferri, pai de Giovanni, estava investigando.

Isabella começou a mexer em um anel que acabara de tirar.

– Tinha um cara... um negro. Grandalhão, com dreadlocks, que uma vez foi ao bar perguntar por Giovanni. Sei disso porque ele estava com um carro enorme, preto, talvez um Alfa, entendo pouco disso. Estava com raiva, e eu não disse nada. Quando encontrei Giovanni, contei a ele...

– E ele?

– Como sempre fazia. Deu de ombros sem dar nenhuma importância. Mas eu me lembro do cara. Era terrível. Tinha um corte no rosto bem aqui... – e apontou para a bochecha direita, – não dava para saber se era um corte ou uma tatuagem. Me lembro de ter conversado com Steven sobre isso... Steven trabalha no pub e é nigeriano. Ou melhor, ele nasceu em Roma, mas os pais são de lá.

– Eu sei, o conheço – disse Rocco.

– Mas ele não sabia quem era. Mas me aconselhou a ficar longe daquelas pessoas. E também aconselhou Giovanni.

– E ele deu de ombros?

– Exato.

– Puta merda – murmurou o advogado – sei algo sobre isso. Eles controlam o tráfico de drogas em diversas áreas de Roma. São gangues fortes e impiedosas.

– Mas o que eu penso, ou melhor, o que suponho é que eles sejam apenas mão de obra barata. Quero chegar a quem está por trás disso. As famílias que dividem o território entre si são da 'Ndrangheta, da Camorra, e depois há os ciganos. Chegar até eles vai ser difícil e perigoso, mas é para lá que eu tenho que ir. Mesmo que Giovanni, Matteo e seu amigo sejam pouco mais que uma picada de mosquito para eles.

– O que isso significa?

– Veja, dr. Massari, essas são pessoas que movimentam muito dinheiro. No entanto, tenho a sensação de estar lidando com uma zona intermediária, uma gangue de filhos da puta, talvez tolerada pelas grandes famílias mafiosas, que traficam alegremente em algumas áreas. Digo isso porque, se estivéssemos lidando com a 'Ndrangheta ou a Camorra, nunca teríamos encontrado os corpos dos rapazes. Quem os matou é gente da rua, que age por alguns milhares de euros. Não os subestimo, mas sinto que é assim.

– Seria o caso de envolver a DIA? – perguntou o advogado.

– Quanto a isso, deixe que eu decido – respondeu Rocco. – O que eu gostaria que fizessem agora é proteger Isabella, fazê-la desaparecer por um tempo e tocar a vida como se nada tivesse acontecido. Eu nunca estive aqui, e o senhor, advogado, está frequentando a casa por causa de alguma disputa, seja lá o que o senhor quiser.

Enrico e Sorrentino concordaram com a cabeça.

– Bem. Isso é tudo o que me cabe. Quando tiver novidades, entrarei em contato.

– O senhor não fica para jantar conosco?

– Obrigado pelo convite, mas ainda tenho trabalho a fazer.

Era mentira, o dia dele se encerrara com aquela visita. Não queria deixar Davide sozinho em casa por muito tempo. Voltou para o apartamento e foi atacado por um cheiro de comida flutuando no ar. A mesa posta para cinco. Davide tinha amarrado um pano na frente das calças e foi até ele sorrindo.

– Esta noite vamos comer espaguete ao vôngole e, como prato principal, fiz uma posta de atum com ervas. Tudo bem?

– Deixe-me entender. Onde encontrou a comida? Você saiu? E por que para cinco?

Davide apontou para o terraço. A porta-janela estava aberta. O subchefe se aproximou e viu os amigos esparramados em canapés e na espreguiçadeira. Sebastiano, Furio e Brizio o viram e ergueram a cerveja para cumprimentá-lo.

– Saúde! – disseram em coro.

– Deixem-me entender.

– O que você quer entender? – e Brizio agarrou-se à garrafa. Então limpou a boca. – Fizemos compras porque tinha teia de aranha em sua geladeira, tinha esse rapazinho que se ofereceu para cozinhar...

– Ele diz que trabalhou em hotelaria e que seu sonho é ser chef – disse Furio, acendendo um cigarro.

– Então aproveitamos. Sente esse perfume? Na nossa opinião, esse ruivo arrebenta!

Rocco abriu os braços.

– Mas quem disse que eu estava a fim de jantar com vocês?

Sebastiano inclinou-se na cadeira.

– Porque senão sua noite teria sido miserável, na companhia do remorso, olhando putas na internet. Me diga uma coisa, Rocco – e baixou o volume da voz. – Mas quem diabos é esse aqui?

Rocco voltou sem responder. Davide estava no fogão.

– Como entraram? – perguntou.

– Eles bateram.

– E você abriu?

– Sim.

– Porra, Davide! Mas você nem sabia quem eles eram!

O rapaz continuou mexendo o espaguete na água com uma colher de pau.

– Inspiraram confiança.

– Aqueles três ali inspiram confiança? Aqueles? Mas você olhou bem para eles?

– Do olho mágico, sim!

– E não ficou com medo?

– Não. Por quê?

– Mas você tem ideia de quem eles são?

– São seus amigos, não são?

Não estava errado. Aqueles três sujeitos esparramados em suas cadeiras e espreguiçadeiras eram seus amigos. Desde sempre. Desde criança, quando jogavam bola na piazza San Cosimato, no Trastevere, e se masturbavam espiando o banheiro feminino do restaurante pela janelinha do Vicolo del Cinque. Tinham compartilhado tudo. A pobreza, o luto e a alegria, os cigarros e os baseados, as garotas e o casamento. Sebastiano era o urso, lento e raivoso, rancoroso e peludo. Furio era o guepardo, rápido, em alerta, atento, generoso. Brizio era o galgo afegão, bonito, com todo o cabelo no lugar certo, leal, fiel e um babaca como poucos. Eles eram um pedaço de sua família, que Marina aceitara de nariz torcido. Depois, aos poucos, aprendeu a amá-los, a fechar os olhos às suas atividades, a fechar os olhos ao fato de que um subchefe da polícia do Estado tinha três presidiários como melhores amigos. Ela provavelmente os odiava agora, convencida de que eram a causa dos problemas do marido. Marina não entendia que Rocco era assim mesmo sem os outros três. Que ele não sabia viver de outra forma, que todas as tentativas de mudar de pele não adiantaram e que o tempo apenas tentou fazer coexistir duas almas tão contrastantes. E ele nunca desejaria se ver na encruzilhada de ter que escolher entre Marina e esses três. Mas a mulher dele, admitindo que ainda o fosse, nunca lhe teria dado tal ultimato.

– Mas você pelo menos limpou os vôngoles?

Davide nem sequer respondeu.

– Em vez disso, pense no vinho. Coloquei dois chardonnays na geladeira. A massa estará pronta em dois minutos. – Então Davide olhou atravessado para Rocco. – Não gosto de ser observado enquanto cozinho!

Rocco assentiu e foi até a geladeira pegar o vinho branco para levar à mesa.

O jantar estava realmente bom. Davide atrás de um balcão de um pub era um desperdício. Ele tinha o toque, assim se expressou Sebastiano após a primeira garfada de espaguete ao vôngole, que segundo ele lembrava o da Cambusa, em Positano. Beberam quatro garrafas de vinho e de sobremesa comeram os *cornettos* da Algida, que Rocco comprava em pacotes de seis e guardava no freezer. Naqueles dias sem Marina eles foram seu jantar, almoço e café da manhã mais de uma vez.

– Agora você vai se perguntar por que nos convidamos para jantar! – Sebastiano disse, lambendo o sorvete.

– Não, não me pergunto mais isso – respondeu Rocco.

– Não é porque sentimos pena de você. Aqui sozinho, sem Marina... não! – disse Brizio.

– E nem porque não tínhamos nada para fazer – acrescentou Furio.

– Não, o motivo é outro. Mas o cozinheiro – e Sebastiano olhou para Davide – deve ir para o terraço, fechar a janela, botar fones de ouvido e cantar bem alto...

Agora todos estavam olhando para o rapaz. Que se levantou sorrindo.

– Não tenho música.

– Só não espie. Se você fizer isso, cortamos suas bolas – disse Furio suavemente.

– Entendido! – Davide saiu para o terraço fechando a porta-janela, que Brizio, para se sentir ainda mais seguro, trancou girando a maçaneta. Depois bateu nas janelas duplas e acenou para Davide, que nesse tempo acendera um cigarro.

– Bem. Aqui estamos.

– Me ocorreu de repente, Rocco – começou Brizio, voltando para a mesa. – Quando Sebastiano me falou daquelas duas iniciais... S.S., Sandro Silvestrelli!

– Sandro Silvestrelli? – disse Rocco. – Por que esse nome não me soa estranho?

– Sandro Silvestrelli é um escroto com quem tanto Sebastiano quanto eu tivemos que lidar há algum tempo. Ele controlava tabacarias na Emilia com alguns eslavos. Um meio fodido.

– Quando veio para Roma, ninguém lhe dava bola – continuou Sebastiano. – Brizio e eu lhe passamos umas joias. E ele tentou nos sacanear.

– Sim. Esse é um grande escroto – acrescentou Furio, para esclarecer o conceito.

– Por que vocês têm certeza de que é ele? – Rocco acendeu um Camel.

– É uma possibilidade – disse Furio. – Ele de repente ficou rico. Anda por aí de Porsche, age como um idiota nos bares, transa com bielorrussas por mil euros a noite.

– Pode ser que ele tenha dado um bom golpe e esteja aproveitando os frutos, não?

– É o que a gente pensava há algum tempo, Rocco – interrompeu Brizio. – Mas nos lembramos, e isso é história do ano passado, de que Silvestrelli arranjava a droga para as festas do Palazzo Madama.

– Ah! – e Rocco estalou a língua. – Ele subiu de nível.

– Sim. Drogas e putas. Nos mesmos locais. E nem cobrava por isso.

– E desde quando os do Palazzo Madama pagam? – sentenciou Sebastiano.

– Ele não me conhece?

– Não, Rocco, acho que não. Bote o cérebro para funcionar e lembre se já topou com ele nos últimos anos.

Rocco fazia que não com a cabeça enquanto vasculhava as gavetas da memória.

– Me digam um pouco como ele é, talvez ajude.

– Quando o frequentávamos, ele era moreno, cabelos compridos, tipo um cheyenne, e estava sempre bronzeado.

– É verdade. – Brizio ajeitou o cabelo. – Tanto que o apelidaram de Cochise. Mas era um perdedor.

– Talvez agora tenha cortado o cabelo. Mas olhe – disse Furio, servindo-se do resto da garrafa – lembro que ele tinha uma cicatriz bem aqui – e apontou para a base do pescoço. – Como se tivesse operado a garganta.

– Verdade. E o nariz achatado, tipo boxeador, só que ele não sabe lutar! – e Sebastiano sorriu.

– Por que você está rindo? – Rocco perguntou.

– Porque o nariz é um presente meu quando descobri que ele estava me passando a perna com a história das joias!

– Vai ver que refez o nariz, já que, pelo que me dizem, está montado na grana.

– Quem sabe. E talvez haja alguma foto no arquivo.

– Outra coisa importante. – Brizio deu um peteleco na taça, como para chamar a atenção. – Eu sei que o cara tem uma cobertura, uma fábrica de móveis na Tiburtina, mas faz tudo, menos vender móveis...

– Na Tiburtina – disse Rocco. – Isso é interessante. Foi onde encontramos Giovanni morto.

Os três amigos assentiram. Rocco permaneceu pensativo por alguns segundos. Eles sabiam que, quando o policial estava pensando, tinham que ficar calados.

– Sandro Silvestrelli... – então levantou a cabeça. – Por que não dizemos esse nome a Davide?

– A quem?

– Àquele coitado que já fumou um maço inteiro no terraço.

Os três amigos viraram-se para a janela. Davide estava encostado na grade, olhando para Roma.

– Mas podemos confiar nele?

– Seba, ele está com a vida em risco; por que acha que o escondi aqui? Talvez o nome faça sentido para ele.

Brizio foi chamá-lo de volta. Davide voltou, sempre com um sorriso.

– Caramba, que vista, doutor... claro que, se eu soubesse que um policial ganha assim, também me jogaria nas forças da ordem.

– Esqueça, Davide – disse Sebastiano – você não vai entender. Ouça, agora vamos lhe dizer um nome. E você nos conta se lhe lembra algo.

– Digam...

– Mas você tem de se sentar, se não meu pescoço entorta – disse Rocco. Davide obedeceu.

– Sandro Silvestrelli – escandiu Rocco. Davide permaneceu impassível.

– Não. Não me diz nada.

– E se eu lhe disser Cochise? – tentou Sebastiano.

– Cochise? Nada. Quem é, um índio?

Os quatro amigos se entreolharam.

– Escute, Davide, esse homem tem uma cicatriz bem aqui, na base do pescoço. Ele anda em carros caros e cheios de vadias – disse Furio.

– Sempre bronzeado – acrescentou Brizio.

– E ele também tem um nariz achatado, como o de um boxeador.

Davide olhava para a mesa. Via-se que ele estava pensando. Movia de leve os lábios, como se repetisse os detalhes que acabara de ouvir.

– Não. Não me diz nada. Não, sinto muito.

– Ele tem uma fábrica de móveis na Tiburtina – disse Rocco. Mas Davide balançou a cabeça. – Isso acrescenta alguma coisa?

– Mas, além de cozinhar vôngoles, você serve pra quê? – irrompeu Brizio. Davide baixou os olhos envergonhado.

– Como você vai se mover? – Sebastiano perguntou sério.

– Eu diria que, se você for a esses lugares fardado, não vai descobrir nada – sugeriu Furio.

– Você está certo, Furio. Vou pensar sobre isso.

– Podemos estudar alguma coisa, certo? – propôs Sebastiano. – Eu sei onde Silvestrelli está. Mas você não deve dar as caras, Rocco, porque talvez já saibam quem você é.

– Mas também devem saber que somos amigos.

– E o que isso tem a ver? Negócios são negócios – concluiu Sebastiano. – Você e eu somos amigos há quarenta anos. No entanto, acho que eu, Furio e Brizio continuamos cuidando de nossas próprias coisas, não é?

– Sobre isso você tem razão. E quanto menos me contar, melhor. – Rocco levantou-se. Foi até a janela. – Não sei... não é um problema de vocês, dois rapazes massacrados por algum filho da puta.

– Na minha opinião, os problemas são três – afirmou Furio. – O primeiro é que o vinho acabou, então ficar aqui é absolutamente inútil. O segundo é que não gostamos nada de gente que anda por aí estripando meninos. O terceiro, e mais importante, é que temos que fazer uma visitinha. Porque nunca antes a regra de Chitarrella se aplicou tão bem quanto nestes casos.

Davide parecia divertido.

– E o que seria?

– Como quando você joga cartas. Uma olhadinha vale cem pensamentos. Vamos a essa fábrica de móveis.

– Mas... agora? – disse Brizio.

– Agora – Sebastiano e Furio responderam quase em coro.

Rocco olhou para eles e teve vontade de abraçá-los. Mas evitou.

Brizio ao volante, Sebastiano ao lado, Rocco e Furio atrás. A noite estava quente, mantiveram o ar-condicionado no mínimo e as janelas fechadas. Assim que saíram do anel viário, o pouco trânsito que encontraram diminuiu e eles seguiram direto para a Tiburtina.

– Se fosse sempre assim – murmurou Brizio, concentrado na estrada. – Já imaginaram a Tiburtina deserta como agora, digamos, na manhã de segunda-feira? – Mas ninguém respondeu.

O silencioso Mercedes preto cheirava a couro e a novo. As árvores plantadas ao longo da estrada passavam zunindo como soldados em posição de sentido.

– Quando eu era pequeno, já dava para ver os vaga-lumes desta altura – disse Furio, olhando pela janela. Ninguém comentou.

– Posso fumar? – perguntou Sebastiano. Brizio balançou a cabeça negativamente.

– Stella odeia cheiro de cigarro no carro. Além disso, estou com ele há três meses e você já quer empesteá-lo?

Passaram pela pedreira. Duas luzes de neon colocadas em postes iluminavam o portão.

– Pronto. Encontramos Giovanni aqui – disse Rocco. Os outros se limitaram a dar uma olhada.

Deixaram a mancha de luz azul para trás, na escuridão da noite. Depois de uma curva e de uma estrada reta, passaram pelo posto de gasolina, o que ficava nos fundos da pedreira.

– Falta muito, Seba?

– Não. Se bem me lembro, temos que percorrer mais uns dois quilômetros.

– Qual é o plano? – perguntou Brizio.

Sebastiano começou a organizar.

– Então, eu diria que você, Brizio, fica no carro e espera com o motor ligado. Eu, Furio e Rocco entramos. Furio fica na porta da fábrica, eu e o policial damos uma volta.

– Tudo bem – disse Brizio.

– Por que fico na porta?

– Porque não sabemos se há vigilância. E, no caso, precisamos de alguém que controle os movimentos.

– Seba, por que você não fica? – Furio protestou.

– Porque sou grande e posso ser visto.

– Ficar do lado de fora me enche o saco. Mas tudo bem. Da próxima vez eu entro e você fica na porta.

– Próxima vez? – disse Rocco.

– É! Você por acaso acha que esta é a última merda que fazemos?

– Pronto, lá está a fábrica de móveis! – Sebastiano disse, apontando um dedo bem à sua frente. Antigamente devia ter sido uma indústria. Duas partes idênticas, com uma cobertura plana. Tinha uma chaminé de tijolos ao lado e era circundada por uma cerca de ferro e concreto. Passaram por ela olhando para o pátio. Potentes faróis de halogênio o iluminavam quase como a luz do dia. Três vidraças escuras permitiam vislumbrar os móveis no interior. Junto à entrada principal, uma porta dupla de vidro e ferro, também escura, havia uma janelinha iluminada. Duas vans com a inscrição "Mobili Silvestrelli" estavam estacionadas em frente. Brizio reduziu a velocidade para permitir que Rocco observasse o portão.

– Câmeras de vigilância na entrada.

– Sim – disse Sebastiano. – E, se vocês olharem bem as laterais do portão, estão vendo aqueles pequenos paralelepípedos com luzinhas?

– E daí?

– Sensores. Eu iria pelos fundos...

Percorreram mais cem metros e depois de uma curva Brizio encostou.

– Bem. Então vou parar aqui. Viro o carro em direção a Roma. Celulares ligados.

Furio e Sebastiano abriram as portas.

– Você tem uma lanterna, Bri?

Brizio abriu o porta-luvas do carro e entregou uma pequena lanterna a Sebastiano. Ele testou. Funcionava.

– Peguei com os chineses – disse – não confie muito.

– Você tem alicate?

– Atrás – e abriu o porta-malas. Sebastiano pegou a caixa de ferramentas, segurou o alicate, testou como funcionava e fechou a porta.

– Vamos! – disse, e os três amigos se mexeram.

Atravessaram a Tiburtina, passaram sobre a barra de proteção da estrada e desapareceram. Brizio manobrou com os faróis apagados para preparar o carro.

Agora que as luzes da cidade estavam distantes, as estrelas explodiam como fogos de artifício. Rocco as observou enquanto atravessavam o gramado em direção aos fundos da fábrica de móveis. Muitas vezes prometera a si mesmo estudá-las para dar um nome àqueles vaga-lumes, e todas as vezes abandonou o empreendimento. Lembrou-se de uma noite, numa colina de Montelibretti, em que um astrônomo com um laser apontado para o céu estrelado indicava os astros um por um e os nomeava, falando de sua história, das constelações que formavam. Rocco e Marina perderam-se com os olhos e a mente pensando nas distâncias, no silêncio e naqueles pontos que haviam guiado exércitos, marinheiros e enamorados. Olhos distantes, testemunhas desde sempre dos feitos dos homens, assistiram aos momentos mais gloriosos e às atrocidades mais nefandas. Ainda estavam lá. Talvez algumas já estivessem mortas.

– Se você não olhar para o chão, vai tropeçar – Sebastiano o advertiu. Rocco sorriu. A luz era fraca, apenas um quarto de lua balançando no céu, mas era melhor assim. Depois de passar por mato, lixo, valas e um pequeno riacho, finalmente chegaram aos fundos. Furio testou as estacas da cerca. Firmes e imóveis.

– Eles colocaram estas estacas há pouco. São novas.

– Até a tela – disse Sebastiano. – É novinha em folha...

– Deste lado, pelo menos, não há câmeras e sensores – acrescentou Rocco.

– Parece que não – disse Furio, olhando ao redor da barreira de metal. – Nada de alarmes, então podemos tentar, certo?

– Mas há aquilo ali, Furio – e Rocco apontou para duas sombras escuras e baixas sob o teto da fábrica de móveis.

– Que merda são? – Furio disse.

– Olhando daqui, eu diria que são rottweilers. Não me parecem puros. O da direita, por exemplo, tem um pouco de pastor alemão. Não saberia se...

– Rocco, bastava dizer que são cães! Quem se importa com pedigree. – Furio não adorava cachorros. Os respeitava, mas nunca conseguiu ser íntimo deles. Seu pai tinha um cocker, que se chamava Andrea. Era louco. Passava da calma à agressividade, sem motivo aparente. Podiam acariciar sua barriga por meia hora enquanto ele movia alegremente o toco da cauda e então atacava de repente, com os dentes desembainhados como sabres, numa apoteose de baba, latidos e rosnados. Ninguém nunca entendeu nada sobre aquela fera. Não respeitava ninguém, mas amava a todos. Furio foi mordido três vezes no nariz e duas vezes na mão direita, até que um dia decidiu que não queria mais nada com Andrea. E quando seu pai lhe ordenava que o levasse para passear, simplesmente o soltava pelo Trastevere. Tudo correu bem até a noite da véspera de Natal de 1976, quando Andrea, livre e feliz, perseguindo um pombo, acabou sob as rodas do 23, e do cocker psicótico sobrou um tufo de pelos castanhos preso ao para-lama do transporte público. – Odeio cachorros.

– Mas não se entende por que, Furio!

– Fui mordido quando era pequeno!

– E daí, eu também fui – disse Rocco segurando a cerca – mas eu os amo.

– Então pode me dizer como resolvemos o problema dos cães de guarda?

– Você tem que fazê-los entender que você é mais forte.

– E como? Faço um desenho para eles?

– Olhe e aprenda, cabeção. – Rocco pegou um pedaço de pau. – Me dê o alicate, Seba! – Ele o entregou. Então o subchefe começou a escalar a cerca. Os Clarks se enfiavam entre os buracos de metal. Os cães permaneceram agachados no escuro, sem se mover. Sebastiano e Furio observavam em vão o amigo policial em sua escalada rumo ao suicídio.

– Cuidado com os colhões, vá por mim – sugeriu Sebastiano.

– Pode me deixar a foto autêntica de Cordova com o autógrafo? – Furio disse.

– Quero a coleção de isqueiros Ronson. Vamos, você me prometeu isso!

– Vocês dois vão se foder. – Ele havia chegado ao topo da cerca. Agora tinha que desviar do arame farpado. Pegou o alicate, estava prestes a cortá-lo quando os faróis de um carro cortaram a escuridão.

– Pare! – Sebastiano gritou com voz estrangulada. Rocco ficou imóvel. Todos olharam para a entrada. Uma van estava entrando na fábrica de móveis. Um homem vestido de preto abria o portão. O subchefe estava muito visível, desceu rapidamente da cerca e voltou ao grupo.

– Quem é? – Sebastiano, meio curvado, caminhava em direção à entrada.

Furio e Rocco o seguiram. Os dois cães permaneceram na sombra, agachados. Os três amigos correram cerca de vinte metros até a entrada principal. A van tinha estacionado. Um homem descera e estava fumando. Alto, careca, com um par de bigodes pretos. Sebastiano aguçou a vista.

– O que há? – Rocco perguntou a ele.

– Nada... me parece... não, nada.

O homem jogou fora o cigarro e deu um tapinha no segurança que lhe dava acesso ao edifício.

– O que fazemos? – Furio perguntou.

– Agora, nada. Vamos esperar.

Nenhuma luz se acendeu na fábrica de móveis. Permaneceram agachados sem tirar os olhos da entrada principal.

– Mas eu conheço esse... – Sebastiano sussurrou. – Esse que chegou na van. – Rocco e Furio olharam para ele. – Só que não me lembro...

Uma coruja piou em algum ponto da noite. A lua estava sempre ali, silenciosa e solitária em meio ao pano negro do céu.

– Minhas pernas estão formigando – disse Furio.

– Estire-as – sugeriu Rocco – se não, quando você se levantar, não vai conseguir andar.

Furio fez isso. Uma pequena porta lateral se abriu. O homem de bigodes saiu seguido pelo segurança. Carregava duas caixas de papelão. Colocou-as na van. Rocco pegou o celular.

– Vamos, depressa! – e disparou em direção à estrada. Sebastiano e Furio o seguiram, enquanto o subchefe, com o celular na mão, saltava valas e arbustos. – Brizio, está me ouvindo? Aqui é Rocco.

– E então? Quanto tempo vão demorar?

– Uma van está saindo da fábrica de móveis. Chegamos, você liga o motor e apaga as luzes.

– Entendido.

Enquanto isso, a van ia saindo e já tinha chegado ao portão da fábrica de móveis. Rocco, Sebastiano e Furio saltaram a barra de proteção da estrada no momento em que o veículo manobrava em direção a Roma. Brizio tinha ligado o motor e esperava por eles. Os três entraram rapidamente na Mercedes preta, que partiu com os faróis apagados a cerca de cinquenta metros de distância.

– Ah, e agora? – perguntou Brizio.

– Agora seguimos um pouco o cara.

– Um tiro na água! – disse Sebastiano.

– Nem tanto, Seba – disse Rocco, enquanto Brizio finalmente acendia os faróis do carro. – Cães treinados, vigilância, provavelmente sensores nos fundos também, câmeras na frente...

– O que você quer dizer, Rocco?

– E ainda por cima tudo coisa nova, instalada recentemente. Não acha que é um pouco demais para uma fábrica de móveis?

– De fato – concordou Furio. – Um pouco demais.

– Você quer dizer que vimos certo, não é? – disse Brizio.

– Não sei. Quer dizer que, de todo modo, a coisa fede...

A van seguia em direção a Roma.

– Mantenha distância, Brizio – disse Furio sentado na frente, verificando as lanternas traseiras do veículo.

– Por que vocês estão obcecados por essa van? – perguntou Brizio.

– Porque um transporte de mercadoria me parece estranho a esta hora da noite, certo? – disse Rocco, enquanto anotava o número da placa no verso de um recibo.

– Luigi Baiocchi! – Sebastiano gritou de repente, tanto que Brizio quase freou o carro.

– O que você está falando?

– O homem da van, de bigodes, lembrei agora. Eu o conheço. É Luigi Baiocchi.

– Oh, merda... – Brizio falou.

– Você tem razão, é verdade. Tive a impressão de conhecê-lo também. – Furio virou-se para Rocco e Sebastiano. – Luigi Baiocchi...

– Luigi era um sujeito que trabalhava com peças de reposição para automóveis – cuspiu Sebastiano.

– Antigamente. Depois se envolveu em interceptação de produtos roubados. Mas coisa grande. Aparelhos de som, eletrodomésticos, computadores – disse Furio, enquanto Rocco acendia um cigarro.

– Porra, Rocco, eu te disse, o carro é novo! – Brizio protestou, mas Schiavone apenas abriu a janela e soprou a fumaça.

– Luigi Baiocchi é um covarde – continuou Furio. – Um cara que atira pelas costas.

– Deixe-me entender: interceptação em que sentido? – Rocco perguntou.

Sebastiano interveio.

– Ele e um amigo, Corrado Pizzuti, o rato, um baixinho com cara de pica, conheciam gente em Civitavecchia, no porto. E atuavam em contêineres do Japão.

Rocco jogou fora o cigarro e fechou a janela.

– Está claro para vocês? – perguntou aos amigos. Fizeram que não com a cabeça.

– Luigi Baiocchi, L.B. E Sandro Silvestrelli é S.S.

– Puta merda, é verdade!

– Também pode ser coincidência, Seba, mas não acredito muito em coincidências.

– Resta saber o que significa aquela fórmula estranha na anotação do jornalista – disse Furio. – Você se lembra dela?

– A essa altura já sei de cor, de tantas vezes que li: SLR U 971197, dígito 8.

– Apostem neles. Já viu isso? – disse Brizio. Passaram pela prisão de Rebibbia diante da qual Furio, Brizio e Sebastiano bateram na madeira três vezes. Depois Ponte Mammolo e via di Pietralata. Alguns carros atrapalharam, mas o olhar de Furio estava focado.

– Está virando na via dos Monti Tiburtini.

– E nós também – disse Brizio.

A van entrou rapidamente pela via Meda. A Mercedes de Brizio estava logo atrás dela. Assim que chegaram à via Bardellini, a van começou a fazer uma série de curvas repentinas.

– Acho que ele nos viu – falou Brizio.

– Não desista!

A Ducato virava à direita e à esquerda no labirinto de ruas. Pegou uma contramão e acelerou. Ficou claro que Luigi Baiocchi percebeu que estava sendo seguido.

– O que fazemos, interceptamos?

– Não, Brizio. Continue perseguindo. Ele não sabe quem somos.

Depois, na via Yambo, a van desapareceu.

– Onde se meteu? – perguntou Sebastiano. Viram-na passar três ruas à frente, ainda na contramão, rápida e com os faróis apagados.

– Ali! – Furio gritou. Brizio virou o carro e tentou alcançá-la quando uma scooter sem placa com um homem a bordo saltou do escuro na direção oposta, rumo à via Facchinetti. No assento, levava as duas caixas retiradas da fábrica de móveis.

– Porra! – Brizio gritou. – O que vamos fazer?

– Não vamos detê-lo – disse Rocco. – Com a scooter ele nos despista quando quiser.

Brizio então freou.

– Escolhemos a van?

– Não. Escolhemos ficar parados. Vamos para casa, já vi o suficiente. Temos uma vantagem, vamos mantê-la.

Brizio assentiu e voltou rumo à Tiburtina.

– Qual é a vantagem, me desculpe?

Mas Rocco não respondeu imediatamente. Seguiu seus pensamentos.

– A coisa estava armada – disse ele. Os amigos esperaram o resto em silêncio. – Alguém que chega no meio da noite em uma van, pega duas caixas na fábrica de móveis e as troca, despistando-nos com um homem de moto, não é algo improvisado.

– Estou de acordo – declarou Sebastiano. – Como se Luigi Baiocchi já soubesse.

– Na verdade, não é uma coincidência. Eles estão em alerta – e Brizio reduziu a marcha para enfrentar a curva do Verano.

– Devem ter visto a gente chegar com as câmeras do circuito interno. O guarda noturno deu o alarme e, para não correr riscos, levaram embora aqueles dois pacotes?

– Não sei, Furio. Pode ser.

– Por que estavam com medo de que descobríssemos alguma coisa? – perguntou Sebastiano.

Mas Rocco não respondeu. Continuou a viagem para casa em silêncio.

Ao voltar para a cobertura da via Poerio, encontrou o apartamento em ordem. Davide havia tirado a mesa e lavado a louça. Estava sentado na poltrona em frente à TV.

– Desculpe, eu estava assistindo...

– Não se preocupe, Davide. Tranquilo. Você deixou tudo em ordem. Obrigado, mas saiba que uma mulher vem fazer a faxina.

Davide sorriu.

– O que você está vendo?

– Um filme antigo de faroeste.

– E como é? – Rocco perguntou. Na tela, uma diligência era perseguida por um grupo de índios furiosos.

– Não sei. Um pouco lento. Acontece pouca coisa. E, além disso, eu não gosto de preto e branco. Não sei, parece falso. Como foi sua noite?

– Nada especial. Burros n'água... – e foi até a cozinha, pensativo, pegar um copo d'água. – Vou para a cama. Quando terminar, desligue.

– Sim, senhor. E obrigado – disse Davide.

Rocco foi ao banheiro, despiu-se e deitou-se na cama. Olhou para o teto e ouviu a própria respiração. A televisão da sala lhe fazia companhia. De repente, o som silenciou. Um sinal de que Davide havia desligado. Ouviu-o se mover na sala e entrar no quarto, fechando a porta. Rocco olhou o relógio. Eram duas horas. Decidiu esperar pelo menos uma hora, deixar Davide cair no nível 4 de sono para depois agir. Estava quente e a janela aberta não ajudava. O ar estava parado. Podia escutar o gotejar suave das torneiras de irrigação automática no terraço. Uma gaivota sem jeito lançou dois gritos na noite. Virou o rosto no travesseiro e olhou para a janela. Poeira e fumaça se acumularam no céu cinzento, cobrindo as estrelas. Ele poderia ler, mas teria sido inútil. Seus pensamentos não lhe teriam permitido a atenção necessária para mergulhar no romance que havia começado há um mês, por insistência de Marina, e que não ia além da página 63. Olhou as horas. Duas e meia. Mais trinta minutos revirando-se na cama. Marina estava dormindo? Ou estaria tão desperta quanto ele? Talvez estivesse pensando nas palavras ditas na basílica inferior de São Clemente. A história de Teodora e do prefeito Sisinnio era linda. Ele e os soldados, cegados pelo santo, levaram para casa apenas uma coluna, em vez de sua mulher. Era uma metáfora? Essa pequena história era dirigida a ele? Ele levaria para casa um pedaço de mármore? Não podia ser. Era sua mulher quem deveria voltar, se quisesse, fechando os olhos e perdoando. Cegando-se, em suma. Como os soldados do prefeito romano. A situação se invertera. Ela é quem descobre que o marido tem outra fé e então foge. E para voltar ela precisa ficar cega, e talvez até um pouco surda. Lá, foi o santo quem fez o milagre, a magia da cegueira. Aqui não. Ninguém o ajudaria ou ajudaria sua mulher. Tinham que fazer tudo sozinhos. A frase de uma música lhe veio à mente. "É um mundo adulto. Profissionais cometem erros." Nós fazemos as escolhas, não somos crianças e não precisamos de um pai a quem culpar ou em quem confiar para a salvação. Não há São Clemente, não há nem mesmo Deus. Havia ele e a esposa, nus frente a frente, olhando-se e tentando entender se deveriam seguir juntos na estrada ou não.

Três horas. Lentamente se levantou da cama. O chão, pelo menos isso, estava fresco. Saiu do quarto. A casa estava escura, mas entrava bastante luz pelas janelas. Virou no corredor e chegou à porta do quarto de hóspedes. Aproximou o ouvido. Ouviu a respiração do rapaz, profunda. Abriu a porta, baixando a maçaneta devagar. Davide estava na cama, deitado de lado, dormindo com um braço apoiado na cabeça. Tinha fechado as venezianas. O celular ao lado da garrafa d'água na mesinha de cabeceira esquerda. Um passo após o outro, apoiando bem, primeiro o calcanhar e depois a planta do pé, Rocco o alcançou. Pegou o celular. Recuou sem tirar os olhos do rapaz, que continuava dormindo serenamente. Fechou a porta e se viu no corredor e depois na sala. Abriu a memória do Nokia para recuperar suas últimas atividades. Às 23h05 Davide tinha ligado para um número registado na agenda com o nome de Emeka e, às 1h35, ainda desse dispositivo, tinham recebido uma chamada. Anotou o número em um pedaço de papel. Voltou para o hóspede, colocou o telefone na mesinha de cabeceira e saiu do quarto, tão leve quanto as asas de uma borboleta.

Dormiu as poucas horas que lhe restavam. Um sono agitado, quente, suado e pegajoso. Depois de deixar um bilhete para Davide, saiu de casa.

Cumprimentou o agente de plantão na portaria e entrou no corredor que levava ao seu escritório. De Silvestri foi a seu encontro.

– Bom dia, doutor. Tenho uma má notícia e uma notícia boa.

– Minha nossa, Alfre, acabei de chegar!

– Vou começar pela ruim, que é muito ruim!

Rocco se preparou para ouvir, respirando profundamente.

– Vá.

– Alberto Ferri, o jornalista. Morreu esta noite.

– Caralho! – e socou a porta. – Era o único que podia nos explicar alguma coisa. Nunca um golpe de sorte? Nunca! – Então olhou para o agente. – Sinto muito, droga.

– Como está Davide?

– Dormindo, sorte dele. E ele cozinha divinamente.

– Mas o senhor está com olheiras.

– Deixe pra lá. Ah, Alfre, estou esperando a boa notícia!

– Gizzi ligou.

Rocco balançou a cabeça.

– Onde está a boa notícia?

– O que ele tem para lhe dizer.

Rocco fez uma careta.

– Vou ligar para ele. – Depois de dois passos em direção ao escritório, parou para chamar de volta o velho agente. – Alfredo!

– Diga – falou virando para trás. Rocco pôs a mão no bolso.

– Gostaria de saber a quem pertence esse número de celular. No celular estava registrado um nome, Emeka. Demora muito?

– O serviço postal faz num instante. Algo mais?

– Conte-me tudo, Gizzi.

– Você teve muita sorte, Schiavone!

– Então vamos ouvir...

– A digital no autoatendimento do posto de gasolina, perto da pedreira... recuperamos. Trata-se de Luigi Baiocchi. Vários antecedentes criminais. Em 2002, por exemplo...

– Eu o conheço, Gizzi, não precisa me passar o currículo. E tem certeza de que se trata dele?

– Na comparação datiloscópica existem até dezessete pontos em comum entre as duas impressões. Então eu diria que sim, com certeza. Na noite do crime, Luigi Baiocchi abasteceu naquele posto de autoatendimento. A coisa lhe soa bem?

– Como a Ave Maria de Schubert, Gizzi. Ótima notícia, obrigado.

– É meu dever – e desligou.

Rocco apoiou as mãos sobre a escrivaninha. Era a hora do baseado, e depois ligaria para Sasà D'Inzeo. Enquanto acendia o cigarro, ponderou se valia a pena fazer uma visita à fábrica de móveis, talvez sem chamar a atenção. Estava convencido de que Silvestrelli tinha entendido tudo. E a resposta estava no celular de Davide. Quem era o dono do número com o qual o rapaz se comunicou na noite passada enquanto estava sozinho? Mas ele tinha que tentar. Mesmo que só para farejar, observar, sentir que fedor emanava daquelas paragens. Jogou o resto do baseado pela janela pouco antes de alguém bater. Rocco não gritou "avante!". O cheiro de maconha era evidente demais, e, deixando a janela aberta apesar do ar-condicionado, foi abrir a porta. Diante dele estava o agente Parrillo.

– Posso?

– Não. O que foi?

– De Silvestri não encontrou nenhum nome para aquele número de celular – e abriu o papel que tinha na mão. – Aquele registrado em nome de Emeka.

– E o que você achava? Emeka, que porra de nome é esse?

– Não sei. Não é italiano, acho.

– Muito bem, Parrillo, você demonstra todas as habilidades de detetive que o trouxeram para a polícia. Qual é a nacionalidade dele? – se perguntou enquanto ia até o computador para uma rápida pesquisa na internet.

– Sei lá!

– Ah, aqui por exemplo tem um jogador de futebol chamado Emeka, e ele nasceu em Lagos.

Parrillo se iluminou.

– Ah, Lagos, que é tipo Vietnã?

– Minha nossa, Parrillo! Lagos, não Laos. Lagos é a capital da Nigéria!

– É africano!

– Vá se foder, Parrillo. De qualquer forma, obrigado! – lhe deu um tapinha no ombro e saiu do escritório.

– Mas eu não fiz nada!

– Exatamente – gritou Rocco para ele, enquanto atravessava o corredor da delegacia em passo veloz.

– Alfredo, consiga uma agente mulher esperta para me acompanhar.

– Aonde?

– A um lugar. Nós temos uma?

– Esperta?

– Exato.

– Luisella?

– Alfre, eu disse esperta. Luisella não se inclui na opção.

– Espere, deixe-me pensar... – Colocou a mão no queixo.

– E possivelmente bonita. O que exclui Luisella.

– Por que bonita?

– Deve ser capaz de se passar por minha esposa.

– O senhor tem uma alta opinião sobre si!

– Você veja Marina e me diga se estou errado. Esqueça que nesta manhã você não me daria um tostão furado, mas saiba, Alfre, que eu agrado. Não sei por que, mas elas gostam de mim – e piscou para o outro.

– Eu tenho uma! Chegou há menos de um mês.

Rocco olhou torto para ele.

– Uma agente bonita e inteligente chegou há menos de um mês e eu sou o último a saber? Alfredo, o que está acontecendo com você?

– Muito trabalho, doutor. Devo chamá-la ao escritório?

– À paisana.

– Bom dia. – Rocco olhou para ela. Os dentes alvos se destacavam na pele bronzeada e nos cabelos castanhos encaracolados, e sardas pontilhavam seu nariz e maçãs do rosto. O subchefe ficou de pé.

– Schiavone. Bem-vinda.

– Agente Elena Dobbrilla – e apertaram as mãos. A de Elena estava gélida.

– Temos que ir a um lugar. Peço-lhe o sacrifício de fingir ser minha esposa. Pode ser?

– Contanto que se finja... – respondeu a agente. Rocco sorriu e eles saíram do escritório. Nuvens negras se acumularam no céu de Roma. Um trovão avisou que o aguaceiro tropical de sempre cairia em breve.

Encharcados pela chuva que tomaram no estacionamento da fábrica de móveis, Elena e Rocco entraram na loja. O ar estava gelado, tanto que Elena estremeceu.

– Mas nem um guarda-chuva? – disse a agente, enxugando as mãos na calça jeans cinza. Os tênis de corrida estavam encharcados, assim como os cabelos, que haviam perdido os cachos e, espalmados para trás, destacavam ainda mais os olhos.

– Alguém pode pensar que chova em julho?

– Eu sei, doutor, mas está assim há dias...

– Tudo bem, vamos trabalhar ou continuar com essa besteira de tempo?

Havia um cheiro forte de cera misturada a óleo de madeira. A fábrica de móveis era um grande salão de mil metros quadrados, abarrotado de móveis étnicos. Os clientes circulavam com centímetros de tecido, observando cuidadosamente gavetas, portas e fechaduras. As áreas eram divididas por procedência. Tailândia, China, Índia, México. Marina teria gostado daquelas cores extravagantes e das decorações florais, pensou Rocco.

– Deixa-me entender, eles o conhecem?

– Provavelmente sim, Elena.

– O que estamos fazendo? – a agente perguntou a Rocco em voz baixa.

– Olhando! Você não tem que mobiliar a casa?

– Doutor, nem um prego cabe mais em meu estúdio.

Perambularam entre os móveis, de vez em quando a garota abria uma gaveta e olhava dentro.

– O que você espera encontrar? – Rocco perguntou a ela.

– Bem... estou fazendo o que me disse. Finjo que estou interessada... mas custam uma fortuna!

– Eles são étnicos – respondeu Rocco com uma piscadela.

Um homem deu um passo à frente. Com uma bela camisa branca, olhou diretamente para os dois policiais e sorriu. Cabelos compridos e oleosos, usava um cavanhaque, quase um bordado no queixo.

– Posso ajudá-los?

– Vamos dar uma olhada. São antigos? – perguntou o subchefe.

– Alguns. Outros não. Isso explica as grandes diferenças de preços. Por exemplo – e se aproximou de um armário chinês preto –, este é antigo. E custa seis mil euros. É do final do século XIX. Este aqui ao lado, azul, só mil e duzentos. Vem dos nossos artesãos...

– Produção própria?

– Sim, trabalhamos com vários artesãos de móveis em muitas partes do mundo. Em que vocês estão interessados?

Elena olhou para Rocco e depois exibiu seu melhor sorriso.

– Aparadores e bufês. Gostaríamos de ver os mexicanos. Meu pai e eu temos que mobiliar um hotel... nosso hotel em Bracciano.

Rocco a fulminou com o olhar.

– O que foi, papai?

– Nada... – falou o subchefe.

– Então, por aqui! – disse o vendedor com olhos brilhantes, já saboreando uma venda de certo nível. Depois, com um gesto enérgico, indicou a outra parte do salão. Os móveis da América Central estavam dispostos na parede mais afastada do edifício, perto das janelas internas que davam para os escritórios.

"Muito bem, Elena", pensou Rocco.

Tinha pedido para ver os móveis mexicanos porque daquela área se podia observar melhor a exposição e os ambientes internos.

– Mas não éramos marido e mulher? – Rocco sussurrou.

– Acredite, é muito mais verossímil assim.

– Idiota.

Elena riu com os dentes cerrados.

– Aqui está, se quiserem... aqui temos alguns bufês que vêm de Chiapas. Os preços têm um abatimento de trinta por cento – disse o vendedor com um sorriso. – Se a compra for de certo volume, o desconto aumenta em pelo menos mais quinze por cento – e entregou um cartão de visita a Rocco: Fabio Inchingolo, gerente de vendas. Seguiam os números de celular e e-mail. O subchefe embolsou o cartão.

– Ótimo – disse ele.

– Papai, olha que maravilhoso esse aparador. Mamãe adoraria!

– Você acha?

– Ficaria bem na recepção.

– Sua filha tem razão – interveio Fabio Inchingolo, ajeitando os longos cabelos com gel – como chamariz para um cliente recém-chegado seria o máximo...

– Minha filha não entende de nada – disse Rocco. – A recepção é minimalista, quantas vezes tenho que repetir isso, Elena? Imagine que não teremos nem chaves penduradas. Apenas um *concierge* que acompanha os clientes com cartões. Então, querida Elena, deixe seu pai falar e feche a boca!

O funcionário coçou o cavanhaque, envergonhado.

– Eu entendo. Vou deixá-los a sós – e desapareceu atrás de um enorme aparador amarelo e azul.

– Boa jogada, chefe.

– Eu preciso dar uma olhada. Consegue manter Cabelo Bonito ocupado por uns dez minutos?

– Claro... papai!

Rocco mordeu os lábios.

– Não pense que isso vai ficar impune, agente Dobbrilla. Mais cedo ou mais tarde voltaremos à delegacia.

A moça virou-se rapidamente e foi ao encontro do vendedor, que esperava ao lado de uma mesa de madeira azul para doze pessoas, decorada com um floreado de margaridas amarelas e brancas.

– Vamos conversar sobre o frete? – disse a ele. – Temos interesse em diversas peças! Principalmente para quartos. Mas indonésios. – Ele sorriu e apontou para outra ala da loja.

– Vamos lá. E seu pai?

– Esqueça... nós decidimos. Por acaso o senhor não teria uma toalha também? – Rocco esperou que desaparecessem atrás dos aparadores e então se aproximou do escritório. Olhou para dentro. Uma garota sentada à escrivaninha conferia algumas faturas. Uma única escrivaninha e dois arquivos completavam o mobiliário. O subchefe olhou para o salão expositivo. Fabio Inchingolo e Elena tinham chegado aos móveis indonésios e estavam conversando. Pegou o celular, o cartão de visita de Fabio Inchingolo e digitou o número da fábrica de móveis. Viu a garota lá dentro pegar o telefone sem fio.

– Fábrica de móveis Damai...

– Olá, aqui é Restelli... estou com um problema numa entrega, posso falar com Fabio Inchingolo?

– Um momento, vou transferir a chamada.

Viu a secretária apertar um botão e esperar. Naquele momento, o telefone tocava na sala do gerente de vendas. Mas Fabio ainda estava ocupado com Elena, que olhava uma cama com dossel.

– Desculpe, ele não atende... deve estar com algum cliente.

– Ouça, por favor, é extremamente urgente. Estou com o caminhão na estrada em fila dupla... procure-o, por gentileza.

A garota revirou os olhos, afastou a cadeira e saiu do escritório com o telefone sem fio na mão. Atrás dela, rapidamente, o subchefe entrou. Pegou as faturas e começou a examinar os papéis. Todas eram entregas de móveis provenientes da China e da Índia. Transportadoras, valores e moedas estrangeiras estavam assinalados. Olhou pela janela interna que dava para a sala e viu que a mulher havia chegado aos móveis indonésios e passava o telefone a Fabio Inchingolo.

– Alô? – ouviu o celular ressoar, mas não atendeu. Jogou-se no primeiro arquivo. Abriu. Eram todas faturas contábeis de 2006, o ano anterior. Nomes de fornecedores, clientes, nada de interessante.

– Alô, quem é?

– *Fratte zecherle in farbens*? – Rocco resmungou, abrindo o segundo arquivo.

– Como? Não consigo ouvir!

– Passe-me... – então não disse mais nada. O segundo arquivo estava vazio. Exceto por duas pastas com a inscrição "Vetores". Viu a garota, que voltava rapidamente para o escritório. Estava numa armadilha. Ela o teria visto sair. Pegou uma das duas pastas, abriu a janela e rapidamente pulou para fora, bem no momento em que a secretária voltava ao local de trabalho, bufando.

Do lado de fora, agachado sob a janela, Rocco olhou ao redor. Tinha parado de chover. Tinha desembocado nos fundos da fábrica de móveis, não muito longe da cerca onde na noite anterior ele e seus amigos espionaram os movimentos de Luigi Baiocchi. Rastejou até longe para não ser visto, levantou-se e dirigiu-se para a entrada. Segurava a pasta debaixo do braço. Sentia as câmeras de segurança apontadas para ele. Fingiu tranquilidade e continuou andando.

Então os viu diante de si.

Estava certo. Eram dois rottweilers, embora o da direita não fosse puro. Bloquearam seu caminho, olhando para ele com olhos vazios de assassinos, os dentes à mostra, um fio de baba escorrendo das bocas rosnadoras. Silenciosos, músculos tensos, pelos brilhantes de água, dentes brancos, dois rifles com bala na agulha.

"Fora medo, fora medo, fora medo", pensou Rocco, cerrando levemente os punhos. Se baixasse o olhar, isso significaria submissão? Como eles reagiriam? Ou devia continuar a olhá-los nos olhos? E se interpretassem aquilo como um desafio?

"Recuar mirando seus olhos, fazê-los entender que você não é perigoso, mas que está saindo do território deles. Nunca dar as costas!", dizia para si. Virar as costas teria sido um erro imperdoável, um claro convite ao ataque.

"Ou vou em direção a eles?"

"Faça-se respeitar, seja temido!", as palavras de Rossettini, seu colega cinófilo que passava mais horas com cães malucos do que com seres humanos, voltaram-lhe à mente. "Faça-se respeitar!"

"É uma palavra", pensou Rocco. Precisamente no verdadeiro sentido do termo. Uma palavra, era disso que ele precisava, aquela que Rossettini sempre usava. Então gritou, mais por desespero que por autêntica convicção:

– Platz!

Funcionou.

As feras se sentaram, fecharam as mandíbulas mexendo os tocos da cauda e lambendo o focinho, envergonhados. Lentamente se aproximou, olhando para os dois rottweilers, suas cabeças gigantescas, a baba espumosa nos cantos da boca. Não disse nada. Devagar, um pé na frente do outro, estava a apenas um metro de distância da dupla de guardiões. Que continuou a abanar o rabo sem emitir nenhum grunhido de alarme.

– Platz! – repetiu mais suavemente. O maior esticou a cabeça. Rocco o acariciou lentamente. A fera havia se submetido.

A maior parte estava feita. Agora ele tinha que chegar às portas duplas de metal e sair dos fundos da fábrica de móveis. Passou pelos cachorros e, continuando a observá-los, aproximou-se da porta. Os dois continuavam sentados, virando as cabeçorras para não o perder de vista. Aguardavam a ordem, mas Rocco não se lembrava. Já foi um milagre ter dito "Platz!". Com a mão direita, bateu na madeira. Tinha chegado. Havia apenas uma pequena estaca para puxar. Fez isso, abriu a passagem e finalmente se viu em segurança, atrás da rede. Assobiou e os dois cachorros se levantaram e trotaram em direção ao seu abrigo na sombra, a cama deles.

Suando, enxugou a testa e voltou à loja de móveis, enfiando a pasta nas costas, dentro da calça, e cobrindo-a com a camiseta.

O frio do ar-condicionado foi uma facada na pele úmida. Um arrepio, e viu Elena ainda conversando com o vendedor. Aproximou-se rapidamente.

– Papai!

– Doutor?

– Você... você está pálido...

– Sim, não me sinto muito bem. O estômago.

– Papai come bombas fritas com creme!

– Então está claro por que se sente mal! – comentou o atendente.

– Vamos, Elena?

– Claro – disse a agente. Apertaram a mão de Fabio Inchingolo.

– Então espero notícias suas!

– Certo, depois de amanhã, no máximo – Elena gritou, seguindo Rocco, que se dirigia decididamente para a saída.

– Quer levar os folders?

– Estou com tudo aqui! – e bateu na testa. – Na memória! Obrigada mais uma vez!

Assim que entraram no carro, enquanto colocava o cinto de segurança, Elena fungou algumas vezes.

– Doutor, sem ofensas, mas suas axilas...

– Esqueça, Elena. Adrenalina pura. Você não sabe o que aconteceu comigo. Agora, vamos voltar para o escritório – e tirou a pasta.

– O que é isso?

– Ainda não sei. Talvez nada – começou a folhear os papéis. – Há empresas que eles usam para transporte. Os números das faturas... contas... – folheava os documentos atentamente.

– Parece assustado. O que foi?

– Enfrentei dois enormes cães de guarda. E tive muita sorte, minha filha. A propósito...

– Eu sei, uma brincadeirinha. Ficou ofendido?

– E por que eu deveria? Adoraria ter uma filha como você!

E começaram a rir.

Então, numa fatura, como uma luz intermitente, ele viu. O detalhe importante, aquele que poderia mudar as coisas. Ao lado do nome da transportadora, uma fila de números: SLR U 8001117-8.

– Caralho! – gritou.

– O que aconteceu? Descobriu algo interessante?

– Sim – disse Rocco, e pegou o celular. – De Silvestri, aqui é Rocco. Passe-me alguém da ferroviária. Aliás, espere... – Rocco pensou por um momento. – Mudei de ideia. Passe-me a capitania dos portos, Civitavecchia... Aguardo na linha...

– O que a capitania dos portos de Civitavecchia tem a ver com isso? – Elena perguntou, prestando atenção na estrada. Rocco lhe fez um sinal de silêncio.

– Alô? Schiavone, polícia do Estado...

– Primeiro suboficial Gardini, pode dizer, doutor...

– Ouça um pouco. Vou ler para o senhor uma sigla. Pode me explicar o que ela significa?

– À sua disposição – disse o suboficial. Rocco recitou de memória a linha encontrada na folha do jornalista.

– SLR U 971197-8.

– É fácil. É o código alfanumérico denominado Bic. É colocado nos contêineres para o transporte. Vou explicar. O primeiro é o prefixo alfa, o código do proprietário. SLR. O U seguinte indica o contêiner. 971197 é o número de série do contêiner e o último, o 8, é o dígito de autocontrole.

– Escute, é possível saber a quem pertence esse contêiner?

– Claro. Não é preciso muito. Todos os contêineres estão em uma lista. Se o senhor me der um minuto, eu lhe digo.

– Então vou esperar. – Ouviu as batidas de um teclado, sinal de que o suboficial Gardini havia começado a busca. O tráfego aumentou, e no anel viário houve o habitual congestionamento em San Lorenzo.

– Vamos passar uma meia hora aqui – disse Elena.

– Alternativas?

– O helicóptero.

A voz do suboficial ressoou no celular.

– Aqui, dr. Schiavone. Então, o proprietário é Silvestrelli.

Rocco deu um soco de alegria no painel.

– E, pelas informações que vejo, o contêiner deve chegar no dia... depois de amanhã, aqui no porto. Precisa de mais alguma coisa?

– Sabe de onde ele vem?

– Sim. Do México.

– Obrigado, Gardini, o senhor foi inestimável. Este telefonema nunca aconteceu.

– Nem precisa falar. Algo me diz que nos encontraremos em breve.

– Eu acho que sim. – Rocco encerrou a ligação. – Este é um dia maravilhoso, Elena. O passeio com você até a fábrica de móveis, as novidades no telefone. Faltaria apenas um detalhe para poder me definir um homem feliz.

– Posso saber qual?

– Que minha mulher volte para casa.

– Chame isso de detalhe.

As longas buscas de Zuccari e De Silvestri foram inúteis. Não havia nenhum rastro do misterioso Emeka. Não tinham conseguido rastrear a identidade.

– E quando encontraremos ele? – disse Zuccari, revirando os papéis nas mãos.

Rocco bufou.

– Temos sempre que voltar à história de Maomé e a montanha, que saco! – O agente o olhava sem entender. – Simone, você tem uma muda de roupa à paisana?

– Jeans e camiseta.

– Bem. Pegue minha scooter e me acompanhe. E avise em casa que você vai chegar tarde.

O agente Zuccari levantou, balançando a cabeça.

– Não há necessidade daquela carcaça que o senhor usa, eu tenho a minha. Mas pode me dizer para onde devo ir?

– Grande notícia, Davide – disse Rocco ao voltar para casa. Tirou o trapo de linho que era um paletó antes do aguaceiro, amassou-o e jogou-o no banheiro, mirando no bidê. O rapaz sentado à mesa estava lendo o jornal.

– Qual?

– Quem lhe deu o jornal?

– Inna trouxe para mim. Aquela da faxina. Não a avisou que eu estava aqui, e quase teve um infarto.

– E seria bom para ela, assim não encheria o saco. Então, caro Davide, uma notícia maravilhosa!

– Diga!

– Nós os pegamos.

Uma luz de terror apareceu nos olhos do rapaz.

– Quem vocês pegaram?

– Os assassinos de Matteo e Giovanni. Eles já confessaram. E quer saber quem são?

– Quem são? – Davide perguntou, tentando esconder a ansiedade.

– Dois malditos chineses. Seus amigos estiveram envolvidos em uma casa de jogo clandestina na piazza Vittorio. Coisa de doido. Não tinha nada a ver com a droga e as histórias que você me contou. Simplesmente começaram a jogar pesado. Deviam muito dinheiro a esse Ciù-en-lai ou sei lá como se chama, que os depenou. – Rocco se sentou à mesa. – Triste, né?

– Triste, sim. Mas então...

– Então, meu amigo, você está livre para ir aonde quiser. Não estavam bravos contigo. Você não corre nenhum perigo – e sorriu para ele. – E estou feliz, Davide, que essa história tenha terminado assim. Oh, Deus, sinto muito por seus amigos, mas estou feliz por você. Agora vá e volte para o Old England, porque Steven está trabalhando sozinho, e daqui a pouco aquilo vai explodir! – e deu-lhe um tapinha nas costas. Davide levantou-se, parecia inseguro, vacilante.

– O que eu faço com as roupas? – e apontou para a calça que Rocco lhe havia emprestado.

– Fique com ela, lhe dou de presente. Também lhe darei algum dinheiro para o táxi. Vá, Davide, estão esperando por você em casa.

O agente Simone Zuccari, à sombra de uma exuberante magnólia, esperava de braços cruzados quando seu celular tocou.

– Aqui estou, chefe!

– Então, um táxi está chegando. Davide vai entrar nele. Não desgrude do traseiro do rapaz, entendido?

– Entendido. Mas tenho pouco combustível em minha scooter.

– Então vá abastecer!

– E eu tenho que pagar?

– Minha nossa, Zuccari, depois lhe devolvo o dinheiro! Se fizermos assim, quando venceremos esta guerra?

– Que guerra, doutor?

– Seja mais esperto, Simone...

– Podemos sair e conversar? – perguntou Rocco, cercado por pilhas de jornais, enquanto Sasà D'Inzeo fumava de cara para a vidraça.

– Você percebe a desolação? Prédios feios, carros, outdoors enferrujados. Nasci no campo, em meio a vacas. Isto aqui não é mais para mim. Quando me aposentar, levo Clara e volto para minha terra. – Ele se virou para olhar Rocco. Inadvertidamente bateu em uma pilha de jornais que caiu no chão. Não se abaixou para pegá-los. – Em Gualdo Tadino, na Úmbria. Você já esteve lá?

– Não. É bonita?

– Obviamente, é a Úmbria, não é suficiente para você? – o juiz respondeu dando de ombros. – E você?

– Minha mulher e eu gostaríamos de ir para a Provença.

Sasà estalou os lábios.

– Belíssima! Escolheram onde?

– No topo do ranking, por enquanto, estão Saint-Paul-de-Vence e Grasse, mas Ramatuelle já aparece no horizonte.

– Onde está enterrado Gérard Philipe. Eu estive lá. Linda, mas muito perto de Saint-Tropez, que eu sinceramente detesto.

– Eu também. No final, Aix vencerá. Agora podemos sair deste escritório? Tenho umas coisas urgentes para lhe contar.

– O que há de errado com este escritório?

– Fede. E todos esses jornais me dão nojo.

Sasà respirou fundo.

– Que chatice. Tudo bem, vamos ao bar. Gostaria de um sanduíche?

– Como é que os conservam, em celofane ou sob um guardanapo? – D'Inzeo olhou para ele com severidade.

– E você acha que eu vou a um bar onde o sanduíche é enrolado em celofane? Considero isso um insulto pessoal, Schiavone!

E saíram fechando a porta. No escritório vazio, o movimento da porta causou a queda de três colunas de jornais, que voaram ao chão como folhas mortas.

– Sei o nome de um dos assassinos dos dois rapazes, mas em breve saberei muito mais sobre ele – começou o subchefe, mastigando a primeira mordida no sanduíche.

– Qual é o nome dele?

– Emeka. É um nigeriano.

– Atum com alcachofra é sempre uma boa pedida – e o magistrado também deu uma dentada no seu. – Como vai chegar até ele?

– Em minha casa estava Davide Mariotti, o terceiro garoto envolvido no caso. Agora escute. Numa noite, meus amigos e eu...

– Pessoas ótimas...

– Graças a eles, querido Sasà, e às anotações do falecido Alberto Ferri, o jornalista, entendemos quem poderia ser o fornecedor oficial da droga para os rapazes. Identificamos Sandro Silvestrelli como possível culpado. Ele tem uma fábrica de móveis na Tiburtina.

Sasà olhava para ele com atenção, mastigando lenta e metodicamente.

– Ora, naquela mesma noite decidimos ir visitar a fábrica de móveis. E encontramos um frequentador das prisões do país, Luigi Baiocchi, que rapidamente retira umas caixas suspeitas. Ah, só para constar, a impressão digital dele estava clara e nítida no posto de autoatendimento perto da pedreira, onde acho que o carro que levava os assassinos e o pobre Ferri tinha parado para reabastecer.

– E essas coincidências já são estranhas. Acima de tudo, que ele vá buscar pacotes misteriosos na loja de móveis na mesma noite em que você vai lá.

– Certo. – Rocco limpou as mãos, batendo-as uma contra a outra e engolindo o último pedaço do sanduíche. – Tentamos persegui-lo, mas ele, desconfiado, também porque na minha opinião já estava sabendo, foge de nós e deixa as caixas com um rapaz que, numa scooter sem placa, desaparece em um labirinto de ruas.

Sasà também havia terminado. Ergueu a mão para chamar a atenção do garçom. Do lado de fora o sol batia impiedosamente, e o trânsito parecia ter se acalmado.

– Vá em frente, Rocco. Vou pegar outro. Você quer?

– Eu também. Além disso, a fábrica de móveis tinha um sistema de segurança totalmente novo e um vigia noturno. Agora, a primeira pergunta, mas eu já sei a resposta...

– Então não me faça.

– A primeira pergunta, como estava dizendo – continuou Rocco, impaciente –, é esta: como eles podiam saber? A resposta: Davide. Que estava em minha casa e com quem conversamos sobre esse Silvestrelli. Volto para casa, pego o celular dele e descubro que ele fez e recebeu uma ligação do mesmo número. O número desse tal Emeka, que provavelmente é um comparsa de Davide, conhecido como Skin por causa das espinhas, e que nunca disse o que sabia. É claro que ele avisou o nigeriano, que então se virou para avisar Luigi Baiocchi. A corrente está clara para você?

O barman de colete vermelho se aproximou da mesa.

– O que vai querer, doutor?

– Traga-me outro de atum e alcachofras. Você, Rocco?

– Quero um de ovo e tomate.

O rapaz foi embora. Rocco continuou.

– Recapitulando: a primeira vítima, Giovanni, foi espancada. Talvez fale, talvez não, o fato é que escapa enquanto o estavam levando à fábrica de móveis. É assassinado. Como chegaram até Giovanni? Creio que pelas investigações que seu pai estava fazendo. Então aconteceu que Davide, assustado, deu com a língua nos dentes. E eles mataram Matteo. Então forçaram Davide a tentar entender o quanto sabíamos. E aqui está ele, em minha casa, como espião. Foi ele quem compareceu à delegacia, por vontade própria. Davide foi estranho desde o início. Em um chat, descobri que os dois rapazes insistiam em não querer confiar nele.

– Então esse Davide não é o inocente envolvido por Livolsi e Ferri, ao contrário, provavelmente tem conhecimento de todo o tráfico.

– Ou eles o pegaram, ele se borrou todo e mudou de lado – disse Rocco.

– Sim, também pode ser isso. Como agimos?

– Aí vem a parte mais interessante. – Rocco enfiou a mão no bolso e tirou a anotação do jornalista. – Isto é de Alberto Ferri, que investigava o tráfico de heroína ou coca nesses bairros. Consegue ver o que está escrito?

Passou o papel ao magistrado.

– E quem entende alguma coisa?

– O importante é essa linha na parte inferior.

D'Inzeo leu.

– SLR U 971197-8.

– É o número de um contêiner. Indica a empresa proprietária, precisamente Silvestrelli; os outros são números que servem para identificar a carga e informar sobre o seu percurso. E este contêiner, cheio de móveis, chega ao destino depois de amanhã, no porto de Civitavecchia.

O magistrado devolveu o papel a Rocco, enquanto o barman chegava com os sanduíches.

– Atum e alcachofra, e este é ovo e tomate – deixou os pratos e se afastou dos dois clientes.

– E nós vamos para Civitavecchia.

– Eu diria que sim, Sasà. Sem dar na vista, discretos, e veremos de que se trata essa carga. Mas não quero prender o nigeriano, não antes que a droga chegue. Quero saber onde ele está e onde posso ir pescá-lo mais tarde.

– Ótimo trabalho – e deu uma mordida no atum com alcachofras. – Quase tão bom quanto este sanduíche.

– Mais ou menos, eu já comi melhores.

– E daí? Eu também, mas já é um milagre estarem ao lado do tribunal, não acha? Depois vamos dividir um com espinafre?

– Óbvio.

Sentado no sofá de couro sintético de seu escritório, Rocco matava o tempo enrolando um baseado. Deixou-o inchado, rico e saboroso. De qualquer forma, o dia tinha terminado e, até que chegassem notícias de Zuccari, não havia mais nada que ele pudesse fazer. Mandou De Silvestri e Parrillo para casa, já Elena tinha levado uma advertência. Ela não podia passar impune, merecia um pouco de papelada. E, como sempre que tirava a cabeça do trabalho, seus pensamentos, como pássaros prontos a migrar, pousavam todos na mesma árvore: Marina. Ele havia desistido de ligar para ela, preferindo esperar pela absolvição ou pelo veredicto de culpa, enquanto afundava em seus atoleiros diários. Foram dias estranhos. Dias de calor e aguaceiros repentinos, de ansiedades e, sobretudo, de mau cheiro. Cheiro de porão, cheiro de mortes violentas, de gente nojenta, agachada nos esgotos, pronta para atacar, e nem aquele pouco de maconha conseguia apagar a sensação de sujeira que ele tinha. A pedreira, a garagem, o filho da puta que esfaqueia dois jovens de vinte anos na base do crânio por alguns milhares de euros. E aqueles dois desgraçados que se meteram num esgoto a céu aberto sem nem perceberem. Jogou a ponta do cigarro pela janela. A vontade de sorvete voltou. Poderia escolher: ir até o lago e tomar um de chocolate e pistache ou ir ao bar perto do escritório para o habitual *cornetto* Algida. Pegou as chaves de casa e da scooter e saiu do escritório. O corredor estava deserto, apenas o tiquetaquear de um teclado na sala de denúncias confirmava que Elena estava trabalhando. Ele sorriu.

Como cobras silenciosas, nuvens negras de repente obscureceram o céu. Ainda nem tinha atravessado a rua quando um trovão retumbou entre os arranha-céus de escritórios e os andaimes de inocentes tubos cobertos de telas que escondiam o canteiro de obras de uma estrutura arquitetônica futurística que jamais ganharia forma e que, não por acaso, se chamava Nuvem. Rocco ergueu os olhos para o céu. Uma gota o atingiu em cheio no olho.

– Mas que safada... – Como acontece num país tropical, a água caiu no chão sem dar qualquer possibilidade de abrigo a quem, alguns segundos antes, caminhava tranquilamente pelas calçadas.

Uma torrente equatorial atingiu homens e bichos. Rocco conseguiu se abrigar sob um dos pinheiros que margeavam a Cristoforo Colombo. Também pensou no perigo da escolha, caso um raio atingisse a árvore. Mas não se importou. Decidiu que ser eletrocutado e incinerado durante uma tempestade de verão seria uma bela forma de partir. Com as costas apoiadas na casca, olhou as poucas gotas que conseguiam se infiltrar pelas agulhas. A camisa estava encharcada, assim como as calças e o cabelo. O asfalto já era um lago espumoso, e os carros levantavam água como lanchas, deixando um rastro atrás de si. Um vento fraco soprou, varrendo a chuva para a direita e a esquerda, causando arrepios no subchefe. Outro trovão mais poderoso sinalizou a chegada de um novo aguaceiro. Dois rapazes em scooters se protegeram sob o abrigo de ônibus, do outro lado da avenida. Estavam com cigarros na boca e riam.

Tiraram os capacetes e ficaram de olhos fechados, deixando as gotas lavarem suas cabeças. Rocco sentiu vontade de imitá-los. Afastou-se um pouco do tronco, fechou os olhos e esperou as gotas frias em seu rosto. Eram geladas. Sentiu-as penetrar na gola da camisa polo, repicar nas narinas, nas pálpebras fechadas, na testa. Aí a pele se acostumou com aqueles dedos gelados percorrendo a extensão das costas, entre os pelos arrepiados do pescoço. O telefone tocou, acordando-o daquela ducha. Deu dois passos para trás e o pegou com a mão encharcada. Olhou para a tela. Era Marina.

– Alô?

– Amor... onde você está?

– Embaixo da água. Eu ia pegar um sorvete.

Marina riu.

– Rocco...

– Sim?

– Estou em casa.

Não esperou que o temporal se acalmasse. Pegou a scooter e dirigiu para a via Poerio. Arriscou a pele no semáforo da via Marmorata, uma segunda vez derrapando nos trilhos do bonde da via Girolamo Induno, depois cruzando o sinal vermelho na alameda Trastevere e, finalmente, ainda não satisfeito, arriscou a vida de Ugomaria, o proprietário da trattoria Ar Buco, na via Garibaldi, que atravessava a rua correndo para não se molhar.

– Maldito! – gritou com ele.

– Desculpe, Ugo! – respondeu o subchefe, erguendo ligeiramente o braço.

– Desculpe o caralho! – respondeu o velho cozinheiro, saltitando na calçada enlameada de água e barro.

Deixou a moto do lado de fora de casa e correu para dentro do prédio. Quando Inês, a porteira, o viu passar correndo pela guarita, bateu as mãos na altura do peito.

– Doutor, está tudo arruinado! – mas Rocco não respondeu e, sem esperar o elevador, que demoraria muito, subiu a pé os cinco andares de escada.

Já no segundo, parou. O cigarro e o sedentarismo o impediram de continuar naquela corrida. Com o coração na boca, a respiração curta e a saliva pesada, se apoiou na parede e chamou o elevador, feliz por seu corpo descuidado o impedir de se mostrar ainda mais lamentável do que já era aos olhos de sua mulher.

A primeira coisa que procurou ao entrar no apartamento foi a mala dela. Mas na entrada não estava. E aquilo era um mau sinal. Fechou a porta e correu para a sala. Marina estava ali, de braços cruzados, observando o temporal de verão que molhava a cidade. O céu estava cinza, mas já se viam ranhuras azuis claras que davam esperança do retorno do sol. Sua mulher se virou e olhou para ele.

– Marina...

Ela começou a rir.

– Por que não se enxuga quando vai à piscina?

Rocco tirou uma camisa.

– Vou trocar de roupa. Me espera?

Marina assentiu.

Depois de um minuto voltou para a sala, enxugando os cabelos com uma toalha que encontrara no guarda-roupa.

– Como estão seus pais? – perguntou-lhe. Queria manter distância. Tinha medo de ouvir o que sua esposa veio lhe dizer.

– Deixe para lá.

A chuva tinha parado de cair. Marina se afastou da janela. Olhou para ele.

– Por favor, me dê uma sentença porque não aguento mais.

– Que sentença?

– Vida ou morte? – Rocco perguntou, apoiando a toalha no sofá.

Marina abriu os braços.

– Venha aqui.

Rocco se lançou em direção a ela. Não se deu conta do bukhara, que era um belo tapete, mas tinha o vício de sempre manter a ponta direita um pouco levantada do piso. Ele prendeu o pé, tropeçou e caiu de cara aos pés da esposa. Marina, rindo, se abaixou e o abraçou.

– Minha nossa, Rocco, você consegue fazer ao menos uma vez o que se espera?

– Não.

O abraçou com força. E Rocco sentiu o sangue acelerar junto com o coração. Os pulmões cheios de ar, todo o corpo carregado de oxigênio parecia despertar de um torpor, como quando saímos do mar no primeiro dia de verão e nossa pele morena respira o ar e o sol. Marina o olhava fixamente. E ele se perdeu dentro deles. Com a tempestade ficaram cinzentos, tinham as manchas da íris prateadas. Rocco abriu a boca, mas Marina a fechou com um dedo.

– Não diga nada. – Tentou novamente, mas sua mulher o impediu uma segunda vez.

– Não consigo viver sem você – murmurou Marina. Abraçou a cabeça dele e colocou-a em seu peito. O contato com os seios de Marina lhe turvou a visão. Os sofrimentos desapareceram, desapareceram a ansiedade e a angústia, e um desejo surdo e cego o invadiu. Começou a beijá-la no colo.

– Não, não. Espere. Espere, Rocco.

Mas o subchefe não estava ouvindo. Agora o segundo cérebro que os homens têm, aquele localizado no aparelho reprodutivo, levara a melhor sobre o outro.

– Espere, está me ouvindo?

Ele a mordeu no lóbulo, depois moveu diretamente a língua para lamber a orelha.

– Não, não, pare. Vamos conversar. Vamos conversar primeiro.

– Sobre o quê? – Rocco murmurou.

– Caramba, passei dias refletindo e você não quer ouvir o que tenho a lhe dizer?

– O que quer que seja, a resposta é sim. Você tem razão, e eu o farei! – Começou a morder diretamente o pescoço.

– Não, quero ser séria. – Com as mãos tentou deter as dele, que se transformaram em tentáculos de um polvo. A esquerda já estava sob a camiseta, feliz por não ter encontrado o sutiã. A outra, por sua vez, estava subindo pelas coxas e entrava sorrateiramente sob a saia. Quanto mais se avizinhava do objetivo, mais a mão sentia o calor, e mais o segundo cérebro comandava.

– Sejamos sérios.

– Amor, nunca conseguimos... olhe para nós – disse a ela, beijando-a no rosto, nos olhos, nas bochechas. – Acabei de tropeçar e mais um pouco quebraria o tornozelo de novo, estamos no chão como duas crianças com Lego, meus joelhos doem de tanto esfregar neste tapete de merda, ainda estou encharcado e não estou entendendo mais nada. Como você pode estar séria?

Mordeu os lábios dela.

– Olhe, você é... se você me fizer sangrar, acabou...

Ele a beijou, inserindo toda a língua que tinha à disposição.

– Não! – e com um solavanco, Marina o empurrou e se levantou. – Agora venha para o sofá e me escute.

– Posso ficar no tapete?

– Por quê?

– Vá em frente. É melhor que eu fique no tapete.

Marina sorriu e foi sentar-se confortavelmente. O céu estava clareando lá fora.

– Mas pode abrir a janela? – perguntou.

– E por quê?

– Porque depois da chuva vem um aroma delicioso.

– Abra você! – ela disse em tom de desafio. Rocco apertou os lábios.

– Está bem. Quer ver um homem servo dos seus sentidos? Que seja! – Levantou-se dobrado ao meio para reduzir o efeito cômico de sua ereção. Não conseguiu. Sua mulher o observou atravessando a sala, abrindo a janela e sentando-se novamente.

– Desculpe, mas o que você está fazendo a essa altura no tapete? Todos já vimos seu estado.

Tinha razão. Sentou-se ao lado da mulher. A uma distância segura. Pegou a toalha de volta e começou a secar o cabelo novamente. Marina tirou os sapatos e, dobrando os joelhos, colocou os pés na almofada.

– Não sei viver sem você – começou a brincar com a bainha da saia verde. – E eu pensei. Pensei muito nesses dias. As coisas que você me contou de sua infância, seus amigos. Na semana passada, me pareciam desculpas. Desculpas de um menino flagrado com as mãos na lata de biscoitos. Mas você não é uma criança. E você nunca gostou de biscoitos. Não tenho culpa que você tenha tido uma infância difícil. E eu entendo. Não há beleza na pobreza, não aqui, entre nós ela se torna miséria. E é insustentável. Eu escutei você, pensei em você. E sempre soube quem são seus amigos. Sempre soube de onde você veio. Que aprendeu a vida pelas ruas. E que certos vícios nunca se perdem. Mas agora lhe peço, olhando em seus olhos, que os deixe para trás. Que os abandone para sempre. Porque eu não consigo dar conta. Não penso em você como um herói, um cavaleiro sem mácula e destemido, mas também não suporto imaginá-lo pegando o que não é seu. E não porque você usa farda, é policial, nós sabemos disso. É porque não gosto de você assim. Mesmo que roube dos ricos ou dos desonestos. Eu não gosto disso e ponto. Não consigo suportar. Você precisa me jurar que não fará isso nunca mais.

Rocco concordou em silêncio.

– E esta casa... o dinheiro que usou para comprá-la...

– Não – disse Rocco –, espere. De qualquer modo, algum dinheiro seu pai colocou.

– E de onde vem a maior parte? Rocco, não diga besteira. Não agora.

O aviso de Marina soou como uma ameaça.

– Na verdade, um pouco era dinheiro da lojinha de Trastevere.

– E a outra parte?

– Um pouco aqui, um pouco ali...

– Aí está.

– O que você quer fazer? Se quiser, eu vendo. Vendo amanhã mesmo, caso você não consiga ficar nela. Que me importa uma casa. Amanhã ligo para uma imobiliária, devolveremos o dinheiro a seu pai e...

– Não é isso. Eu lhe pergunto quantas pessoas choram por causa de nossa cobertura?

– Além de seu pai?

– Seja sério.

– Então, certamente choram dois joalheiros que recebiam joias roubadas, as derretiam e revendiam. E também chora um fiscal de Ostia, que cobrava por proteção.

– Você o interceptou?

– Sim.

– E ficou com o dinheiro da proteção?

– Não. Tecnicamente foi de outro modo.

Marina sentou-se melhor.

– Sou toda ouvidos.

Rocco bufou.

– Fui falar com o chefão, disse-lhe que parasse de fazer aquelas ameaças aos comerciantes. Ele me prometeu que pararia. Em vez disso, continuaram. Metemos a mão neles, no fiscal e no chefão, pegamos eles e dissemos que na casa do chefe havia coisas muito interessantes a ser confiscadas. Principalmente umas esculturazinhas de jade antigas e uma bela tapeçaria do século XVI, que revendemos a alguns amigos de Seba na Suíça.

Marina balançou a cabeça.

– Esses choraram. Mas acredite, choraram até pouco.

– E os comerciantes de Ostia?

– Eles pararam de pagar pela proteção. Ou talvez agora tenham recomeçado, não sei.

– E os donos das joias?

– Caralho, Mari, não sou um Robin Hood!

– Basta.

– Tudo bem.

– Jure para mim!

– Juro. Agora que a chatice terminou, vamos fazer algo mais divertido?

Marina caiu na gargalhada, e Rocco atacou a presa com um salto. Marina tinha voltado para casa, o céu estava turquesa e o cheiro de terra molhada dos vasos, das flores e do limoeiro havia invadido a sala.

– Mas onde está sua mala? – perguntou enquanto lhe lambia o seio.

– Já guardei as roupas – sussurrou sua mulher.

– Mas então eu até podia lhe dizer... que não pararia com essas coisas...

– Pare com isso! – e fechou sua boca com a dela.

– Onde você está? – Arregalou os olhos. O lugar ao seu lado estava vazio. – Marina?

Ouviu-a falando ao telefone, na sala. O despertador marcava oito e meia. Bufando, ele tirou o lençol de cima e pôs os pés no chão. A temperatura já estava acima da média. Espichou o pescoço, pescou frases entrecortadas da esposa.

– ...que idiota... Mmm... mmm... não, tudo bem, que loucura! – e o rumor distante da cidade que já estava acordada há algumas horas. Finalmente se levantou.

Quando Rocco entrou na cozinha, encontrou Marina com o telefone sem fio na mão, com uma enorme xícara de café na frente, mordiscando um biscoito.

– Lucia, por que você continua perdoando? O que ainda espera de Stefano?

– Bom dia, meu amor... – Rocco veio por trás dela e a beijou no pescoço. Marina sorriu e fechou os olhos como uma gata feliz. Um raio de sol batia em seu decote. Rocco imediatamente sentiu vontade de fazer amor. Começou a morder seu lóbulo esquerdo. Marina se retraía e continuava a falar ao telefone.

– Por que você acha que sua filha não notou como... estão... – Ela cobriu o fone. – Rocco, por favor, estou falando com Lucia! – Então continuou. – ...ela não notou como estão as coisas entre você e Stefano?

Mas Rocco não desistia. Passara para o pescoço, enquanto a mão direita já se posicionava com força sobre o peito.

Marina deu-lhe um tapa nas costas da mão, mas o subchefe continuou.

– Ouça bem, Lucia, você e eu precisamos nos ver. Faço uma pausa para o almoço à uma... Sim, vamos fazer na casa de Chiara. Nos vemos lá... sim...

– Diga a ela para se foder – Rocco murmurou em seu ouvido.

Marina sorria.

– Tudo bem, Lu... até mais tarde! – e encerrou a ligação. Era isso que Rocco estava esperando. Ele a abraçou, as mãos rápidas tentando se esgueirar por baixo da camisola de seda. – Não, por favor Rocco... além de que, você nem escovou os dentes.

– E daí?

– Você fuma e tem mau hálito. Vamos, vou fazer um café para você. – Marina tentou se levantar, mas Rocco já a havia agarrado pela cintura.

– Estamos sem cápsulas de café. – Virou-a na cadeira e apoiou a testa na dela. – Eu te amo.

– De perto você parece uma coruja...

– E eu te amo de qualquer jeito.

– Com olhos tortos.

– E eu te amo sempre.

– É uma coisa linda e me deixa feliz, mas são oito e meia, tenho que levar os exames para a mamãe, depois tenho que ir trabalhar e você também. E depois, lembre-se de que teremos meus colegas para jantar esta noite.

– Que chatice, você nem voltou e já está marcando jantares?

– Eu já tinha organizado isso antes que...

– Oh, mas você sabe em que nível de encheção de saco o jantar com colegas se situa?

– Volto para minha mãe?

– Não! Vamos fazer algo rápido.

– Ora...

O subchefe engoliu o café liofilizado da esposa e depois a beijou.

– Agora estou com gosto de café, está melhor?

Rendeu-se. Rocco jogou no chão as torradas, o açucareiro, guardanapos, dois pêssegos, e em seu lugar pôs Marina.

– Temos uma cama... que é bem mais confortável.

– Droga de cama. Agora, aqui e agora é o meu lema! A vida é uma só!

Caminhava pelo corredor, leve, sorridente, e isso logo deixou Parrillo e De Silvestri desconfiados. Quando o viam assim, havia motivo de preocupação. Os dois mal responderam à saudação e desapareceram na sala dos passaportes. O único que não pôde evitá-lo foi Zuccari, que trazia notícias ao subchefe. Estava esperando por ele no final do corredor, bem ao lado da porta do escritório.

– Doutor, bom dia.

– Zuccari! Ótimo... o que há de novo? – e entrou seguido pelo agente.

– Segui Davide Mariotti desde que ele pegou o táxi na frente de sua casa.

– Diga-me – e Rocco afundou na poltrona.

– Ele foi para casa. E ficou lá por duas horas. Aí começou a chover e me abriguei em um bar lá na frente. Tomei dois cafés, um croissant e...

– Não é que você precisa me contar tudo. Vamos direto ao ponto.

– Não, mas é importante. Porque no terceiro croissant o barman me diz: "somente Davide consegue comer três croissants seguidos". Sorrio para ele e respondo: "Davide Mariotti?". "Sim, ele faz isso. Ele e o negro comem dez quando estão aqui."

– Ele disse isso? Ele e o negro? – Rocco perguntou.

– Sim, doutor. O que, aliás, é politicamente incorreto. Diz-se preto ou africano.

– Eu sei. Prossiga.

– E assim, conversa vai, conversa vem, no final descobri que os dois costumam tomar o café da manhã naquele bar. De manhã cedo, antes de ir trabalhar. Davide, porque não sabe qual é o trabalho do preto.

– Então deixe-me ver se entendi: nesta manhã você...

– Às seis eu estava no bar e esperei. Davide chegou, sentou-se, comeu dois croissants e depois chegou o outro. – Zuccari pegou o celular. Mexeu nele e depois o entregou a Rocco. – Aqui, eu fotografei.

Sentados um diante do outro, Davide e o preto se olhavam. O preto era grande e musculoso, tinha dreadlocks e um corte visível na bochecha direita.

– Muito bem, Zuccari.

– Aí Davide saiu, e eu segui o outro.

– Se você está aqui, significa que ele o despistou.

– Pelo contrário, doutor. Sei onde ele mora. Divide um apartamento com outros três nigerianos em Alberone.

– Pode imprimir para mim a foto que tirou com o celular?

– Claro. Precisa de mais alguma coisa?

– Aproveite seu dia. Você foi excelente.

– Está falando sério?

– E eu estou brincando? Mas antes, um último esforço. Em uma hora, reúna os agentes no escritório de passaportes.

– O que devemos fazer?

O inspetor Munifici, os agentes Zuccari, Parrillo e De Silvestri foram convocados ao escritório de passaportes. Rocco entregou uma pasta a cada um. Havia silêncio e tensão, os policiais se entreolhavam sem entender. Então o subchefe começou.

– Agora, me escutem. Amanhã de manhã faremos algo difícil. Vamos todos para a beira-mar. Mais precisamente, ao porto de Civitavecchia, para esperar uma carga que vem do México; se vocês lerem os papéis que coloquei na pasta, verão os detalhes.

Os policiais examinaram as anotações.

– Essa cifra misteriosa na primeira página é a referência do contêiner que nos interessa. Pertence a Silvestrelli, que no papel é dono da fábrica de móveis na Tiburtina...

Naquele momento, sem bater na porta, Elena entrou.

– Com licença...

– Estamos em uma reunião. Por que você não bateu? – o inspetor Munifici a repreendeu.

– Porque pensei que não houvesse ninguém na sala de passaportes.

Rocco olhou a garota.

– Não, pode vir, Elena: assim faremos seu batismo. Por favor, minha filha, sente-se.

Sorrindo, o oficial fechou a porta atrás de si.

– O que devemos fazer?

Munifici bufou e fez um rápido resumo. Então Rocco falou novamente.

– Então, como eu dizia, Silvestrelli é quem tem a fábrica de móveis e está esperando a carga. Agora estou convencido de que lá dentro há mais do que móveis.

– O que deveria haver? Droga? – perguntou o inspetor.

– Isso mesmo, Munifici. Então precisamos encontrá-la e prender essas pessoas.

Zuccari levantou a mão.

– Simone vai!

– Escute aqui. Quem estará lá esperando a carga?

– Isso eu não sei. Silvestrelli, com certeza. Se olharem com atenção a pasta que lhes dei, tem uma foto dele tirada em uma festa no Shabby Chic em Roma, enquanto ele ri com uma prostituta de certa idade.

Elena olhou a pasta e começou a rir.

– Essa que o senhor chama de prostituta é a esposa de um deputado.

– E daí? Agora vejam que a foto é de um ano atrás. Sandro Silvestrelli era um pobre coitado que chamavam de Cochise, mas depois cortou o cabelo e quebrou o nariz, graças à intervenção de um amigo meu.

– E quem mais estará lá?

– Talvez Luigi Baiocchi, provavelmente Emeka, que está na segunda foto da pasta, e por esse instantâneo agradecemos a Zuccari, por sua perspicácia e os croissants no bar.

– Obrigado... – disse o agente.

– Não estaremos sozinhos. Com o magistrado organizamos uma bela operação antidrogas. Há mais alguma pergunta?

– A que horas? – falou Parrillo, que estava em silêncio até aquele momento.

– Às cinco horas no porto. Saímos daqui às quatro. Parrillo, você tinha algum compromisso?

O agente não se atreveu a responder. Coçou o cabelo encaracolado e depois olhou para os outros.

– Então vamos dormir cedo?

Ninguém lhe respondeu. Apenas olharam para ele com olhos vazios.

– Bem, agora que Parrillo também é um dos nossos, estão todos liberados. Podem ir para casa. Só você, Alfredo, está dispensado.

O velho agente balançou a cabeça.

– Tem medo de que a umidade do porto possa prejudicar meus ossos?

– Não. Tenho medo de que, se alguém não ficar aqui com a cabeça bem plantada nos ombros, possa acontecer uma confusão.

– Eu realmente agradeço, subchefe.

– Agora o líder, que sou eu, tem que fazer duas coisas muito chatas. Uma viagem ao porto para dar uma olhada e organizar a festa.

– E a segunda?

– Buscar uma coisa no pub. Elena?

– Tudo bem...

O Old England estava vazio. Ao meio-dia, com o sol a pino, ninguém pensava em sair, principalmente para beber álcool. Rocco parou a scooter bem atrás da esquina.

– Tem um rapaz negro lá dentro, Steven, você o chama de lado e o faz sair.

– Mas digo que o senhor está esperando por ele?

– Sim. Diga simplesmente o policial. E não deixe que o outro descubra você, Davide, um ruivo com espinhas que deve estar trabalhando ao lado dele.

– Tudo bem. – Elena entregou-lhe o capacete e atravessou a rua.

– Elena, seja cuidadosa. Que o outro não perceba.

– Não é preciso repetir a mesma instrução duas vezes.

À sombra do prédio, a temperatura era quase suportável. Muitas persianas estavam fechadas, sinal de que muitas pessoas já haviam saído da capital em direção a destinos de férias. Naquela ruazinha sem trânsito só se ouvia o barulho dos motores do ar-condicionado. O suor grudava sua camisa nas costas, e o brilho do sol nos carros estacionados e nas vitrines obrigava Rocco a apertar os olhos como se tivesse acabado de morder um limão. Estava com sede e preferiu não acender o cigarro. Depois de alguns minutos, Elena e Steven saíram do pub. O rapaz parecia descontraído e imediatamente voltou os olhos para o subchefe. Em passos rápidos, passaram do sol que batia na rua até a sombra do prédio.

– Doutor, como vai? Então, Davide me contou tudo! Vocês os pegaram! Eles eram chineses? – o rapaz perguntou. Rocco não respondeu. Enfiou a mão no bolso.

– Parece que você e eu estamos condenados a olhar fotografias – e passou-lhe uma folha de papel.

– Me diga se você o conhece.

Steven examinou a foto de Emeka. Então olhou para os dois policiais.

– Vocês estão brincando?

– Não. Você o conhece?

Steven devolveu a fotografia ao subchefe. Sua mão tremia.

– Ouça, delegado.

– Subchefe.

– Desculpe... subchefe... não sei o nome dele, só sei que de vez em quando ele vem ao Pigneto. Junto com outro...

– Trafica?

– Não. Esse nunca é visto traficando por aí. Esse está em um nível mais alto. Eu não quero me envolver. Esta gente é perigosa.

Steven estava suando. E não por causa do calor.

– Ninguém saberá de nada, Steven. Apenas me diga quem é.

– É um dos que comandam. Quando chega no Pigneto, os outros se cagam. Eu o vi ameaçar Chuwku mais de uma vez.

– Quem é Chuwku?

– O cara que me vende a maconha.

– Eu já lhe disse, Steven, isso que você compra não é maconha. É merda.

– Seja lá o que for, subchefe, mas o homem da cicatriz é desses que é melhor não olhar nos olhos.

Rocco colocou a foto de volta no bolso.

– Com quem ele circula?

– Com um tão grande quanto ele. Um armário. Careca.

– Nigeriano?

– Acho que sim, embora ninguém nunca o tenha ouvido falar. É mudo. Mudo como eu hoje deveria ter ficado. Não me meta em apuros.

– Esse com a cicatriz se chama Emeka.

Steven enfiou a cabeça nos ombros.

– Emeka. E eu lá sei o nome?

– Não lhe diz nada?

– Nada. Deve ser nigeriano, como eu.

Rocco o olhou nos olhos.

– Eu acho que você sabe. Mas não quer me contar...

Steven coçou o pescoço.

– Eu juro.

– E como você sabe que o careca que o acompanha é mudo?

O rapaz não respondeu.

– Então me escute.

– Davide, o seu colega, é amigo dele. Ou você me conta tudo, ou vou entrar agora, levo Davide e conto umas coisas para ele, digo que você me deu o nome do nigeriano. Que você o conhece etc. etc...

Steven começou a tremer de verdade.

– Por favor, por que está fazendo isso comigo?

Os olhos de Elena se enterneceram. Os de Schiavone, não.

– Porque você tem que falar, Steven. E isso vai ficar entre mim e você. Eu lhe dou minha palavra.

Steven começou a chorar. Colocou as mãos na frente do rosto. Quando os soluços cessaram, ele enxugou as lágrimas com o antebraço.

– Eu... na noite em que o senhor veio, na primeira vez.

– Sim?

– Davide e eu estávamos fechando. De repente, eles apareceram do nada.

– Quem?

– Os dois negros. Não sei o que eles queriam. Chamaram Davide de lado. Ele reabriu a loja e me disse para ficar do lado de fora. Fiquei lá com o careca, o mudo. Eu sorria e falava, mas ele não dizia nada. Me olhava com os olhos vermelhos. Depois dc um tempo, Davide saiu com o homem da cicatriz, que tinha metido algo no bolso. E, assim como apareceram, foram embora. Perguntei a Davide quem eram, mas ele me disse para cuidar de minha vida, que eu nunca os tinha visto, se eu quisesse salvar minha pele.

Rocco suspirou. Pegou o maço de cigarros. Ofereceu um a Steven. Então acendeu o dele e fez o mesmo com o de Steven.

– O que você acha que eles levaram?

– Não sei. Um pacote. Dinheiro é impossível, porque no caixa não há um só euro no fechamento.

– Você sabe o que aconteceu naquela noite? Davide salvou a vida dele. Foi isso. – Rocco olhou sua colega. – Está claro para você?

– Bastante.

– Bom, Steven. Agora, volte ao trabalho. Você e eu nunca nos encontramos. E nunca conversamos sobre isso. Pelo menos até amanhã de manhã. Eu lhe prometo que amanhã tudo estará acabado.

Steven assentiu, jogou fora o cigarro, virou-se e voltou ao trabalho.

– Na verdade, eu não entendi – disse Elena.

– Davide escondeu a cocaína atrás de uma descarga aqui no bar. Ele a devolveu e escapou impune.

– Sim, isso eu entendi – disse Elena. – Mas como os dois negros descobriram o furto?

– Acho que Davide contou tudo e condenou à morte os dois amigos, que tinham razão em não confiar nele. Ou descobriram por acaso, ou quem sabe seguindo o jornalista. Mas descobriram. Agora vamos. Não temos mais nada a fazer aqui.

No primeiro semáforo, ouviu o celular tocar. Rapidamente o pegou e o enfiou sob o capacete.

– Quem enche o saco?

– Diga à sua irmã quem enche. Sou eu.

– Meu amor.

– Não se esqueça do jantar desta noite.

– Sim... claro, às nove?

– E o que você é? Um convidado? Faça o favor de estar aqui no máximo às oito. Aliás, vamos combinar às sete e meia. Temos que pôr a mesa, pensar no vinho...

– Amor, primeiro tenho que ir para Civitavecchia. Depois eu chego. Vou fazer meu melhor.

– Então vou pegar o vinho. Mas não demore muito.

Rocco bufou.

– Escute, convido também Sebastiano, Furio e Brizio?

– Não.

– Por que não?

– Qual é, Rocco, não vamos ter sempre as mesmas discussões. Há noites com meus amigos e noites com os seus. Não podemos misturá-los, você sabe.

– Por quê? Seba, Furio e Brizio são pessoas de segunda classe?

– Sebastiano, Furio e Brizio assustam meus amigos.

– Verdade?

– Consegue imaginar Sebastiano conversando com o professor Ardenzi sobre as pinceladas de Sassetta? E com o Mezzalupi sobre a última instalação de Viola?

– Não, você tem razão. E quanto a mim?

– Você o quê, Rocco?

– Não, quero dizer, eu converso com seus amigos sobre o quê? Sobre o menisco de Totti?

– E daí? Por que não? Olhe que Ardenzi jogou no SPAL quando era jovem.

– Olha que eu tenho todos os álbuns de figurinhas da Panini dos anos 70 e Ardenzi nunca esteve no SPAL.

– Eu sei. Também sempre suspeitei de que fosse uma mentira.

– E de fato é. E sabe por que, Marina? Porque faz tempo que Ardenzi quer pôr as mãos em você!

– Rocco, você não me tem em alta conta se acha que ter jogado no SPAL é o suficiente para me seduzir.

– Mas você ficou caidinha por mim, que joguei no Romulea, e nem muito bem.

– O que isso tem a ver? Você fica ótimo de shorts.

Rocco caiu na risada.

– Você também.

– Sério? A gente se vê em casa! Branco ou tinto?

– Deixe Ardenzi escolher.

E, rindo, desligou o celular e o guardou no bolso.

– Então ela voltou! – Elena disse.

– Sim.

– Fico feliz.

– Imagine eu. Agora deixo você na delegacia, pego De Silvestri e vou para Civitavecchia. Atenção amanhã.

– Quer que eu esteja em campo?

– Mais cedo ou mais tarde você precisa se batizar, né?

No terraço de casa, sentindo o frescor, com as lanternas chinesas acesas e o cheiro de citronela que afastava os mosquitos, Rocco gozava a brisa marinha que chegara pontual para alegrar a cidade. Marina estava linda. Com um vestido curto verde e amarelo, de ombros descobertos, um toque de maquiagem, um bronzeado claro que realçava os olhos brilhantes e os dentes perfeitos, ela carregava um enorme prato de antepastos.

– Aqui estou, rolinhos com folhas de parreira e um pouco de sushi.

– Perfeito! – Ardenzi bateu palmas, afastando o topete agora branco com um gesto do pescoço.

– Quem me dera ter feito. É comprado. Ah, aliás, tudo o que a gente vai comer é comprado, vamos ser claros! – Marina pousou o prato enquanto Rocco servia o vinho nas taças. Mezzalupi e a esposa, que tinha quase sessenta anos, ainda estavam fumando. Rapidamente apagaram. Alba, por outro lado, mastigava lenta e metodicamente os *taralli* da Apúlia. Todos os colegas e chefes de Marina estavam em volta da mesa. Rocco estava ali como a pimenta na carbonara.

– Mas eu ainda não entendi essa história. – Alba estava obcecada pela questão da véspera de Ano-Novo. – Se eu passar o Réveillon em Tóquio, depois pegar um avião e voar contra o fuso horário, quantas vésperas de Ano-Novo posso comemorar, presumindo que os aviões cheguem no horário?

– Você tem que calcular fusos horários e o tempo de voo. Mas irá mais devagar – disse-lhe Gino Mezzalupi, enquanto mordia a primeira folha de parreira. – Porque você viaja de leste a oeste, em sentido contrário à rotação da Terra. Se você viajasse de oeste para leste, seria mais rápido.

– Tudo bem – Ardenzi tomou a palavra. – Mas terá menos vésperas de Ano-Novo. Porque o sol nasce primeiro no leste. Não, para comemorar mais réveillons você sai de Tóquio, voa para a China, depois para o Oriente Médio, depois para a Europa, e então deveria encontrar algo a meio caminho antes da América.

– Como uma parada de caminhões? – disse Marina.

– Pelo menos você pega um Positano – acrescentou Rocco, mas Ardenzi não lhe deu bola.

– E depois os Estados Unidos. Se você for bom e organizado, poderá comemorar seis vésperas de Ano-Novo.

– Um pesadelo – comentou Silvana Mezzalupi, enquanto recuperava o salmão que havia escorregado do sushi.

– Você acaba passando todos eles no avião – concluiu Alba. – E comendo porcarias congeladas.

– A propósito, Marina, e o primeiro prato?

– A propósito de quê, Rocco?

– De coisas congeladas...

A esposa engoliu um rolinho de parreira sem sequer comentar, enquanto Mezzalupi enchia a taça de novo.

– Eu me lembro de uma vez, comemorei o réveillon em Londres em 1984, tinha uns trinta anos... eu e alguns amigos tínhamos combinado de nos encontrar no Hippodrome, uma discoteca badalada na época. Só que me perdi de meus amigos e não recordava se era o Hippodrome ou o Camden. Então comecei a andar de táxi de um lugar para outro e não os via na fila... lembra? – virou-se para a esposa.

– Sim, e acho que os outros também se lembram disso – respondeu ela.

– Sem ofensas, Gino, mas você já contou isso sete vezes – disse Marina.

– Sim, que depois você desceu, estava vestido com uma capa, topou com uns nazis skinheads que lhe deram uma surra... – Alba disse entediada, mastigando o último sushi.

– Ah, tudo bem, desculpem... – Gino ergueu as mãos. – Então agora Alba nos conta sobre seu Ano-Novo em Nairóbi!

Todos caíram na risada. Essa também era uma história que eles tinham ouvido inúmeras vezes.

– Numa vez em que ela encontrou um namorado – disse Gino Mezzalupi, agarrando a taça.

– Sim, que me deixou no avião de volta para Roma – Alba respondeu ao seu brinde.

O celular de Rocco começou a tocar.

– Desculpem... – o subchefe levantou-se e foi atender, deixando os convidados.

– Sim?

– Aqui é Sasà, estou incomodando?

– Imagine, um jantar em casa com os chefes e colegas de minha mulher.

– Ah! Ela está de volta!

– Está surpreso?

– Sim. Então, Rocco, ouça-me bem sobre amanhã.

Marina passou por ele.

– Desculpe, amor, juro que você não vai vê-los nos próximos seis meses – e foi até a cozinha pegar o primeiro prato. Rocco sorriu para ela.

– Para amanhã, Sasà, eu estive no porto. Falei com a capitania...

– Mas tem certeza de que não quer reforços?

– Não. Mudei de ideia. Nós mesmos faremos isso. Só preciso de dois do batalhão de ações com cães. E, se quiser me dar uma mão, avise os do setor financeiro. Você já os viu nos ajudarem? Mas vou ser o único a meter o nariz no contêiner.

– Então, a empresa que cuida do descarregamento é a Stockmar, que fica lá no porto.

– Bom. Você os alertou?

– Não, Rocco. Esta é uma informação que lhe antecipo para sua comodidade. Até porque sabe quem descobri na direção da empresa?

– Sou todo ouvidos.

– Silvestrelli.

– Viu só? Obrigado, Sasà.

– Imagine, é meu dever. De todo modo, estarei lá com vocês. Não vou perder essa história. O que vocês estão comendo?

Marina passou naquele momento com um prato debaixo do nariz de Rocco.

– Eu acho... – então ele se virou para a esposa. – O que vamos comer?

– Cuscuz.

– Cuscuz – comunicou ao magistrado.

– Foi sua esposa quem fez?

– Está brincando? Ela comprou no restaurante da via dei Quattro Venti. Por quê?

– Porque o cuscuz parece fácil, mas não é.

– Sasà, vai ficar frio. Algo mais para me contar?

– Quer saber o que estou comendo?

– Me diga...

– Linguado. Sem nada. Sem maionese, sem vinho e sem pão, com duas, digo, duas batatas cozidas.

– Está brincando. Mas por quê? Fez alguns exames?

– Sim... tenho um probleminha de triglicerídeos.

– Desfrute de sua refeição.

– Foda-se – e desligaram.

Voltou ao terraço, onde Marina estava servindo os amigos.

– Não, então chega ao museu este lindo buda kanakamuni de madeira, uma estátua policromada do século XVI, que era de cair o queixo. Eu já estava louco. – Enquanto os outros mastigavam, Ardenzi estava com o garfo na mão e falava. – Um metro e dez de altura. Disseram-me que tinha vindo de um templo na província de Nan. Imaginem a cena, lá estava o superintendente, o cônsul, enfim, todos de terno e gravata alinhados em frente à estátua. Chego mais perto e sinto que algo destoa.

– Tipo? – disse Alba, engolindo uma porção.

– Não sei. Sabe quando você se sente desconfortável e não entende o porquê?

– Tipo estar à mesa com você? – falou Rocco.

– É, por exemplo. Não, vamos lá, sério. Algo não me convencia. Então termina a cerimônia, embalamos a estátua etc. etc., mas eu ligo para Floridi e peço a ele, do meu próprio bolso, para ficar claro, que faça uma espectroscopia molecular.

– E o que aconteceu?

– O pior, Marina. Aconteceu que era uma estátua do século XX!

– Caramba! – disse Gino Mezzalupi.

– É. Então o que eu faço? Vou falar com o superintendente. Não, eu explico, estavam envolvidos governos, embaixadas, uma confusão.

– Sim, tudo bem – Rocco se intrometeu. – Mas a estátua era falsa. Quer dizer, talvez fosse linda, mas não era do século XVI.

– Então denuncio o caso. Vocês não imaginam o que aconteceu. Uma sucessão de faxes, e-mails, telefonemas exaltados. Trago os resultados das análises e eles me perguntam por que as fiz. Não, eu digo, vocês se dão conta? Eu descubro a coisa e eles ficam nervosos porque descobri! – e finalmente Ardenzi atacou o prato. Os outros estavam ali ouvindo.

– E então?

– Então nada. O buda continua no depósito, vai acumular poeira e em quatrocentos anos será finalmente uma peça de arqueologia.

– Coisa de doido – disse Alba. – De qualquer forma, o cuscuz está delicioso. Maravilhosa.

Rocco olhou para Marina, que, sorrindo, disse:

– Maravilhoso, se tanto. O chef do restaurante é homem.

– Ah – disse Silvana Mezzalupi com uma ponta de azedume.

– É bonito?

– Ele tem sessenta anos.

Alba baixou a cabeça, derrotada.

– Tudo bem, mas você mostrou certa habilidade em comprá-lo – disse Rocco. Marina respondeu com uma careta.

– As estátuas... – Ardenzi havia retomado sua linha de pensamento – ...já no ano passado, por causa daquela cópia romana, todo o conselho do museu por pouco não caiu. Digo, a Vênus tinha um pequeno silhar embaixo da axila, mais claro que isso!

Rocco não entendeu.

– O que é um silhar?

– Não, amor, deixe pra lá, coma, são coisas maiores que você.

Rocco obedeceu à mulher.

– E isso não é suficiente? – Gino perguntou.

– Não, aparentemente não! Mas sabe o quê? Quanto mais cedo eu me aposentar, melhor é.

– De qualquer forma – disse Rocco – mesmo sendo uma cópia romana, ainda é uma coisa importante, ou estou errado?

Ardenzi olhou para ele.

– Certo. Mas é preciso registrar isso, caramba. Você não pode atribuir a Praxíteles se realmente quem fez foi, sei lá, Marco Túlio Decurião.

– E quem é esse?

– Justamente.

– Falando em estátuas falsas, Ardenzi, pode nos contar a verdade de uma vez por todas?

– Sobre o quê, Rocco?

– É verdade ou não que você jogou no SPAL nos anos 70?

Todos concentraram o olhar em Ardenzi, que não se apressou.

– Entrei na Sociedade Poliesportiva Ars et Labor, daí o acrônimo SPAL, em 1972, vindo diretamente da base juvenil do Taranto. O novo técnico, Mario Caciagli, me queria. Levamos o SPAL de volta à série B. Havia... – ele revirou os olhos – então, deixe-me pensar... Vecchiè, Marconcini no gol, Cariolato, Ragonesi...

– Seu nome não consta...

– Eu estava no banco – disse.

– Por que nunca o vi nas figurinhas?

– Porque eu estava no banco. Quando Guido Capello chegou, eu já estava fora.

Rocco olhou para ele. Sabia muitas coisas, talvez fosse verdade.

– E por que você ficou de fora?

– Lesão durante o treinamento. Eu tinha 21 anos e quebrei a tíbia e a fíbula. Fim de carreira.

– Como foi o desempenho do SPAL no campeonato de 1973/74? – insistiu Mezzalupi.

– Mas que chatice. Espere, deixe-me pensar um pouco. 1973, eu tinha vinte anos, estava em... sim, eu me lembro. Mal. Para concluir. Tipo o décimo, não me lembro.

Ficaram todos em silêncio. A coisa tinha um ar de verdade.

– Você não é como a estátua de Buda? – Marina perguntou.

– Não, Marina, sou autêntico. E por que haveria de me gabar de ter jogado no SPAL quando na verdade, saindo do banco, joguei um total de quinze minutos, e nem sequer muito memoráveis?

– Não sei. Para bancar o descolado – disse Alba, que começou a olhar para Ardenzi com outros olhos. – Você jogou no SPAL, formou-se em literatura antiga... se não fosse meu superior...

– Você me denunciaria por assédio moral se eu apenas tentasse.

– Faça isso. Depois vamos ver – e sorriu para ele.

– Vocês estão me deixando enjoada. O que você comprou depois do cuscuz? – perguntou Silvana Mezzalupi.

– Berinjela à parmegiana. Mas essa fui eu que fiz.

– Passamos à sobremesa? – Rocco propôs. Marina jogou o guardanapo no rosto dele.

Eles olhavam para o teto no silêncio da noite. Tinham deixado a louça na mesa do terraço, Inna cuidaria disso no dia seguinte, e na cozinha parecia ter se abatido um terremoto de nove pontos na escala Richter, mas ela cuidaria disso também, assim como esvaziar os cinzeiros, os copos na mesinha de centro da sala e recolocar as duas pinturas da escola veneziana que Mezzalupi queria observar cuidadosamente sob uma luz adequada, testando a tela. Tomaram banho, fizeram amor e finalmente se deitaram para olhar o teto.

– Você está com sono? – perguntou a ela.

– Não. E você?

– Zero. E praticamente tenho que me levantar daqui a uma hora.

– Desculpe. Se eu soubesse, não teria feito o jantar. Mas já estava marcado há tempos.

– Então você voltou para casa porque ele já estava marcado há tempos?

– Seu idiota. Você comprou as cápsulas de café?

– Não.

Marina respirou fundo.

– Você se lembra da história de São Clemente e da coluna?

– É claro que me lembro.

– Queria lhe dizer que quem voltou para casa fui eu, não a coluna.

– Eu sei, Marina. Mas eu não fui buscá-la com os pretorianos.

– Ao contrário. Você foi me buscar com os pretorianos. Só que fui eu quem fechou os olhos.

– Sabe um desses lugares há muito abandonados? Sei lá, uma casa, um trem velho, um carro abandonado?

– Não. Por quê?

– Porque os objetos que você vê são inanimados, estão mortos, como se tivessem perdido o calor que a proximidade com os humanos lhes proporciona. Bem, quando você não estava aqui, a casa era assim.

– Hoje, enquanto você comia, eu te observava.

– Eu sei. Eu também.

– E sabe em que eu estava pensando?

– Se for algo bonito, me diga; se não, fique em silêncio.

– Que eu te amo. – Ela virou de lado e começou a observar o perfil do marido. – Você não acha isso um absurdo?

– Absolutamente não. Como você poderia não me amar? Oh, meu Deus, não fiz parte do SPAL, mas...

– Esqueça o SPAL. A gente tem princípios, faz de tudo para respeitá-los e aí chega o amor, e você justifica muitas coisas, talvez até demais.

– Não, há um limite. Você não pode amar um Hitler – disse a ela.

– No entanto, veja só, havia uma mulher que o amava.

– Então a culpa é de vocês, não nossa. Quero dizer, de vocês, mulheres.

– Quando seus cérebros, porque vocês têm dois, aprenderem a entender metade das coisas com as quais o cérebro de uma mulher lida, vocês serão seres melhores.

– Talvez, mas eu não sou Hitler.

– Não. Eu diria que não. Você é mais alto, mais bonito, não tem os bigodes...

– Isso é tudo?

Marina acariciou seu peito.

– Você realmente teve que fechar os olhos para voltar para casa?

– Um pouco. Mas agora estou com os olhos bem abertos e vejo a meu lado o homem que amo e que provavelmente sempre amarei.

– Estou tendo uma ereção.

– Poderia pensar em outra coisa pelo menos uma vez?

– Tipo?

– Vamos fazer uma trégua de três dias?

– O que isso significa?

– Uma aposta.

– Não gosto disso.

– Vamos... eu digo que você não aguenta ficar três dias.

– Está me desafiando, Mari?

– Sim.

– Aceito. O que estamos apostando?

– Um sorvete da Romoli na via Eritrea, com creme.

– Tudo bem, mas vamos estabelecer três regras: a primeira, você não me provoca.

Marina se aproximou apoiando o queixo no peito de Rocco.

– O que você quer dizer?

– Não fica andando pela casa seminua.

– Visto uma burca?

– Quase. Nada de vestidos decotados e curtos, salto alto, nada de passar creme nas pernas diante da televisão.

– Está bem, e o que mais?

– Segunda regra, dormimos em camas separadas.

– Você é cretino?

– Caso contrário, vou ter que dormir de cócoras.

– Eu durmo em minha cama. Você sai.

– Então eu saio.

– Terceira regra?

– De manhã nos beijamos nas bochechas. Quarta regra...

– Você disse três.

– Eu menti. Quarta regra: você não usa óculos quando lê e não chupa o lápis.

– Você é mesmo um tosco.

– Sou de Trastevere.

– E como eu vou fazer? Rocco, sem meus óculos não consigo ver nada.

– Em minha presença você não usa óculos.

– E desde quando você fica excitado se eu uso óculos?

– Desde sempre. Se quiser apostar, vai ter que aceitar essas quatro regras.

Marina pensou.

– Tudo bem. Mas então, se você quer encher, vamos levantar o sarrafo. Vamos apostar algo mais que um sorvete.

– Se eu resistir três dias, você me compra um sorvete. Se eu ceder...

– Se você ceder, passamos o Natal na casa de meus pais.

Rocco passou a mão pelos olhos.

– Oh, meu Deus...

– E então?

– Natal na casa de seus pais?

– Com presentes e tudo mais. Além disso...

– Como além disso?!

– Você adicionou a quarta regra? Acrescento a segunda penalidade. Você é forte e vai vencer.

– Vamos ouvir a segunda penalidade.

– Do início do campeonato até, digamos, o final do primeiro turno, aqui em casa nada de Roma, de Lazio, você assiste fora; se não, está fora do jogo. Entendido?

O subchefe bufou.

– Até novembro?

– Sim. Portanto, nada de partidas em minha presença. Você topa, então?

Rocco pensou.

– Claro que topo. Tenho medo de ninguém! Está certo. A partir de amanhã?

– A partir de amanhã durante três dias.

– Vamos apertar as mãos.

Marina estendeu a sua e o subchefe aproveitou para arrastar a esposa para seu lado da cama.

– Vamos, Rocco, já passa das três. Daqui a uma hora você tem que levantar.

– A resposta é: que se foda – e a beijou. Marina deixou que ele fizesse e não notou que Rocco estava chorando. Somente quando uma lágrima salgada caiu em seus lábios ela olhou para o marido e viu seus olhos úmidos.

– Você está chorando, meu amor?

– Sim.

– Não precisa... você tem que sorrir.

– Estou fazendo. Em algum lugar eu até rio.

– Eu te amo.

– Eu também, vida minha, mas agora silêncio, tenho um trabalho a fazer... – e ele beijou primeiro o queixo dela, depois acariciou seus seios com os lábios, depois desceu novamente. Marina deixou que ele fizesse, apertando seus cabelos. Sorriu porque sabia que essa fera mal resolvida nunca se afastaria dela, e ela nunca o abandonaria. Permaneceriam juntos, nos anos seguintes, caminhando lentamente de mãos dadas, com o sorriso que vem da consciência de que não é possível se opor à vida. Depois os pensamentos derreteram como papel na chuva, e fizeram amor ouvindo apenas as batidas do coração, os nervos e os músculos. Fizeram por muito tempo, suando ofegantes e se amando como se fosse a última vez.

O sol estava clareando o céu ao oriente. O mar era uma mancha de tinta. A brisa dava arrepios. As luzes noturnas do porto ainda acesas iluminavam os veículos, e homens já trabalhavam. Até os primeiros turistas começavam a fazer fila para embarcar rumo à Sardenha. No escritório da capitania, Rocco tomava café num pequeno copo plástico. Sasà D'Inzeo saiu do escritório com o capitão Nunzi, um homenzinho de cabelos grisalhos e uma bela barba branca.

– O contêiner desembarcou. Agora tem que passar pelo controle da alfândega.

– Qual é o plano? – Sasà perguntou.

– Nós o isolamos– disse o militar – e o verificamos de cima a baixo. Quantos homens vocês têm?

– Poucos – disse o magistrado.

– Têm ideia de quanta coisa cabe em um contêiner?

– Posso imaginar – respondeu o subchefe. – Mas o que queremos é que as peças sejam descarregadas uma a uma e verificadas. O proprietário seguramente virá. O que peço a vocês da capitania é bloqueá-lo pelo maior tempo possível.

– De qualquer forma, como não sei ler nem escrever, mandei Gardini e dois subchefes para lhes ajudar. Todos gente de confiança. É claro que algo continua estranho.

– Diga-nos, capitão.

– Os controles quase nunca são tão minuciosos. Vai ser um pouco suspeito.

– É por isso que preciso que o senhor invente alguma coisa, uma circular das autoridades portuárias, das finanças...

– Vou tentar – e, abrindo os braços, o policial saiu da sala. Rocco amassou o copo plástico e jogou-o na lata de lixo.

– Então, Sasà, mãos à obra?

Os homens da administração portuária colocaram o contêiner a ser verificado na doca. Era vermelho. Da janela do pequeno escritório, Rocco observava o inspetor Munifici, que vagava impaciente, esperando a chegada do funcionário da alfândega. Elena, por outro lado, estava encostada nas paredes de metal e na sombra. Sasà desapareceu no banheiro por dez minutos. O sol já batia forte, e a temperatura subia minuto a minuto, apesar da proximidade do mar. Gaivotas gritavam, e um navio rugia ao longe. O homem da capitania dos portos chegou e abriu a porta dupla de metal. Uma empilhadeira conduzida por um operário se aproximou para descarregar. Munifici se preparou. Rocco, por sua vez, pegou o rádio.

– Schiavone. Consegue me ouvir, Simone?

– Alto e bom som...

Ele havia colocado os agentes Zuccari e Parrillo na estrada que levava à plataforma.

– Abrimos a carga. Vamos começar...

– Eu também tenho novidades. Uma BMW preta está chegando. Seguida por uma carreta, dessas articuladas.

– Bem, de agora em diante, mantenha os ouvidos atentos.

Já tinham retirado várias embalagens. Munifici e Elena, auxiliados pelos dois homens da administração do porto, as estavam abrindo. E finalmente chegou a BMW preta e reluzente, estacionando a cerca de vinte metros do contêiner. Silvestrelli saiu do carro. Rocco o reconheceu imediatamente. Roupa esportiva e óculos escuros, ele estava com os cabelos úmidos e um cigarro na boca. Vinha acompanhado de um homem que tinha assistido a muitos filmes de gângster. Camiseta preta, óculos escuros e músculos visíveis. Silvestrelli imediatamente começou a conversar com o suboficial Gardini, que, com pastas nas mãos, balançava a cabeça e abria os braços. Nem um minuto depois, chegou a carreta articulada referida por Zuccari. O grande caminhão tinha escrito Stockmar e freou com um som de ar comprimido e guinchos metálicos. O barulho do motor em marcha lenta encheu a calçada. O estômago de Rocco se esvaziou quando viu Emeka sair da grande carreta com reboque, dreadlocks ao vento, acompanhado de um negro careca. Era gigantesco.

– Porra... Bob Marley e Green Mile também estão aí – disse em voz alta. Assim que Sasà D'Inzeo voltou do banheiro, olhou pela janela.

– Aqueles dois?

– Sim... – Rocco pegou o rádio novamente. – Schiavone. Temos os dois nigerianos. Zuccari e Parrillo, cheguem mais perto sem serem vistos.

– Recebido – respondeu Zuccari.

– Está tudo bem, Rocco?

– Não sei, Sasà. Estamos preparados.

Enquanto isso, Silvestrelli continuava discutindo com o suboficial, até que o capitão Nunzi chegou para ajudá-lo. Ele apertou a mão de Silvestrelli e começaram a conversar. Silvestrelli assentia e recuava, era óbvio que o homem da capitania o estava alimentando com mentiras e documentos falsos. Era hora de colocar os dois homens com cães em ação.

– Sasà, estou mandando os cachorros. Assim que os virem, vão sacar. Então, de agora em diante, cartas na mesa.

O magistrado assentiu. Rocco foi até os fundos do escritório com o rádio na mão.

– Schiavone... estamos quase lá, olhos e ouvidos atentos – então avisou os policiais com os cães. – Agentes D'Andrea e Battistini, podem ir – e encerrou a comunicação.

Munifici e Elena, os únicos sem rádio, examinavam as embalagens de papelão enquanto a empilhadeira continuava a recolher outras para depositá-las na doca. Silvestrelli, de braços cruzados, observava a cena e balançava a cabeça. Seu guarda-costas tirou os óculos e acendeu um cigarro. Dois outros operários, talvez da companhia de navegação, juntaram-se a eles para ajudar a carregar as caixas. Diante daquela cena inesperada, pararam perto da carreta para aguardar. Os agentes D'Andrea e Battistini apareceram dos fundos do escritório com os cães na coleira. A vinte metros de distância, Rocco viu Silvestrelli empalidecer e de repente virar-se para os dois nigerianos, que, ao contrário, não moveram um músculo. Munifici e Elena já não abriam as caixas, tinham sacado as armas que ocultavam nas calças. Mas ninguém fez nada. Ficaram ali, observando a chegada dos pastores alemães na coleira. Rocco decidiu que chegara a hora de deixar o escritório. Atravessou a plataforma asfaltada sob o sol sem tirar os olhos de Silvestrelli, que parecia não ter notado sua presença. Aproximou-se do contêiner. Finalmente Silvestrelli o viu. Sorriu. Rocco retribuiu e olhou dentro do contêiner vermelho com as portas escancaradas. Não estava cheio. Havia muitas caixas de papelão empilhadas e presas com cordas nas paredes. Era possível passar entre uma fileira e outra com bastante conforto. Rocco acenou com a cabeça para os agentes com os cães. Os animais farejavam histericamente os papelões, mexendo o rabo e levantando as orelhas, atentos às ordens dadas em voz baixa por seus donos.

– Há algum problema? – uma voz atrás de Rocco o fez se virar. Silvestrelli havia tirado os óculos. Parecia recém-saído do banho. Rocco olhou para ele.

– O senhor, quem é?

– Sandro Silvestrelli, o proprietário destes móveis – e indicou os caixotes que a empilhadeira continuava puxando e que Munifici e Elena, junto a outros dois homens da capitania, estavam verificando.

– Não sei se há algum problema, o senhor gostaria de me dizer? – Rocco respondeu.

Silvestrelli esfregou o nariz com a palma da mão.

– Não acha que esse controle está fora de lugar? Demoro para carregar e chegar à loja.

– E daí? – Rocco respondeu. Com uma expressão de desapontamento, o outro recuou até os dois nigerianos, transformados em estátuas. Nesse meio-tempo, seu guarda-costas jogou fora o cigarro e abriu a porta do carro.

– Doutor, nada por enquanto... – disse um dos agentes com o pastor alemão.

– Continuem. Todas as caixas, não deixem passar nenhuma.

– Recebido.

O suboficial Gardini alcançou o subchefe.

– Mas o senhor tem certeza de que há algo aqui? Resumindo, um controle como esse...

– Ouça, Gardini. Não tenho suspeitas, tenho certeza de que há algo aqui dentro. – Então, dirigindo-se a seus homens: – Continuem abrindo as caixas!

– Agora chega! Isso já é demais! – Silvestrelli gritou. – Eu quero ver...

Rocco não o deixou terminar. Pôs a mão no bolso e entregou uma folha de papel ao dono dos móveis.

– Aqui. Veja a assinatura do tribunal. É suficiente para o senhor?

Ele começou a ler.

– Enquanto isso, vou ligar para meu advogado!

– Ligue para quem quiser! – disse Rocco.

– O senhor não sabe em que enrascada se meteu, Schiavone!

– E como o senhor sabe meu nome? Eu nunca lhe disse. Éramos amigos? Nos encontramos em algum jantar? Fomos colegas no ensino médio?

Mas o outro não respondeu. De repente, tirou o celular do bolso como se fosse um canivete e depois se virou para fazer uma ligação. Foi até a carreta articulada que aguardava a carga e falou em voz baixa, agitando as mãos e suando. A camiseta já estava grudada na pele. Encerrou a chamada e voltou em direção ao subchefe a passos largos.

– Quero que depois as embalagens sejam todas recolocadas no lugar!

– Claro, podemos até pôr um lacinho, se o senhor quiser; não é, inspetor?

Enquanto isso, Elena observava o conteúdo de uma caixa de papelão. Uma mesa com flores.

– Esta é idêntica à que vimos no mostruário!

– Sim. Evidentemente faz sucesso – depois olhou para Silvestrelli.

– Faz sucesso?

– O quê?

– Quero dizer, aquela mesa faz sucesso?

– Meu advogado está vindo.

Com um gesto de cabeça, Rocco indicou o escritório próximo, de onde havia saído dez minutos antes.

– O magistrado está lá. Faça-o se acomodar, eles tomarão um café e terão uma boa conversa, enquanto nós continuaremos a trabalhar.

Um cachorro começou a latir. Um choque percorreu os nigerianos e o guarda-costas de filme. Rocco e Munifici correram para o contêiner. O cachorro estava apontando uma caixa de papelão. A procedência estava escrita na nota.

– Esta não é do México. É de Honduras.

– Tire-a para fora.

O homem da empilhadeira a ergueu e colocou na calçada. Munifici abriu. Havia algumas estatuetas. Rocco já tinha visto outras semelhantes em museus.

– Se pensa que são pré-colombianas, o senhor se engana, são todas falsas, e eu as vendo como tais – disse Silvestrelli calmamente. – Está escrito na nota – estalou os dedos, e Emeka, o nigeriano de cabelo rastafári, correu em direção à carreta. – Agora vou lhe mostrar a fatura e...

Rocco o bloqueou com a mão.

– Elas são bem-feitas. Quanto cobra por uma dessas?

Silvestrelli ficou surpreso com a pergunta.

– Trinta euros. Mais ou menos. Podem ser usadas como peso de papel, suporte de livros ou algo assim... para fins estéticos. – Ele virou uma.

Tinha uma tampa de cerâmica quase invisível. Silvestrelli abriu. A estatueta estava vazia por dentro. Ele a devolveu a Rocco, que sorriu e apoiou a mão em seu ombro suado. Como dois velhos amigos à beira de uma confissão, eles se afastaram.

– Silvestrelli, estou lhe dizendo a verdade, o senhor me parece um homem correto. É verdade, houve uma denúncia... mas, cá entre nós, eu gostaria de estar à beira-mar, assim como o senhor.

– Olhe – o moveleiro relaxou de repente – o senhor viu? São falsas. Se quiser, mostro fotos dos artesãos que as fazem em Ocotepeque.

– Eu entendo, o que o senhor acha – então o subchefe acrescentou em tom confidencial. – Vamos fazer assim, está um calor terrível, estou com aquele pé no saco do magistrado em meus colhões, o senhor colabora sem protestar e, em menos de uma hora, pode carregar os seus móveis e seguir viagem. Tenho que mostrar que vou até o fim, em suma, o senhor me entende, se não vão me transferir para Barbagia. Eu também tenho família...

Silvestrelli assentiu sorrindo, o rosto relaxado.

– Tudo bem, prossiga. Mas por favor, não me cause nenhum dano.

– Absolutamente não. Deixaremos tudo em ordem, confie em mim. O senhor verá que, quando isso acabar, não terá mais problemas comigo ou com o fisco. Posso lhe garantir – e estendeu a mão. Silvestrelli apertou-a. Estava suada e escorregadia.

A plataforma parecia estar sob o efeito de um narcótico brando. Os cães que tinham verificado as caixas estavam à sombra dos pilares de ferro, com as línguas de fora. Os dois policiais lhes trouxeram uma bela tigela de água, e pareciam não ter mais nada a fazer, encostados na balaustrada, tentando secar o suor. No chão, metros de celofane e embalagens rasgadas balançavam na brisa quente do fim da manhã. O mar próximo estava calmo e exalava um fedor de esgoto e algas pútridas. Apenas as gaivotas perseguiam umas às outras e mergulhavam como foguetes na água. Rocco sentou-se num cabeço e ficou observando seus colegas e os homens da guarda costeira, que tinham feito uma pausa. Logo eles começariam a colocar tudo em ordem.

Silvestrelli e o advogado tinham ido até o escritório e questionavam Sasà D'Inzeo, que a cada cinco segundos lançava um olhar preocupado a Rocco.

"Cadê?", pensava. Alberto Ferri teria cometido um erro? Então, por que aquela anotação tão precisa sobre um contêiner que realmente existia? Faltavam cerca de dez caixas e não havia sinal da droga. Os nigerianos pareciam imunes ao calor do sol. Eles continuavam ali, imóveis e silenciosos, observando impassivelmente. O guarda-costas estava sentado no carro e acendeu o terceiro cigarro. Rocco olhava mesas, cadeiras, mesinhas de cabeceira, armários que emergiam dos caixotes destruídos.

"Em que porra de lugar ele a escondeu?"

Os truques eram infinitos. A coisa podia ser camuflada no fundo falso de uma mesa de cabeceira, prensada dentro de papel alumínio ou untada com Vick VapoRub para evitar que o focinho dos pastores alemães a interceptassem.

"Você a transformou", dizia a si mesmo. "Em que a transformou, Silvestrelli?" Era um truque que a polícia conhecia bem. Um de seus colegas do departamento de narcóticos pegou um traficante que enviava pelos correios camisetas de algodão que, mais tarde, se revelaram embebidas em cocaína.

Teriam conseguido misturá-la com a têmpera das cores que decoravam mesas e aparadores? Ou quem sabe a própria madeira estivesse embebida de droga?

"Não, então chega ao museu este lindo buda kanakamuni de madeira, uma estátua policromada do século XVI", as palavras de Ardenzi da noite anterior voltaram à sua mente. "Chego mais perto e sinto que algo destoa."

Rocco se levantou do cabeço com as palavras do diretor do museu nos ouvidos, como se elas o guiassem.

"Então embalamos a estátua, mas eu ligo para Floridi e peço a ele, do meu próprio bolso, para ficar claro, que faça uma espectroscopia molecular..."

O subchefe foi até as falsas estatuetas pré-colombianas. Pegou uma, a observou. Examinou o buraco na base. Ergueu a estatueta, mostrou-a a Silvestrelli e sorriu para ele. O outro sorriu de volta. Rocco olhou para Munifici e Dobbrilla, suados e com estiletes nas mãos. Algo nos olhos de seu líder havia mudado. Acendera uma luz de alarme. Ele parecia estar dando ordens silenciosas. Parado de pé, no meio das caixas vazias com uma estatueta rosa e cinza na mão, Rocco queria a atenção deles. Os policiais guardaram os estiletes. Uma corrente passou entre seus olhares, um silêncio cheio de palavras e ordens que não havia necessidade de transmitir. O inspetor, como se tivesse entendido, assentiu. Eles se afastaram das últimas caixas que estavam verificando. Rocco enfiou as mãos nos bolsos. Pegou o isqueiro e o acendeu. Aproximou-o da estatueta. Silvestrelli havia tirado os óculos. Os dois nigerianos respiraram fundo, inflando enormemente as caixas torácicas. O guarda-costas tinha saído do carro. O material de que a estatueta era feita começou a chiar, como farinha fervendo. Uma pasta líquida e esbranquiçada ficou nos dedos de Rocco. Aproximou-se dos cachorros. Baixou a mão para aquele que parecia mais velho.

– Cheire aqui, cachorrinho, o que você acha que é?

O cachorro latiu e foi como um tiro de partida. Emeka correu em direção ao mar, o gigante careca puxou uma lâmina afiada da manga da camisa. Elena correu atrás do rastafári, os dois agentes com os cães tentavam conter as feras que latiam com os dentes arreganhados. Munifici se lançou contra o nigeriano careca, que, com um salto impensável para o seu tamanho, dobrou o braço do inspetor e desferiu uma rápida facada em suas costas. O policial gritou e caiu no chão. O nigeriano tentou escapar. Dois tiros de pistola. O negro congelou, os olhos arregalados, primeiro os joelhos se dobraram e depois ele desabou ao lado de Munifici. Rocco o alcançou e chutou para longe o canivete que acabara de usar nas vértebras do inspetor. O negro mudo, de costas no chão, tremia enquanto sangue e bolhas de ar saíam de sua boca. Zuccari estava a vinte metros de distância, petrificado, a Beretta ainda apontada, enquanto os dois operários ao lado da carreta levantavam as mãos amedrontados. Parrillo, por outro lado, alcançou o guarda-costas, que se rendeu como uma criança assustada num filme da Disney. Silvestrelli olhava ao redor, perplexo. Os cães pararam de latir. O único que tentou escapar foi Emeka, que nadava lentamente para o alto mar. Elena olhava para ele sem saber o que fazer. O primeiro suboficial Gardini já havia pegado o rádio, dando ordens. Rocco se aproximou de Munifici. Com uma careta no rosto, o inspetor apalpava as costas.

– Puta merda, que dor... puta merda, que dor... – disse. Rocco o virou de leve. A lâmina tinha penetrado bem rente à coluna vertebral, a poucos centímetros do pescoço.

– Consegue se mexer? – perguntou a ele, ofegante.

– O quê? Puta merda, que dor!

– Perguntei se você consegue mover as pernas e os braços.

– Sim, sim, consigo... que dor!

Rocco sinalizou para Zuccari que estava tudo bem. O policial olhou em torno, viu os operários de braços erguidos, viu Parrillo algemando Silvestrelli e o guarda-costas. Enxugou o suor e juntou-se ao colega, guardando a pistola de novo nas calças.

Os dois policiais com os cães, que nesse intervalo tinham acalmado os animais, juntaram-se a Zuccari e Parrillo para auxiliar nas prisões. Emeka, com um estilo discutível, dirigiu-se para a plataforma das balsas.

– Mas aonde você pensa que vai? – fez Elena, apontando para o barco da capitania que se aproximava do nigeriano. Assim que avistou a embarcação, respirou fundo e mergulhou, desaparecendo de vista.

Enquanto isso, o magistrado chamava a ambulância enquanto Zuccari e Parrillo empurravam Silvestrelli, os dois operários e o grandalhão algemados, em direção ao escritório.

– Força, Munifici, a ambulância está chegando – disse D'Inzeo, aproximando-se do policial caído no chão.

– Mas o que foi? – perguntou.

– Uma facada... mas está tudo bem com você. Dói, mas depois passa... – Rocco respondeu.

– Dói como o diabo. Quanto vou ganhar?

– Na minha opinião, dá até para sair de férias – afirmou o magistrado.

Munifici começou a rir, mas uma pontada de dor apagou seu sorriso.

– Nós os pegamos?

– Sim... só falta Baiocchi, mas aonde esse merda pode ir?

– E o outro?

– O outro fugiu pela água – respondeu o magistrado, apontando para o mar. Elena não perdia de vista a operação.

Rocco esticou o pescoço e viu o barco da capitania circulando em um ponto. O nigeriano tinha desaparecido. Os homens da lancha olhavam atentamente para o mar. Mais cedo ou mais tarde o fugitivo reapareceria. Elena virou-se para o subchefe, abrindo os braços.

– Onde? – gritou. Mas então a cabeça cheia de cabelos reapareceu a poucos centímetros diante do barco.

– Está ali na frente! Atenção! – Rocco gritou, mas não houve tempo. Os homens da capitania não perceberam. O barco passou por cima de Emeka Orizo, deixando para trás um rastro vermelho misturado à espuma branca do mar. Elena pôs as mãos na frente da boca. Sasà baixou o olhar. Rocco olhou para o primeiro suboficial Gardini.

– Chefe, acho que o estraçalharam– lhe disse. O velho suboficial ficou com o rádio na mão. – Eles não viram – murmurou.

– Pior para ele – disse Rocco, e finalmente a ambulância chegou. – Vamos, Munifici, agora você vai para o hospital! Você é um herói!

Retornaram à delegacia Cristoforo Colombo apenas no final da tarde. Zuccari não disse mais uma palavra. Olhava para as mãos. Elena estava perturbada, Parrillo queria ficar ao lado de Munifici no hospital. A mulher do inspetor não teve tempo de voltar de Turim para fazer companhia ao marido, mas felizmente os médicos esclareceram o prognóstico. Entrando na sala, Rocco deu um tapinha amigável em Elena.

– Foi um batizado do caralho... – A garota assentiu.

– Eu... não sei, doutor. Não me sinto disposta.

– A fazer o quê?

– A fazer nada. Não sinto mais os braços, as pernas, como se tivesse um corpo de polenta.

– Acontece. Mas enquanto isso, fale. Quando aconteceu comigo na primeira vez, fiquei três dias em casa, no escuro. Você vai se acostumar com isso, mesmo que não seja bom se acostumar com essa porcaria.

Elena sorriu.

– Posso... posso ir para casa?

– Claro. Vá para casa, saia hoje à noite, chame uma amiga, um amigo, vá tomar um drink e fique bêbada até de madrugada. Você vai ver que amanhã só terá uma grande dor de cabeça.

Elena sorriu levemente e passou a mão no queixo.

– Vou sonhar com isso todas as noites... – e de repente começou a chorar.

– Não, não, não... – Rocco a abraçou. – Não chore, Elena, não faça assim...

No entanto, a moça abriu a represa e começou a soluçar com a cabeça apoiada no ombro do subchefe.

– Não, agente Dobbrilla, se você ficar assim, o que vamos pensar de você? Que você é um bebê chorão?

O velho De Silvestri também se aproximou.

– Vamos, Elena, não é nada. Poderia ter sido pior. Pense no inspetor, que está com uma facada nas costas e uma dor dos infernos.

– Tudo bem – disse Rocco. – Munifici também mereceu, na minha opinião.

E, como num passe de mágica, Elena passou do choro ao riso.

– Muito bem, Elena, ouça seu pai.

– Obrigado... papai!

– Foda-se, Dobbrilla! – Rocco reagiu. Então se virou para Zuccari. O agente estava sentado com o olhar vítreo pregado no chão. Os olhos úmidos. Ele também estava chorando.

Schiavone olhou para De Silvestri, que pegou o braço de Elena e juntos saíram da sala. Rocco sentou-se ao lado de Simone. – E então? O que está acontecendo? Vai entrar nessa também?

– Eu matei um homem – falou com um fio de voz, como papel de seda.

– É terrível, eu sei... não tenho nada a dizer que possa lhe tirar esse peso. Você vai ter de conviver com isso a vida toda.

– Que merda... – disse Zuccari, e enxugou os olhos. – Não sei, vi que ele estava esfaqueando Carlo e... foi um impulso.

– Você cumpriu seu dever. E eu sei muito bem que tudo o que eu disser vai lhe soar como uma besteira cheia de retórica. Você agiu como policial, Simo. Você é isto. Você anda armado, lida com gente de merda e, mais cedo ou mais tarde, poderia acontecer. Aconteceu hoje, um dia horrível de julho.

– Sabe qual é meu medo, doutor?

– Não.

– Que nunca mais serei o mesmo de antes.

Rocco olhou para ele. Respirou fundo.

– Não, Simone. Você nunca mais será o mesmo.

O agente fungou.

– Obrigado pela sinceridade. É dura, mas obrigado pela sinceridade. – Então se levantou, as pernas fracas, os braços abandonados ao longo do corpo. – Devo contar para minha mãe?

– Eu deixaria passar. Melhor que ela te veja do jeito que sempre viu. Nós entendemos isso, os outros um pouco menos. Mesmo que sejam nossos pais.

– Obrigado – e concordando, saiu da sala. Rocco afundou no sofá. Só queria voltar para Marina e encerrar aquele dia.

Entrou em casa. Marina não estava. O sol laranja ia se pondo e o céu começava a se vestir para a noite. Abriu a geladeira e sorriu ao ver que alguém tinha feito as compras. Havia também uma garrafa gelada de chardonnay. Abriu e serviu-se uma taça. Saiu ao terraço para olhar Roma. O vento leve carregava um perfume doce, talvez fossem os limões de seu terraço ou a madressilva do vizinho de baixo. Era agradável. Acendeu um cigarro. Não conseguia tirar a mente do caso. O que de mais importante ainda faltava no quebra-cabeça, a peça necessária para encerrar de vez aquela história que talvez nunca se fechasse? Quem mandava as drogas para Silvestrelli? Quem era o contato dele? Já sabia que era impossível encontrar a organização no exterior, os fornecedores, supondo que tivessem outras bases na Itália. A ele e seus homens coube a tarefa mais ingrata, fechar as contas, fazer o serviço de limpeza e de despacho. Doze estatuetas de cocaína, quatro cadáveres numa semana. Eram corpos humanos, mas para a sociedade eram resíduos. E, como todo resíduo, deveriam ter um destino. Na umidade. Em última análise, seu trabalho nada mais era que uma coleta seletiva.

Jogou fora o cigarro e terminou o vinho antes de entrar em casa. Acendeu a luz e foi ao banheiro.

Olhou o próprio rosto no espelho. Estava inchado. As olheiras profundas e pretas, o cabelo sujo e emaranhado, mais brancos nas laterais, davam a impressão de terem crescido desde o dia anterior. Assim como as rugas, que aos 41 anos deveriam ser bem mais escassas. Começavam a desenhar o mapa de sua vida na testa e nas bochechas. Lavou o rosto. E, por trás das pálpebras, apareceu o gigante mudo cuspindo sangue, depois o sangue nas costas de Munifici, e aquele misturado com a água do nigeriano estraçalhado pela hélice e, por fim, o dos corpos dos dois rapazes trucidados com um ponteiro de aço.

– Puta que pariu... – escarrou. – Não pode ser assim. De modo nenhum!

As chaves na fechadura o avisaram de que sua esposa tinha voltado. Correu para a entrada. Ela o viu.

– Amor, já está aqui. Meu Deus, como você está pálido!

Mas Rocco agarrou-a e beijou-a sem sequer deixá-la fechar a porta.

– Amor, o que você está fazendo? Assim vai perder a aposta!

– A resposta é: que se foda!

Não estavam a fim de cozinhar. No restaurante siciliano, comeram como se não houvesse amanhã. Somente nos cannoli Marina abordou o problema.

– Vamos fazer em nossa casa.

– O quê?

– O Natal.

– Mas é julho e você já está pensando no Natal?

Marina riu com seus olhos enormes enquanto mordia a sobremesa. Uma pitada de açúcar de confeiteiro caiu em sua camisa. Ela mastigava limpando o pó branco.

– E os tios também vêm, acho.

– Pode trazer quem você quiser. Mas uma coisa é certa e não foi incluída na aposta. Eu não cozinho!

– Eu queria ver isso.

– E nem você.

– Vamos pegar alguma coisa no restaurante, como sempre.

Rocco odiava o Natal. Assim como odiava o Ano-Novo, a Páscoa e todas as festas do calendário. Também o próprio aniversário, agora que pensava nisso, e os dias santos, as recorrências, tudo coisa que oscilava entre o sétimo e o oitavo grau de encheção de saco. O *hit parade* das chatices que o subchefe inventou para tentar controlar suas explosões de raiva cada vez que dava de cara com uma. Partia do sexto grau e estava subindo cada vez mais. Logo ao entrar no restaurante, decidiu que o ar-condicionado gelado estava em pleno oitavo grau, especialmente quando faz um calor demencial do lado de fora.

– Desejam mais alguma coisa? – disse o garçom, que apareceu do nada enquanto eles ainda mastigavam os cannoli.

Pronto, se adicionava mais uma. O garçom lhe pergunta se deseja alguma coisa enquanto você ainda está comendo. Decidiu-se pelo sétimo grau, tendendo ao oitavo.

– Nos deixe terminar esses cannoli e depois lhe dizemos, pode ser?

O rapaz, tal como apareceu, sumiu por entre as mesas.

– Pelo menos você teve um bom dia? – perguntou a ela.

– Sempre atrás de São Clemente, Teodora e Sisinnio. Mas agora, vamos falar deste verão que eu não gostaria de passar todo em Roma. Quando você tira férias?

– Como sempre. A partir de 6 de agosto. Por quê?

Sorriu.

– Então eu acertei.

– Acertou o quê?

– A casa.

– Qual casa?

– Vamos passar três semanas em Porquerolles. Consegui uma casa magnífica, dez camas, uma maravilha, quer ver as fotos?

– Em Porquerolles?

– É lindo...

– Mas não se pode fumar naquela porcaria de ilha!

– Em casa e nos bares, sim.

– Mas por que dez camas?

– Por que você acha que com uma casa naquele paraíso ninguém vem nos visitar? Olhe, há uma fila de gente. Quer ver os nomes?

Rocco abriu os braços.

– Mas eu quero ficar sozinho com você.

– E vai ficar, calma... – limpou as mãos no guardanapo.

– Quer me dizer que achou uma casa em Porquerolles para alugar em agosto?

– Exato. Estou aguardando a resposta, mas acho que sim.

– Mas se não há lugar nem para uma barraca de camping. Oh, estamos em julho!

– Quer apostar?

Rocco olhou para ela e aceitou o desafio.

– Você perde com certeza.

– Tente ganhar.

– Tudo bem. Eu digo que você não consegue.

– E eu digo que sim.

– Um sorvete na Romoli?

– Se eu conseguir, você paga. Se não...

– Se não conseguir, vá pensando nos presentes de Natal para sua família! – e estendeu a mão. Marina a apertou.

– Precisamos selar a aposta com rum e chocolate.

– Eu estava para dizer o mesmo.

Munifici teve alta após dois dias de internação, mas Rocco ordenou que ele ficasse em casa, fosse à praia, lesse um livro, tudo, menos a delegacia e o trabalho. Saíram artigos nas páginas dos diários romanos sobre as prisões no porto de Civitavecchia. O melhor foi o de Monica Beltrami, a namorada de Alberto Ferri. Embora ela cuidasse de relações exteriores, sentiu-se obrigada a escrevê-lo para lembrar seu companheiro, para recompensar a investigação daquele jornalista que tinha perdido um filho e a vida por causa desse tráfico. Era um artigo comovente e, no final, agradecia a Rocco Schiavone e aos homens da polícia do Estado por terem detido Silvestrelli.

Rocco leu e o devolveu a Sasà, que deixou a página em cima da pilha de jornais na beira da escrivaninha. Como qualquer artigo, duraria pouco mais de um dia, mas pelo menos nessas 24 horas a vida de Alberto Ferri tinha valido alguma coisa.

– Fizemos um bom trabalho, Rocco.

– Sim. Ainda há coisas que não conseguimos explicar. Silvestrelli recebia a droga, mas quem a enviava? Quem o estava acobertando? E Luigi Baiocchi, o cara que naquela noite tirou aquelas caixas da fábrica de móveis, o que aconteceu com ele? Sumiu.

Sasà abriu os braços.

– Você ainda quer trabalhar nisso?

– Gostaria de tentar. Além de um assalto a um supermercado e uma tentativa de homicídio em Spinaceto, não tenho mais nada.

– Ah... sozinho?

– Me ocorreu uma ideia. Toda aquela droga teve que ser refinada. E deve haver um laboratório em algum lugar.

– Está dando uma olhada nos químicos?

– Os que conheço estão em Rebibbia. Eu tenho que conversar por aí. Desconfio que Luigi Baiocchi seja o elo com o laboratório.

– Tudo bem, Rocco. Estou sempre com você. Vá com calma.

– E aquele rapaz, Davide?

– É um pobre coitado. Se cagou de medo e entregou os amigos. Mas está enrascado. Atrapalhou as investigações, omitiu, despistou.

– Matteo e Giovanni estavam certos. Ele não era confiável.

– Não, mas detesto pessoas como ele – acrescentou o juiz – e estou trabalhando para que passe uma temporada preso. Quem sabe até as espinhas somem.

O celular de Schiavone tocou.

– Que saco – disse. – Estou indo. Até breve – e abriu a porta do escritório enquanto atendia. Sasà por sua vez abriu uma pasta e meteu a cara nela.

– Quem me enche o saco?

– É sua mulher, idiota.

– Desculpe, Marina. Diga.

– Tenho novidades para você...

– Avelã, pistache e chantili, obrigado. – O rapaz do balcão serviu uma casquinha gigantesca para Marina, que a recebeu com os olhos de uma menina feliz.

– Para o senhor?

– Chocolate.

– E?

– E só. Apenas chocolate.

– Com chantili?

– Não, ponha só chocolate. E pronto!

O atendente obedeceu.

– Vamos comer lá dentro, aqui fora vai derreter – disse Marina, que já havia terminado o chantili. – Meu Deus, que delícia!

Rocco foi até o caixa.

– Como você conseguiu a casa?

– Segredo. Quer dizer, melhor, eu tinha um canal. O proprietário da *villa* é Olivier Boulé.

O subchefe deixou dez euros no caixa.

– Quem é esse?

– O diretor do Musée National de la Renaissance de Lyon. Fiz um trabalho para ele no ano passado.

– Então não vale. Você não seguiu as regras. Tinha sua máfia privada e se valeu dela. A aposta não é válida – e recebeu o troco. Finalmente ele lambeu o sorvete. – Mas o que é esse chocolate?

Marina estava quase chegando à casquinha.

– Depois vamos pegar também um milk-shake no Mario.

– Você não está exagerando, Mari? Este ar-condicionado me dá um torcicolo. Vamos sair e ir para Villa Ada, deitar no gramado e fumar um baseado.

– Eu não fumo. Nem me deito em gramados.

– Eu fumo. Você olha.

Saíram da sorveteria. O calor lá fora era insuportável.

– Já está derretendo, viu?

Marina tinha um bigode verde-pistache. Rocco o lambeu.

– Que nojento! – disse, esquivando-se.

– Você estava com sorvete no bigode!

– Eu não tenho bigode, idiota.

Entraram no carro estacionado em fila dupla. Tinha deixado as janelas abertas, o ar-condicionado cheirava a poeira e mofo.

– Quero comprar uma máscara de mergulho para ver o fundo do mar em Porquerolles – disse Rocco, inserindo a chave. – Gosto muito. Você lembra em Sharm, que maravilha?

– Sim, mas há uma barreira de coral lá. Não em Porquerolles. Você não vai ver esses peixes lá.

– Acha que não sei? Mas com certeza há coisas lá para ver. Quem sabe algum polvo...

– Quem sabe...

Um carro branco se aproximou lentamente. Parou ao lado de Schiavone. Rocco já tinha ligado o motor. Pressentiu aquela presença e se virou para olhar. Havia dois homens. O condutor, baixinho e de olhos astutos. E a seu lado, Luigi Baiocchi. Tinha uma pistola na mão. Apontou para ele. Rocco mal teve tempo de se abaixar num impulso, um reflexo condicionado, no instante em que o outro apertou o gatilho. Três tiros em rápida sequência. Então o carro saiu cantando pneu. Rocco se virou. Marina estava arriada no assento. Um buraco na garganta, outro na têmpora. Rocco gritou, se jogou sobre o corpo da esposa tentando tapar o ferimento na cabeça, para evitar que o sangue saísse e escorresse pelo pescoço, levando tudo embora. Os gritos das pessoas, o sangue nas mãos, os olhos de Marina já opacos e sem vida. Aqueles olhos que sorriam momentos antes tinham desaparecido, as pálpebras desciam até a metade, a boca entreaberta e com dentes brancos não sorria mais. Não falava mais. Rocco segurou a cabeça da mulher, depois a beijou com força na testa, nas bochechas, nos lábios. As lágrimas se misturaram ao sangue e os gritos às buzinas dos carros. Os rostos das pessoas que olhavam apavoradas eram outdoors grotescos e imóveis. Mas Marina não se movia. Estava com os braços abandonados ao longo do corpo, o sorvete de Rocco caído no chão, aos pés de Marina, o chocolate sujando seu tornozelo e a sandália.

Apertava seu corpo, mas não era mais Marina. Parecia que, junto com o sangue, o cheiro dele também tivesse desaparecido. Olhou em seus olhos esperando que ela falasse. Gritou na cara dela, duas, três vezes, implorou. Mas ela permaneceu muda, em silêncio, fechada para sempre à vida, ao marido e àquele sol de início de verão.

Aosta. Verão de 2013

A noite havia caído, uma noite suave. Da janela aberta vinha um cheiro de flores e de grama recém-cortada. Os carros já não passavam na avenida Battaglione Aosta, e o chefe tinha acendido as luzes da escrivaninha e a luminária ao lado do sofá onde Rocco estava sentado. Os olhos úmidos, o focinho de Lupa apoiado na perna.

– Estou cansado – disse o subchefe. – Eu gostaria de ir para casa.

Costa olhou para Baldi. Estavam exaustos, mas dezenas de perguntas giravam como uma multidão em pânico tentando escapar de um teatro em chamas.

– Eu... sinto muito – foi tudo o que o chefe conseguiu dizer.

– É uma história terrível, Schiavone – acrescentou Baldi. – Terrível mesmo. Mas me ocorreu espontaneamente uma questão que não posso deixar de perguntar.

– Por favor – Rocco grunhiu.

– O que aconteceu com Luigi Baiocchi?

Rocco olhou para o juiz.

– Não sei. Desapareceu. Acho que fugiu para a América do Sul – e ficou em silêncio.

– E não soube mais nada dele desde então?

– Mais nada – e acariciou a cabeça da cadela, que dormia profundamente.

– Mas então por que Enzo Baiocchi, o irmão mais velho, o persegue tanto?

– Porque pensa que sou o responsável pela ruína do irmão, acha que ele fugiu para o exterior por minha culpa.

Porque talvez no mesmo país onde eles pegavam a droga aquele merda encontrou a morte, e isso também é culpa minha! E assim Enzo a colocou em minha conta...

– Pode ser – disse Baldi. – Pode ser. O senhor nos contou tudo?

– São nove horas. Estou falando sem parar há horas. Se pulei alguns detalhes, acredite, também pode ser porque já se passaram seis anos e porque minha saliva secou.

Costa e Baldi se entreolharam. Dois cães à espera do petisco mais saboroso. Mas o petisco não vinha.

– Tudo bem. Está tudo bem. Agora, vamos fazer assim. Vou expedir o mandado de prisão para esse Baiocchi.

– Obrigado, dr. Baldi, assim o senhor também me livra da Buccellato – e olhou para Costa. – Sim, sua ex-mulher continua me torturando nas páginas do jornal, sabia disso?

– Eu sei. Essa é um pit bull. Quando morde, não larga. Sei disso por experiência conjugal.

– Posso ir? O terceiro grau terminou? Não, porque eu ficaria chateado com esse sofá de couro falso, com esses sanduíches nojentos que comi e com o ar viciado desta sala.

Baldi assentiu.

– Por mim, sim. Mas não prometo que não falaremos sobre isso novamente.

Rocco assobiou e Lupa acordou assustada.

– Vamos, pequena. Gostaria de dizer que foi um prazer, mas não foi – e com um sorriso torto, saiu da sala de Costa.

Desceu as escadas. Passou no escritório para pegar as chaves de casa. Do lado de fora da porta encontrou a placa, aquela que Italo Pierron, de brincadeira, havia pendurado algum tempo antes e que informava o ranking das encheções para que todos soubessem o que incomodava o chefe. Rocco pegou uma caneta. Aproximou-se e, no nono grau, escreveu: "memórias". Colocou a caneta no bolso e caminhou pelo corredor. O cérebro atordoado viajava lentamente, já os pés iam numa velocidade bem diferente e, como um piloto automático, queriam levá-lo direto para a via Croix de Ville, para casa. Lupa saltitava atrás dele.

Não encontrou ninguém e agradeceu em silêncio sua sorte. Apenas Casella, que estava na recepção e o cumprimentou com um meio sorriso.

– Boa noite, doutor.

– Igualmente, Casella. Durma bem.

– Hoje é meu plantão.

– Então fique acordado.

Saiu da delegacia. Não estava com fome, só queria deitar na cama. Havia um carro no estacionamento com a porta aberta. Dentro dele, a vice-inspetora Caterina Rispoli arrumava alguns documentos. O viu e sorriu para ele.

– Boa noite. Como vão as coisas?

– Indo. E você?

A garota saiu do carro. Lupa correu para cumprimentá-la. Cuidou dela tantas vezes em sua casa, como um favor a Rocco, que as duas agora eram mais que íntimas.

– Também para mim vai indo. Oi, lobinha. – Acariciou-a, deixou-a mordiscar seu pulso e depois fechou a porta. – Como o senhor se sente... desculpe, como você se sente?

– Como se tivessem me enfiado em uma betoneira e batido por horas.

– Você passou o dia todo no escritório de Costa. O que está acontecendo?

– Passei por uma de terceiro grau.

– Posso ajudar?

– Não, Cateri, obrigado. Estou indo para casa. Dê um oi para Italo.

Deixou-a ali, não tinha tanta certeza de que o agente Italo Pierron, seu braço direito, ainda tivesse um caso com Caterina, que o tinha deixado tão nervoso. Porque pensava naquela moça desde que chegara a Aosta, em setembro do ano anterior. Caterina deu de ombros.

– Não o tenho visto – disse, e baixou os olhos.

– Ah. Sinto muito. Vocês terminaram?

– Período de reflexão.

– Que é o eufemismo usual para dizer que acabou.

– Tinha se tornado um pouco... complicado.

– O que você quer dizer? Eu sei, não é de minha conta, então fique à vontade para não responder.

Caterina sorriu.

– Não, eu posso dizer. Ele tem essa obsessão de morar junto, de estar na mesma casa, de fazer um... projeto, como ele chama.

– E você não quer.

– Me cheira a família.

– E o que há de errado numa família?

Caterina olhou para o chão.

– É uma história um pouco longa. Talvez lhe conte sobre isso um dia. Digamos que não tenho um bom relacionamento com essa instituição, e ponto.

– Pode me acompanhar? Preciso pegar algo de comer para esta fera, que hoje só teve um sanduíche rançoso de alcachofra.

– Tudo bem, também estou indo na mesma direção – e se encaminharam. Lupa os seguia e se perdia atrás de cheiros que só ela conseguia entender.

– Você teve uma família ruim?

– Ah! – fez Caterina, e parecia um ataque de tosse. – Chamar de família já é arriscado. Tive um pai ausente que, quando estava presente, era melhor que continuasse ausente, e uma mãe sempre presente que seria melhor ter estado ausente.

– Uma bela foto.

– Não é? Papai era representante de uma empresa de doces. Salgadinhos, biscoitos, todo esse lixo que mata e engorda as crianças. Mamãe nos impedia, a meu irmão e eu, de comer aquilo. Bem, foi a única coisa boa que minha mãe fez, agora que penso nisso.

– Você não a amava?

– Não. Não amava e não amo. Quer alguns adjetivos?

– Vá em frente.

– Seca, egoísta, imatura, estúpida.

– E seu pai?

Pensou um pouco. Então olhou para o céu.

– Só existe um, mas não quero lhe contar, porque é muito doloroso.

– Como quiser. Tenho pouca experiência, mas acho que viver com a pessoa que você ama é a coisa mais linda do mundo.

– Pode ser. Então talvez eu ainda não tenha encontrado a pessoa que amo – e olhou para Rocco. O restaurante da via Tillier ainda estava aberto.

– Vou comprar uma bisteca para Lupa. Você me espera aqui?

Caterina olhou para a cadela e depois para Rocco.

– Se eu esperar aqui por você, posso cometer um erro do qual provavelmente me arrependerei amanhã de manhã. Não, sigo em frente. Estou indo... Tchau, Rocco.

– Tchau, Caterina. De qualquer forma, depois lhe mando a conta.

– Por quê?

– Fizemos uma sessão de análise e você acha que eu faço essas coisas de graça?

Caterina deu um soco no ombro do subchefe.

– Gosto que a gente esteja começando a ter um mínimo de relacionamento, você e eu. Quando penso que até três semanas atrás você não conseguia nem se dirigir a mim com um "você".

– Verdade. O que poderia se explicar pelo fato de que nem faz uma semana que você me beijou.

– É verdade. Mas eu não te beijei. Nós nos beijamos. Uma questão de nuances, mas é diferente. Boa noite, Cateri.

– Tchau, Rocco.

Ao voltar para casa, ele se jogou na cama ainda vestido e fechou os olhos. Mal percebeu a cachorra pular no colchão. Então caiu num sono escuro e silencioso.

Em Roma, no coração da cidade, existem bairros que escondem casas de campo. Recantos inesperados de paraíso a poucos passos do centro, que não respiram fumaça nem cimento, mas estão rodeadas de carvalhos centenários e plantas muito raras. Na via di Novella, logo atrás da Villa Pamphilj, basta pegar uma ruazinha sem saída e você já se encontra em Cotswalds, no coração rural da Inglaterra. Ali ficava a *villa* de Juan Gonzalez Barrio, trezentos metros quadrados em estilo vitoriano com um jardim de meio hectare a um pulo do Vaticano.

– Perdão, é para o senhor – disse a camareira suavemente ao ouvido de Juan, quando ele estava prestes a provar um vinho de sobremesa recomendado por seu amigo advogado. O jantar foi bom, mas pesado, deveria ter evitado frituras.

– Quem é?

– Não sei, senhor, não me disse o nome.

O ex-diplomata olhou para seus convidados. Estavam ouvindo sua esposa Penélope contar a piada de sempre sobre Fidel e Cuba.

– Aqui em Cuba é um desastre, diz Pablo ao amigo Xavier. Fila para pão, fila para água, fila para charutos, fila para tudo. "Então, Pablo", lhe pergunta o amigo, "o que você pretende fazer?" "Quero matar Fidel." Depois de dois dias, se encontram de novo e Xavier pergunta a Pablo: "então, Pablo, você matou Fidel?". "Não, Xavier, se você soubesse a que fila tinha!"

Os outros riram baixinho, o advogado exagerou. Há anos ele tentava algo com Penélope, ele e suas partidas de duplas no clube, e talvez até tivesse conseguido, se Juan Gonzalez Barrio tivesse tido que atribuir um sentido e um significado aos olhares que os dois ocasionalmente lançavam entre si de um lado a outro da mesa.

– Desculpem, desculpe, querida... algum chato, já volto...

Penélope sorriu e continuou conversando com os seis convidados que haviam terminado a sobremesa, exceto o advogado, que continuava arrancando folhados de profiteroles e metendo-os na boca como se fossem pastilhas para a garganta.

Juan atravessou a sala e chegou à entrada.

– Onde ele está?

– Lá atrás – disse a camareira – na cozinha.

Era um homem idoso, de cabelo loiro oxigenado, com uma aparência suja e destruída. Juan olhou para ele com atenção, mas nada lhe veio à mente.

– Já nos conhecemos? – perguntou.

– Não se lembra de mim? Sou Enzo Baiocchi, irmão de Luigi...

Ao ouvir esse nome, Juan empalideceu. Verificou se a porta da cozinha estava fechada.

– Que porra você está fazendo aqui? Em minha casa? Estou com convidados!

– Juan, você tem que me ajudar.

Pegou-o pelo braço e saiu para o jardim.

A umidade os envolveu como um papel oleoso. Afastaram-se rapidamente da casa até chegarem ao gazebo da piscina. Luzes difusas iluminavam a água azul-turquesa e as palmeiras anãs. O céu estava preto, mas não se viam as estrelas. Nem a lua.

– Você ainda não me respondeu. Que porra está fazendo aqui?

– Estão procurando por mim.

– Por quê?

– Fugi da prisão.

Juan olhou para o céu.

– Quanto você quer?

– Não, não se trata de dinheiro, Juan. Há um problema.

– O que é?

– Você se lembra de Schiavone? Rocco Schiavone?

– Sim. Acho que sim. Me encheu o saco anos atrás. E então?

– Aquele policial de merda matou meu irmão, você se lembra disso?

– Mas o que me importa? E, afinal, o que isso tem a ver com você?

Enzo se sentou no banco de mármore.

– Tentei dar um fim nele. Sem conseguir. Agora estão me procurando.

– Porra! – Juan explodiu. – Quem está procurando você?

– A polícia... Rocco Schiavone... os amigos dele. Todos.

Juan colocou a mão no bolso. Tirou um pacote. Pôs um cigarro na boca, sem oferecer um a Enzo. Acendeu.

– Quem sabe que você veio aqui?

– E quem deveria saber? Ninguém.

Juan Gonzalez Barrio tragou fundo e cuspiu a fumaça para o alto. Um grilo escondido na grama cantava.

– O que você quer de mim?

– Faça-me desaparecer. Preciso de um passaporte, de um avião, e não vou mais encher seu saco.

– Não trabalho mais na embaixada, você sabe disso, né?

– Sim, eu sei, mas você conhece um monte de gente. Me mande para Trujillo, Comayagua, aonde quiser, mas me tire deste país.

– Mas me explique uma coisa. Como faço para lhe mandar a Honduras? Não é fácil. Não tenho mais aqueles contatos. – Jogou fora o cigarro. – Já vai ser muito se eu mesmo conseguir voltar, Enzo.

– Por favor, Juan. Aliás, quando você precisava de meu irmão, eu...

– Você e aquele idiota do Luigi só me arranjaram confusão. Só confusão!

Enzo sentiu os braços tremerem. Queria se levantar e encher de tapas aquele gordo de camisa branca, espancá-lo até que ele cuspisse o cérebro, mas se conteve. O ex-adido cultural da embaixada de Honduras era sua última esperança.

– Preciso de tempo, Enzo.

– Quanto tempo?

– Você tem onde ficar?

Enzo pensou um pouco. Com a filha não era uma opção, e em Pitocco, aquele vilarejo remoto perto de Frosinone onde ele esteve escondido, também não.

– Aqui em Roma?

– Não, em Nova York! Claro, em Roma, imbecil!

Enzo engoliu esse insulto também.

– Não, não tenho.

O sul-americano andava de um lado para o outro na grama molhada, com a mão no queixo. Enzo observava sua barriga balançar por cima das calças.

– Agora vou lhe dar um endereço. É um hotel na Pontina, quilômetro 35.

– Quilômetro 35, sim...

– Chama-se Hotel Bellavista. Tome – meteu a mão no bolso e lhe deu uma nota de 50 euros. – Para o táxi, deve ser suficiente.

– Obrigado.

– Vá em meu nome e arranje um quarto. Fique lá, Enzo, até eu te ligar, entendido?

– Quantos dias tenho que ficar lá?

– Como vou saber? Dois, três dias no máximo. Mas me prometa uma coisa.

– Se eu puder.

– Suma da minha vida para sempre e nunca mais apareça aqui em minha casa, onde estão minha esposa e filhas. Sobras como você eu não dou nem para os cachorros.

– Assim você me ofende, Juan. Eu não faço isso.

– Porque sou útil a você, imbecil!

Enzo olhou sério para ele. Os olhos estreitos eram duas flechas pontiagudas.

– Três dias.

– O que é, uma ameaça? Está me dando um ultimato?

– Não, estou lembrando a você. Três dias. Depois me entrego.

– Por que não se entrega agora mesmo e me tira esse problema das costas?

– Juan, se eu me entregar, você vem comigo. – Levantou-se do banco e caminhou em direção à entrada dos fundos do jardim. – Poderia me chamar um táxi ou eu mesmo faço?

Mas Juan Gonzalez Barrio não respondeu. Com passos decididos, voltou aos convidados, às piadas da esposa e aos dentes postiços do advogado. Estava faltando essa sombra do passado para tornar sua vida ainda mais insuportável.

– *United united united we stand, united we never shall fall*! – Rocco pulou da cama.

– De novo? – se levantou e saiu correndo de casa com a música do Judas Priest tocando na escada. Bateu na porta do vizinho. A música estava tão alta que não dava para ouvir a campainha.

– *So keep it up, don't give in...*

Bateu com os punhos, com toda a força que tinha no corpo. Uma neve de revestimento caiu no capacho. Finalmente a música parou. A porta se abriu e Gabriele apareceu, o garoto cheio de espinhas de dezesseis anos, vestindo uma camiseta do Motörhead dois números maior que o dele.

– O que foi?

– Ainda com essa história? Você me acordou. Sabe que horas são?

– Onze e quinze.

Rocco ficou em silêncio. Olhou a janela da escada. Estava ensolarado. Ele não tinha notado.

– Ah. Onze e quinze?

– Sim – disse Gabriele, reprimindo um sorriso. – Agora com mais alguns segundos.

– Está bancando o engraçadinho?

– Não, estava sendo preciso.

Rocco se afastou.

– Bem, de qualquer forma, não se ouve música neste volume, nem mesmo às onze e quinze.

– Mas neste horário nunca há ninguém. Achei que o senhor tivesse ido trabalhar.

O subchefe se deu conta de que seu sono não tinha sido normal, tinha sido um coma de doze horas. Passou a mão pelos cabelos. Percebeu que estava de cueca e descalço na escada, conversando com um garoto de dezesseis anos.

– Então... vou tomar café... – e se virou.

– Venha comigo. Eu estava preparando um café.

Rocco pensou que não havia nem um biscoito na despensa.

– Posso?

– Por que não? Estou sozinho.

Era uma casa arrumada, limpa, com móveis modernos e assépticos. As paredes brancas, sem quadros, sem livros, exceto uma estante com volumes universitários. No chão havia um parquê pintado de preto e uma televisão gigantesca imperava em um canto, em frente a dois sofás de couro branco. A lareira era um ovo suspenso no ar, parecia o pistilo de uma flor de aço.

– Venha, vamos para a cozinha. Gosta de Choco's?

– Eu o quê? – avançava com passos incertos pela casa. Se sentia um idiota de cueca convidado por um adolescente.

– Choco's. Cereais de chocolate.

– Não. Essas coisas me enjoam. E você também não deveria comer isso. Seu rosto está detonado por espinhas!

– É verdade, mas sou louco por eles. Quando tiver sua idade, vou me preocupar com a alimentação. Por enquanto é cerveja, Choco's e rock'n'roll!

A cozinha estava ainda mais limpa que a sala. O branco também dominava ali, e havia uma série de modernos eletrodomésticos de alumínio alinhados na bancada.

– Mas por quê? Quantos anos você acha que eu tenho?

– Ah... olhando assim eu diria... por volta dos sessenta?

– Sua mãe é que tem uns sessenta!

– Minha mãe tem 42 anos.

– E eu ainda vou fazer cinquenta.

O rapaz fez uma careta.

– Se você disser que estou mal, eu quebro seu aparelho de som.

Gabriele apertou o botão da máquina de café, que escorreu para a xícara.

– Aqui está. O que quer comer?

– Sei lá... o que há além de Choco's?

O anfitrião abriu um armário acima da geladeira.

– Vamos ver... talvez goste do que a mamãe come? Aqui vejo aquela coisa de cinco cereais, barras saudáveis e depois biscoitos de soja. Tudo bem?

– Me traga os biscoitos de soja. – Sentou-se à mesa. As cortinas eram bordadas, na geladeira havia uns vinte ímãs.

– Aqui estão os biscoitos. – O rapaz se sentou diante dele. Pegou o leite, colocou na xícara e acrescentou os Choco's.

Rocco pegou um biscoito sem conseguir tirar os olhos de Gabriele, que devorava seu café da manhã. Ele pegava enormes colheradas de cereais que escorriam leite e os enfiava na boca enquanto mastigava alto.

– Isso dá nojo – disse a ele. – Você parece um porco.

O outro sorriu como se tivesse recebido um elogio. O queixo estava molhado.

– Como está o biscoito?

– Tem gosto de isopor – e bebeu o café. – Mas, se sua mãe chegar em casa e me encontrar de cueca na casa dela, o que iria pensar?

– Não vai chegar. Ela está fora até hoje à noite. Sempre trabalha.

– Mas você vai à escola?

– Está fechada há uma semana. Então o que vou fazer? Já perdi o ano de qualquer jeito.

– Em que ano você está?

– No quinto ginásio.

– E quantos anos você tem?

– Dezesseis.

– Já perdeu um ano?

– Sim.

– Você é um idiota?

– É o que dizem.

Rocco terminou o café.

– Você tem namorada?

– Está de brincadeira? Olhou para mim? Quem vai me querer? – e caiu na gargalhada, mostrando a boca cheia de cereal triturado.

– Feche o esgoto! Qual é o seu nome que já me esqueci?

– Gabriele. Meu nome é Gabriele.

– Gabriele, esse é de hoje? – perguntou o subchefe, estendendo a mão sobre a cadeira ao lado onde estava apoiado um jornal.

– Sim, nós assinamos, eles nos trazem todas as manhãs.

Rocco começou a folheá-lo.

– Por que você ouve aquela música do Judas Priest?

– Me dá arrepios. E eu canto como se fosse ao vivo.

– Judas Priest é lesado. Como o Motörhead – e apontou para a camiseta.

– Motörhead é uma lenda! – Gabriele respondeu, levantando-se para colocar a xícara na pia. – Mas, considerando que você já tem uma certa idade...

– Vou quebrar sua cara... – e virou a página.

– Agora vou pôr uma coisa que talvez lhe agrade... espere aqui! – e desapareceu da cozinha.

– Se colocar o Saxon, você é uma criança gorda e morta! – gritou atrás dele.

– Não, muito mais *soft*...

Ele reconheceu pelos dois primeiros acordes. "Changes", de David Bowie. Sorriu feliz. Já estava assobiando quando Gabriele entrou na cozinha, deslizando sobre os joelhos e brandindo o escovão do vaso sanitário nas mãos como se fosse um microfone.

– *I still don't know what I was waiting for, and my time was running wild, a million dead-end streets and...*

Rocco olhava para ele. Cantava a plenos pulmões, inspirado, de olhos fechados.

– *Of how the others must see the faker, I'm much too fast to take that test*, vamos, cante!

Rocco sorriu, baixando ligeiramente o jornal.

– *Ch-ch-ch-changes, turn and face the strange, ch-ch--changes! Dont want to be a richer man.*

Rocco abriu a boca e se viu cantando com o metaleiro enlouquecido.

– *Ch-ch-changes, turn and face the strange, ch-ch-changes just have to be a different man*!

– Tudo bem, abaixe.

– *Time may change me*!

– Abaixe, Gabriele!

Sempre inspirado, o rapaz correu para a sala, baixou o volume e voltou para a cozinha. Estava sem fôlego.

– Você precisa fazer alguma atividade física, está sem fôlego só por ter cantado meia música!

– Eu até dei a deslizada.

Rocco voltou a ler o jornal.

– Mas você sempre faz esses pequenos shows em casa?

– De vez em quando...

– Maldita! – disse Rocco.

O ASSASSINO DA RUE PIAVE TEM NOME

O assassino que matou Adele Talamonti em 13 de maio, na casa do subchefe Schiavone, na rue Piave, finalmente tem nome e sobrenome. Seria Enzo Baiocchi, elemento conhecido da polícia que escapou recentemente da enfermaria da penitenciária de Velletri. Segundo os investigadores, por enquanto não há pistas sobre ele, mas as buscas pelo assassino já começaram em todo o território. Os motivos do crime não são claros, provavelmente houve desavenças entre o bandido e Schiavone. O subchefe o prendeu, de fato, em 2003. É sem dúvida um resultado importante e, segundo fontes policiais, o homem será em breve levado à justiça, e desejamos ao nosso subchefe um rápido e bem-sucedido desfecho.

SANDRA BUCCELLATO

– Vagabunda – Rocco murmurou.

– O que está acontecendo? – perguntou Gabriele, mas Rocco seguia os próprios pensamentos.

– Agora me tornei nosso subchefe, e essa escrota me deseja boa sorte. Mas mais cedo ou mais tarde... – e largou o jornal. Gabriele o pegou e leu rapidamente o artigo.

– Mas o senhor está falando dela?

– Você não sabe que sou policial?

– Claro que sei. E também sei por que veio morar aqui neste prédio e deixou o antigo. Mataram uma amiga sua, certo?

– Certo...

– É a primeira vez que conheço alguém que sai no jornal.

– Quer um autógrafo, Gabrie?

– Quem dera. Sandra Buccellato? – Gabriele gritou.

– Mas por que, você a conhece?

– Até mamãe a chama de vagabunda.

– Ah, sim?

– Eu acredito em você. Ela ficou com meu pai.

Rocco caiu na risada.

– Não estou acreditando nisso. O mundo é muito pequeno.

– Aosta é muito pequena! Papai pediu o divórcio há dois anos. Buccellato era sua amante e agora eles devem se casar.

– Gabrie, acho que você e eu temos um inimigo em comum.

Gabriele assentiu.

– O que vamos fazer?

– Não sei. Deixe-me pensar, mas temos que fazê-la pagar!

– Estou dentro!

E eles se trocaram um tapa, palma contra palma.

– Vou trabalhar. Pode botar o Judas Priest estourando, em meia hora no máximo já terei ido. Obrigado pelo café da manhã.

– Imagine. Amanhã de manhã, se quiser, coloco o Led Zeppelin.

– "Stairway to Heaven", por favor. Assim que acordo consigo aguentar no máximo aquela música. Se não, ponha o Pink Floyd e vá com calma – e foi para a porta da frente.

– Não tenho Pink Floyd...

– Péssimo. Compre – colocou a mão na maçaneta.

– *Ch-ch-changes, turn and face the strange, ch-ch-changes.* – Rocco se virou. Gabriele apontava para ele, novamente com a escova do vaso sanitário na mão como um microfone. Juntos terminaram a estrofe:

– *Just have to be a different man*!

Abriu a gaveta da escrivaninha. Com horror, percebeu que havia ficado sem a erva. Também não tinha mais nada lá. Soltou uma praga silenciosa e fechou-a novamente. Levantou-se. Lupa estava fuçando na lata de lixo.

– Não, saia daí! – Abriu a porta da pequena estante que geralmente continha manuais de direito e criminologia e pegou a ração e a tigela. Despejou-os e deu para Lupa. Bateram na porta. – Entre! – gritou. Italo apareceu.

– Bom dia. Por que tão tarde?

– Há quanto tempo estou aqui? Desde setembro?

– Setembro, outubro, novembro... – Italo contava nos dedos.

– Eu vou lhe dizer, dez meses. E em dez meses você ainda não aprendeu uma coisa fundamental, Italo: cuide de sua vida!

– Perdão, é verdade. Você leu o jornal?

– Claro que li. Na sua opinião, como essa notícia vazou?

– Foi você?

– Baldi. Agora, há algo a fazer ou vamos ficar sentados aqui até a hora do almoço?

Italo entrou na sala. Na mão tinha uma folha de papel.

– Então, nada sério, roubaram uma casa em Courmayeur.

– Casa de férias ou casa residencial?

– De férias, acho. É uma *villa* um pouco afastada da cidade, de um certo Adelmo Vaccari, empresário de Milão. Tem cerca de dez *showrooms* de automóveis e umas duas lojas no centro.

– Então deve estar tudo no seguro, e quem se importa se ele perdeu um pouco.

– Na verdade, Costa gostaria que fôssemos e investigássemos. Parece que objetos de algum valor desapareceram.

Rocco olhou para cima.

– Me explique uma coisa. Quem deixa objetos de certo valor numa casa que fica desocupada a maior parte do ano?

– Alguém com muito dinheiro?

– Ou alguém que quer tirar uma grana da seguradora. Em ambos os casos, não irei a Courmayeur. Aposto que o empresário perdeu sobretudo as joias, não é?

– Como você pode dizer isso?

– Porque os quadros roubados não valem nada, são difíceis de vender, mas você desmonta as joias, ganha dinheiro com as pedras e ainda embolsa o seguro.

– Está convencido da farsa?

– Não se deixam joias numa casa de férias. Compreende isso?

– Sim, compreendo. Então você não vem? Olhe que Courmayeur é linda. Fica embaixo de Mont Blanc, tem alguns bares...

– E quem se importa, Italo? Pegue alguém e suba até lá, depois me diga.

– Sim, senhor, vou com Scipioni! – e, batendo continência, saiu do escritório. Rocco sentou-se à mesa e começou a pensar. A ausência da substância psicoativa pela manhã, embora já passasse de uma, não ajudava. Mas ele tinha que começar a pensar de qualquer maneira. Fez um rápido resumo. Enzo Baiocchi tinha desaparecido, e o que ele sabia? Em primeiro lugar, a pistola que ele usou para atirar em Adele, a namorada de Sebastiano, tinha sido usada em um assalto aos correios anos antes. Sebastiano e Brizio localizaram aquela pistola. Flavio Buglioni, um meliante de quinta categoria, vendeu-a para Enzo Baiocchi. Mas Flavio Buglioni, o receptador, havia desaparecido como neve ao sol. Restavam duas coisas a fazer. E não poderia fazê-las em Aosta. Tinha que voltar a Roma, não podia deixar o assunto em suspenso. Na cadeia ou massacrado por Sebastiano, aquela cobra venenosa do Enzo Baiocchi tinha que ser detida. Olhou para Lupa, que havia adormecido no sofá.

– Lupa, meu amor? Você tem que ficar um pouco com Caterina, se importa?

Ela latiu feliz, agitando a cauda.

– Quando você volta?

– Em breve. Cubra meu traseiro com o Costa.

– Cubra meu traseiro, ou seja? – perguntou Caterina.

– Me dê cobertura. Mesmo se parecer que venham a descobrir todos os meus movimentos.

– Mas por que você não comunica diretamente a ele? Não é como se fosse passar férias em Roma.

– Porque, não sei se você notou, eu trabalho aqui, na delegacia central de Aosta, não mais em Roma. E porque há pessoas envolvidas nesta história que é melhor que não sejam reveladas.

– Seus amigos... – disse a vice-inspetora, acariciando o pelo brilhante do cão.

– Sim. Meus amigos. Um em particular...

– Sebastiano, certo? O namorado de Adele.

– Certo. Gostaria de chegar a Enzo Baiocchi antes que ele chegue. Você sabe o porquê.

Rocco chegou à sua casa na via Poerio quando o sol já estava se pondo. Os móveis estavam cobertos por lonas e plásticos. Só teve tempo de deixar a bolsa com quatro trapos e trocar de camisa quando o telefone tocou.

– Já chegou? – perguntou Sebastiano.

– Agora mesmo – respondeu Rocco.

– Vamos buscá-lo em cinco minutos. Comemos na rua. – Não disse mais nada.

Frio e distante, a voz cheia de ressentimento, como se fosse culpa de Rocco o fato de Enzo Baiocchi ter sumido, como se ele próprio o escondesse. Entendia que havia matado a mulher de sua vida, mesmo que Adele e Sebastiano passassem mais tempo discutindo que fazendo amor, mas era Adele, e Adele era tudo para seu amigo.

Quem era ele para julgar?

Como sempre, Brizio estava ao volante. Agora tinha um Range Rover novinho em folha. Sebastiano estava sentado ao lado dele. Furio atrás. Quando Rocco entrou, mal o cumprimentaram.

– Então, antes que seja tarde demais, podem me explicar o que é que vocês têm? – perguntou, pegando cigarros do bolso.

– Não, vamos lá, Rocco, é novo, ainda consegue sentir o cheiro? – Brizio disse, dando sinal. – Depois Stella fica chateada.

– E então?

– Você deu com a língua nos dentes? – Sebastiano rosnou.

– Já sabiam de Enzo.

– Você me prometeu, Rocco. Me prometeu que o deixaria comigo. Ele matou minha Adele, aquele infame, e em vez disso você pôs metade da polícia em cima dele.

– Então ou você não ouve, ou finge que não está entendendo. Sabiam de tudo! Sabem que você e eu somos amigos, sabem, sempre que vou a Roma, aonde vou e com quem me encontro, sabem de Enzo Baiocchi, de Luigi, sabem tudo. E eles sabem desde que cheguei a Aosta.

Sebastiano ficou em silêncio. Brizio acelerou.

– E como foi isso?

– Que porra eu sei? Em vez disso, Brizio, você a trouxe para mim ou é apenas um fanfarrão e pronto?

Brizio inclinou-se e abriu a gaveta. Pegou um saco plástico e entregou a Rocco.

– Esta é a White widow. Excepcional. Vou lhe dar até um desconto.

Rocco pegou o saco. Abriu. O cheiro da cannabis cobriu o do couro dos assentos.

– Ahhhh... excelente. Depois lhe dou o dinheiro.

Furio tomou a palavra.

– Então, um rápido resumo. A pistola usada para matar Adele foi vendida por Flavio Buglioni para Enzo Baiocchi. Flávio Buglioni desapareceu. Fomos visitar a filha de Enzo. Você sabe que ele tem uma filha?

– Não, não sabia.

– Nós sabíamos. – Furio acendeu um cigarro.

– Por que ele pode fumar e eu não?

– Na verdade, ele não poderia. Pelo menos abra a janela, Furio! – disse Brizio.

– Essa filha não queria conversar. Odeia o pai, mas não quer ser vista como infame.

– Essa filha agora tem um menino – interrompeu Brizio. – Um rapazinho de 11 anos. E ele nos contou algo interessante.

– O que seria?

– Que têm uma tia meio maluca, *Sciroccata*, é assim que a chamam, em um pequeno vilarejo perto de Frosinone. Se chama Pitocco.

– Pitocco? – Rocco perguntou.

– É. Nunca ouvi falar.

– Vamos para lá?

– Estamos indo para lá.

Continuaram a viagem em silêncio. Atravessaram a Aurelia, pegaram o anel viário e finalmente Sebastiano falou.

– Vou perguntar de novo, Rocco. E desta vez não quero ouvir besteiras. Você jurou sobre o caixão de Adele.

– Se eu jurei uma vez, não há necessidade de jurar novamente.

– Não, eu quero ouvir mais uma vez. Jure que você vai deixar Enzo Baiocchi comigo.

Rocco olhou pela janela.

– Eu juro – disse aborrecido.

Sebastiano finalmente respirou. Rocco teve a sensação de que ele estivesse prendendo a respiração desde que entrou no carro.

– É que, Sebastiano, essa coisa de você não confiar em mim está começando a me encher os colhões.

– Verdade? – fez o outro. – Mas eu quero confiar em você.

– Então não encha o saco. Tire essa cara ofendida porque sabe-se lá o que eu fiz.

Sebastiano se virou para olhar Rocco. Sorriu para ele.

– Você sabe que eu te amo.

– Eu também, idiota.

– Tudo bem, nós também te amamos, agora vamos decidir onde comer, já que ainda nem almocei – disse Brizio.

– Em Pitocco – respondeu Furio.

Encontraram uma espécie de bar pizzaria, um lugar cheio de alumínio anodizado e cheirando a fritura. Pegaram apenas um croquete de arroz cada um, de uma cor tendendo ao marrom escuro, uma garrafa de água e algumas barras de chocolate, que estavam embaladas e, portanto, mais seguras.

– Devíamos sugerir este lugar ao guia Michelin – disse Brizio enquanto mastigava com a boca torta. Atrás do balcão estava uma mulher de cabelos loiros crespos e com as raízes escuras. Tinha braços grandes que nem presuntos e um avental florido amarrado na cintura. Por uma pequena janela atrás dela, dava para ver um homem negro vestido de branco trabalhando na cozinha.

– Aquele é o chef – disse Furio.

– Vamos cumprimentá-lo? – e Rocco jogou o arroz inconsistente do croquete no prato de papel. – Tudo bem, vou ver se a dona pode nos dar uma mão. Como é que chamam essa tia?

– A *Sciroccata* – respondeu Sebastiano de boca cheia, o único que parecia gostar da refeição.

O subchefe levantou-se da mesa e juntou-se à senhora que esfregava uma assadeira queimada, tentando trazê-la de volta à vida.

– Boa noite, senhora, preciso de algumas informações.

– Sim, pois não...

– Estamos procurando uma casa. Uma casa no meio do campo. Uma senhora idosa mora lá, ou pelo menos deveria morar. Todos a conhecem como a *Sciroccata*.

A mulher assentiu.

– Claro. Maria. É meio louca. Tem um monte de gatos, mas quem sabe se ainda está viva. Faz tempo que não a vejo! – e jogou a assadeira na superfície de mármore falso. – Não dá para limpar, acho...

– Eu acho que tem que jogar fora. O que diz o chef?

– Quem?

– O chef! – e apontou a pequena janela que dava para a cozinha.

– Ah, Mohamed! Ele não é o chef. Eu sou a chef! – e bateu com a mão no peito. – Ele lava a louça.

– Bem. A senhora pode me dizer onde fica essa casa?

– Claro... vou fazer um desenhinho, não é fácil – enxugou as mãos no avental, pegou uma caneta e um guardanapo de papel. Sorriu feliz e começou. – Bem, esta é a estrada principal, está vendo?

Desenhava porcamente. A mão rosada e trêmula e os dedos inchados não ajudavam.

– Este é o posto da Agip – e estilizou um posto com a marca. – Pegue o caminho aqui da igreja... está vendo? Faço a cruz em cima... – Rocco seguiu com os olhos os rabiscos no papel. A mulher desenhou a igrejinha repleta de flores e fiéis na entrada.

– Senhora, por favor, não faça um quadro para mim, esqueça a igreja e vamos em frente.

– Sim... siga pela estrada que se chama vala de cima...

– Está escrito?

– Não, mas todo mundo sabe que é assim que se chama. Aqui, viu? É esta aqui – e desenhou uma vaca ao lado. A dona da lanchonete estava com a língua de fora e suando.

– Tudo bem, e depois?

– Espere, vou fazer outra vaca, uma malhada! – e continuou. Rocco olhou desesperado para os amigos que conversavam aos sussurros. A mulher prosseguiu. – Então, acho que é a terceira... não, a quarta, sim, a quarta estrada, que é de terra. Esta. Vai reconhecer porque tem um carvalho muito velho ali, sabe... – e começou a desenhar o carvalho.

– Senhora, por favor, tenho compromissos amanhã de manhã.

– Terminei, terminei. Aqui está. O carvalho – e observou o trabalho com distanciamento profissional. – Sim, lindo, deu certo. Aqui, depois do carvalho, mais quinhentos metros de estrada de terra e vocês chegarão à casa da *Sciroccata* –

obviamente também desenhou a casa, com telhado e janelas. – Os gatos estão aqui... ou melhor, estavam – e desenhou os gatos. As mãos de Rocco começaram a formigar. – E há cabras. Cabras lindas, vou fazer duas! – Depois, com um sorriso, finalmente entregou a obra para Rocco. – Tudo bem?

Rocco olhou para ela. Tinha visto desenhos feitos por crianças do jardim de infância que eram mais definidos e realistas.

– Está bem. Tudo claro. A senhora é melhor que um GPS.

– Quê?

– Esqueça... – e voltou para a mesa. Entregou o papel a Furio. – Para chegar à casa, vamos seguir o mapa.

– Você pediu para ela assiná-lo? Porque talvez um dia possa valer alguma coisa... – disse o amigo. – Olhe, fez ovelhas, flores...

Sebastiano e Brizio se inclinaram para olhar.

– Eu diria que é melhor irmos embora antes que ela pegue uma serra elétrica e nos corte em pedaços.

Eles se viraram para a mulher, que sorria feliz, com o rosto vermelho, satisfeita. Tinha recomeçado a lavar a assadeira.

– Eu diria que sim.

O mapa revelou-se milimetricamente preciso. Exceto as vacas e cabras, o resto estava certo. Quando chegaram a cem metros da casa, Brizio apagou os faróis e continuou lentamente no escuro. Não conseguiam ver muita coisa, mas a estrada branca e a lua ajudaram bastante para evitar que acabassem nas valas escavadas nas laterais da estrada. Quando avistaram o telhado, freou e desligou o motor. Sebastiano sacou uma Beretta, e Furio e Brizio fizeram o mesmo. Rocco simplesmente saiu do carro. Encostaram as portas e se aproximaram em silêncio. Depois de passarem pelos arbustos, avançaram em direção à cerca da casa. Chegaram ao portão. Era velho, de ferro enferrujado, e estava aberto. Os grilos cantavam escondidos no mato, que ocupava o que um dia devia ter sido um jardim, havia também a pequena fonte com o menino em cima, agora devorada pelos líquenes. Sebastiano olhou para os amigos. Com gestos, dava os comandos. Ele e Brizio foram pelos fundos, Rocco e Furio pela frente. Os raios da lua batiam nas telhas soltas e desgastadas pelo tempo. Em vários pontos pareciam ter cedido. Rocco se aproximou da porta da frente. Era velha, a pintura descascada, dois fios elétricos pendiam de um buraco na parede. Aproximaram-se de uma pequena janela com vidros quebrados, uma única veneziana ancorada na última dobradiça ameaçava cair a qualquer momento. Tentaram olhar o interior, mas estava muito escuro. Rocco empurrou a veneziana de madeira e ela se abriu. Gesticulou para Furio, e eles pularam para dentro.

Seus olhos estavam se acostumando com a falta de luz. Entraram numa espécie de cozinha, havia uma lareira enfumaçada e um velho armário de fórmica sem portas. Papéis sujos no chão e uma cadeira esfarrapada e sem perna. Foram cuidadosos, um passo após o outro, tentando não pisar nos cacos de vidro das garrafas e evitando entulhos que provavelmente haviam caído do telhado em estado de decomposição. Passaram por um corredor. Ali a escuridão era total. Furio passou por Rocco e entrou no banheiro com a arma em punho. Só restavam o vaso sanitário e um espelho rachado e pendurado na parede. Uma segunda porta, e se viram em uma sala bastante ampla, diante de duas sombras armadas. Eram Sebastiano e Brizio.

– Não tem ninguém aqui – e Brizio acendeu uma lanterna. – Vejam só... vazio – disse ele, iluminando a sala com papel de parede solto, um fogão de ferro fundido sem porta e algumas toras de madeira. Numa parede, uma escrita pintada com spray gritava ao mundo: "Se eu tivesse asas, voaria!". O poeta tinha até assinado. Giggi com dois gês.

– Obrigado ao merda do Giggi – comentou Brizio.

No chão havia duas garrafas de cerveja quebradas e o único móvel intacto de toda a casa, uma cama. Brizio jogou a luz sobre ela. Alguém tinha dormido lá. E alguém fumou pelo menos dois maços de Marlboro, pelas bitucas que estavam no chão. Um travesseiro imundo ainda tinha o formato da cabeça que repousara nele. Então Furio pegou do piso uma pequena caixa de papelão que continha balas de 6,35 mm. Mostrou a Rocco em silêncio.

– A cobra dormiu aqui... – disse Furio. – Mas escapou.

– Sim. Um tiro na água – comentou Brizio. Sebastiano soltou um grito e chutou a cama, que se abriu em quatro partes, deixando o colchão cair no chão.

O silêncio reinava no carro. Sebastiano o quebrou.

– Ele está fugindo.

– E agora? – Brizio perguntou a ele.

– E agora não é mais uma ameaça. Agora é ele quem está em perigo. Então Rocco já pode dormir em paz – sentenciou Furio, que abriu a janela e acendeu o cigarro.

– De qualquer forma, vou dormir em paz – respondeu o subchefe.

– Falta mais de uma hora até Roma, Rocco – disse Brizio, olhando-o pelo retrovisor.

– E daí?

– E daí que não acredito na história de Luigi Baiocchi na América do Sul. Eu nunca acreditei nisso. Você não acha que é hora de nos contar o que realmente aconteceu?

– Não.

– Por quê? – disse Furio. – Rocco, você sabe tudo sobre mim, sobre Sebastiano e Brizio.

– Tudo, tudo, não.

– Não sabe o que não envolve você, mas o resto, sim – disse Furio. – E essa história do Baiocchi envolve todos nós. Agora ele está bravo com você por causa do Luigi, isso é claro. Mas você nos disse pouco sobre Luigi Baiocchi...

– Ou nada.

– O que vocês querem saber?

– O que Furio e eu estamos lhe perguntando é o que realmente aconteceu depois do enterro de Marina. Depois que você voltou para casa. Depois que não deu as caras por uma semana, nem para nós, nem no escritório. E todos sabíamos que você estava lá, chorando por ela. Você não atendeu o telefone, não atendeu o interfone. O que precisa nos contar é que diabos você fez na semana depois de 7 de julho, Rocco. Você deve isso a nós.

– Não sou o único que sabe como as coisas realmente aconteceram. – O subchefe olhou para Sebastiano, que, por sua vez, continuava observando a paisagem pela janela.

– Você também sabe, Seba?

O urso não respondeu. Limitou-se a se ajeitar melhor no assento e com a mão direita agarrou a alça de cima, deixando a tarefa da resposta a Rocco. Cabia a ele falar.

– Santo Deus! – gritou Rocco Schiavone numa sala remota do Ministério do Interior. – Faz meia hora que estou aqui dentro! Meia hora que me fazem a mesma pergunta! Acabei de enterrar minha mulher em Prima Porta, não tenho mais lágrimas para chorar. Eu não tenho mais! Não sei! Não sei quem atirou, não sei, como diabos posso lhes contar?

Sasà D'Inzeo baixou os olhos. O primeiro diretor Mastrodomenico e o juiz de instrução Carulli olharam para ele batendo de leve as pálpebras.

– Você viu os rostos deles – disse o primeiro diretor – e não está em condições de fazer nem mesmo um retrato falado?

– Eu os vi por uma fração de segundo, só o tempo de ver que ele estava segurando uma arma! Como vou fazer um retrato falado?

– Alguém – Carulli interveio calmamente – em algum lugar escreveu que nossa memória às vezes se comporta como uma máquina fotográfica. Nos momentos mais tensos e difíceis, ela tira uma fotografia que fica gravada na mente durante dias.

– Claro que eu a tirei, Carulli – e disse o sobrenome do magistrado, cuspindo-o dos lábios junto com um respingo de saliva – e foi o rosto de minha mulher que estava morrendo em meus braços. Isto é tudo o que eu lembro. Algo que eu desejaria que o senhor nunca tivesse de passar!

– Já chega, por favor – D'Inzeo finalmente falou. – Parece-me inútil continuar. Droga, o estamos interrogando como se ele fosse o culpado! Senhores, preciso lembrá-los de que Rocco Schiavone é a vítima? Vá para casa, subchefe, vá... o senhor não se importará se confiarmos o caso à equipe de investigação da delegacia central.

Sasà o tratava em público como "senhor". Schiavone fazia o mesmo, mas com os olhos agradecia ao velho amigo.

– Obrigado, dr. D'Inzeo, agradeço muito. E, sim, estou de acordo. Não tenho a lucidez suficiente para... para resolver esta história. – Levantou-se. – Senhores, não me levem a mal se não aperto suas mãos.

– Fazemos nosso trabalho, Schiavone – declarou Mastrodomenico.

– E eu perdi minha mulher por fazer o meu! – e finalmente saiu da sala.

Caminhou por Roma apesar do calor e dos turistas tirando fotos e rindo. Desceu a via Nazionale e chegou à piazza Venezia. Passou pelo gueto, atravessou a ponte e se viu no Trastevere, em seu Trastevere, com os pés inchados e quentes dentro dos Clarks e o coração apagado como um buraco negro. Com as mãos nos bolsos, passava por pessoas e ruas sem reparar nas scooters, nos carros, nos japoneses, nos sorvetes. Queria subir a via Garibaldi, ir até a fonte do Gianicolo para observar os telhados de sua cidade e depois seguir até sua casa na via Poerio. Mas ele teve que parar na piazza Santa Maria em Trastevere. Sentada nos degraus da fonte, como no primeiro dia em que a viu, estava Marina sorrindo para ele. Rocco ficou ali, de pé, olhando para a esposa com um raio de sol no rosto, a saia florida, os pés apertados nas sandálias, os joelhos juntos, o pescoço branco e exposto. Como muitos anos antes, ela estava sentada no mesmo degrau com algumas amigas e, depois de apenas um olhar, ele entendeu que aquela mulher se tornaria sua esposa. Que agora não estava mais lá. Nunca mais estaria lá. E a fonte esfriou, assim como a igreja, a praça e os bares lotados.

– Oh! – um choque o trouxe de volta à realidade. Sebastiano estava na frente dele.

– Aonde você está indo?

– Ahn?

– Aonde você vai, Rocco?

– Para casa...

Sebastiano assentiu.

– A pé?

– A pé. – Os olhos vermelhos e cheios de lágrimas. Sebastiano tocou o nariz, constrangido.

– Olhe aqui, você quer conversar?

– Não sei. Será?

– Eu acho que sim. Venha... – o pegou pelo braço, e o subchefe deixou-se arrastar até o bar do beco ao lado sem dizer uma palavra, como um carrinho de compras.

Entraram em um local anônimo, escuro e fresco, com uma única janela que dava para a rua, balcão e mesas de ferro. Era principalmente um bar noturno, do tipo que abre depois de escurecer, bebidas alcoólicas, alguns croissants, uma única máquina de café. Sentados à mesa, aguardavam os dois cafés que Lucio, o proprietário, amigo de longa data, estava preparando.

– Dei uma circulada por aí – começou Sebastiano. Rocco olhou para um ponto fixo da mesa e tentou tirar uma mancha, arrancando-a com a unha do indicador. Sebastiano segurou sua mão. – Ah, mas você precisa me ouvir. – O subchefe ergueu lentamente o olhar para o amigo. – Eu estava dizendo que dei uma circulada. O carro era dirigido por Corrado Pizzuti, um cretino, o meteram de volta na cadeia por furto em uma loja hoje de manhã.

– Onde está Luigi Baiocchi – perguntou Rocco sem colocar ponto de interrogação no final da pergunta.

– Em Casalpalocco. Mais precisamente no Infernetto. Está lá, na casa de uma prima.

– Sozinho?

– Sim. A casa está em construção.

– Obrigado, Seba! – e apoiou a mão na mão peluda do amigo, acariciando-a.

– Aos viadinhos, aqui está o café! – disse o dono do bar, que percebeu aquele gesto na mesa.

– Para sua irmã, Lucio! – Sebastiano respondeu. Lucio olhou para Rocco, entregando-lhe a xícara.

– Rocco, o que você tem?

– Não ficou sabendo?

– Não – disse Lucio.

– Marina...

O homem se sentou à mesa.

– O que você está dizendo?

– Ela se foi – Sebastiano disse em voz baixa. – Partiu.

Lucio olhou Rocco nos olhos.

– Como ela se foi?

– Foi morta – respondeu Rocco. – Três tiros. Eles me queriam, mas acertaram nela... – e uma lágrima acompanhou essas palavras. O subchefe a enxugou com a manga da camisa.

Lucio se levantou e levou os cafés embora. Mexeu debaixo da geladeira. Voltou logo depois. Na bandeja, três copos com um líquido âmbar dentro. Ele os colocou sobre a mesa.

– Não sou bom com palavras – disse ele, com a voz embargada na garganta – este rum tem 24 anos. É para ocasiões especiais – ergueu o copo. – Para Marina, que a viagem lhe seja leve e que você possa ir... – começou a chorar e não conseguiu terminar a frase. Rocco fez isso por ele.

– ...para onde se é mais feliz! – Ergueram os copos e, com um gole, beberam aquele néctar doce e forte.

– Claro que no verão você podia colocar um pouco de gelo, Lucio – disse Sebastiano. E riram baixinho, como se tivessem vergonha de se fazerem ouvir.

Quando voltou para casa encontrou Inna, que havia acabado de fazer a faxina. A mulher aproximou-se silenciosamente de Rocco. Tinha chorado. Também chorou no funeral, parecia que não conseguia parar. E toda vez que entrava em casa recomeçava. Foi ela quem arrumou as coisas de Marina, Rocco não conseguia nem tocar nelas. As roupas em sacos de celofane, os sapatos, as ferramentas do ateliê da esposa guardadas em um estojo de plástico preto com cantos reforçados em aço. A maquiagem, os itens do banheiro, Inna havia pensado em tudo, fazendo com que desaparecessem da noite para o dia. Rocco lhe dera os dois suéteres de caxemira que compraram no ano anterior e que Marina adorava. Apenas lhe pediu que nunca os usasse quando viesse à via Poerio. Inna entendeu, não era preciso dizer mais nada. Ele cuidou dos pés de limão. Falava a eles com frequência: embora não tivesse o dedo verde, leu que cresceriam melhor se batessem um papo. Mas não eram às plantas e às frutas com quem ele falava. Era ao coração da mulher, quem sabe onde estaria naquele momento. Inna o abraçou com força e lhe sussurrou palavras misteriosas no ouvido, em sua língua nativa. Palavras que o subchefe não entendeu, mas pareciam uma doce canção de ninar, daquelas que as avós cantam para os netos. Inna foi embora, esquecendo o pagamento semanal e deixando os óculos escuros do camelô no console da entrada.

O que eu faço agora? O que eu faço? Olhe para esta casa. Fria. Fria em julho. Deveria acender as luzes, deveria preparar a comida, ir para a cama, acordar amanhã e depois de amanhã, e ainda no dia seguinte. Por quanto tempo? Até quando? Se no final se dorme. Que coisa terrível falar com objetos. Você, por exemplo, é um pincel, um pincel velho, todo alcatroado, pegajoso, para ser jogado fora. E por que você não está naquela caixa preta ali, no escritório? Como é que os objetos que pensamos ter jogado fora voltam a aparecer como se nada tivesse acontecido? Marina não o tinha jogado fora? Sim ou não? Você está velho, despelado, seco e com as cerdas coladas, mas não quer ir embora.

– Você não o tinha jogado fora, Mari?

– Não. Nunca o joguei fora.

Ela está na soleira da porta da varanda. Eu a vejo contra a luz do sol que está se pondo.

– É por isso que estava na gaveta. O que você está fazendo?

– É uma lembrança. É o pincel que usei em meu primeiro trabalho – respondeu ela – na época nem nos conhecíamos. É um amuleto de boa sorte.

– Ele está todo despelado – digo a ela.

– Coloque-o de volta na gaveta.

– Você lembra? Dias atrás lhe perguntei se você já tinha estado em algum lugar abandonado.

– Rocco, eu vivi em lugares abandonados. Você acha que há muita gente nas criptas das igrejas ou nos subterrâneos, olhando afrescos?

– Não, me refiro a lugares normais. Eu lhe disse que todos os objetos que você vê não têm vida. Porque perderam o calor que a proximidade com o ser humano lhes dava. Em um trem, por exemplo, você vê os assentos desgastados e imagina que muitas pessoas se sentaram neles. Ou num navio há um timão com a madeira gasta, ou os degraus de um edifício vazio erodidos pelos pés que os subiram por anos. Agora eles estão lá, não servem mais e estão frios. – Levanto o pincel. – Você vê?

Está gasto, velho, cheio de manchas. Mas eu sei quem trabalhou com eles, quem o pegava com as próprias mãos. Sei tudo sobre a pessoa que morava nesta casa, se sentava naquele sofá e regava o limoeiro lá fora. E agora é pior. Porque essas coisas permanecem frias, mas lembram a alma de quem as usou, sempre a colocam diante dos olhos. E nunca vou conseguir tirar os olhos dessas coisas sem pensar em você. Você está em todo lugar, meu amor. Mesmo quando me olho no espelho e me vejo e sou como este pincel. Frio, sem vida, mas cada ruga, meu amor, cada fio de cabelo branco é você. Como vou fazer?

Ela continua ali, na janela, e não fala. Observa o sol que se escondeu atrás dos telhados.

– Esta casa sempre foi linda. Nos vemos, Rocco?

– Enquanto você quiser, Marina. Eu estou aqui. Eu fico aqui.

O interfone tocou. Rocco se levantou da mesa, guardou um velho pincel na gaveta e foi atender.

– Seba?

– Sou eu.

– Estou descendo.

Andou pelo estúdio que sua mulher usava. Abriu o cofre. Pegou a Ruger e então fechou a porta de ferro. Saiu de casa sem olhar para ela, como se abandona um lugar que lhe dá arrepios e para onde não gostaria de voltar nunca mais.

– Quem cantou? – perguntou. Sebastiano, concentrado em dirigir com um cigarro na boca, ergueu as sobrancelhas.

– O mesmo infame da vez. Não é difícil descobrir certas coisas quando corre o boato de que aquele filho da puta atirou numa inocente.

O subchefe também acendeu um cigarro.

– Está sabendo da novidade, Rocco?

– Não.

– Silvestrelli solicitou rito sumário. Só que simplesmente não lhe concederam.

– Oh, não? E por quê?

– Porque cortaram a garganta dele na prisão. Não durou nem uma semana.

– Reabriram a antiga cicatriz dele, evidentemente... – e Schiavone cuspiu fumaça pela janela.

– É... ele queria conversar, é o que lhe digo. Queria difamar o fornecedor. Mas não fez bem as contas. Quem quer que seja, é tão poderoso que o derrubou. Nunca comece a fazer barulho quando só há crocodilos no pântano.

– Essa besteira é sua, Seba?

– Não, Adele me disse isso uma vez e eu gostei.

Dirigiu direto pela Cristoforo Colombo. No cruzamento com o bairro de Casalpalocco, virou à esquerda para entrar no Infernetto, uma espécie de cidade de casas geminadas, casas independentes e edifícios construídos em terrenos abaixo do nível do mar. Congelado no inverno e úmido como um charco vietnamita no verão.

– Então... eu nunca estive aqui... no mercado à esquerda – e continuou contornando um grande supermercado. As luzes da rua tinham um halo aquoso, as das casas estavam quase todas apagadas.

– Acho que agora é em frente...

– Mas você sabe de cor, Seba?

– Olhei no mapa e fixei aqui – e deu um tapa na testa com a mão. – Uma coisa é certa. Aqui não falta estacionamento. – Parou o carro, apagou os faróis, e saíram na frente de uma casa com duas residências.

– É aqui? – perguntou Rocco.

– Não. Agora vamos a pé. Ele está em alerta e aguarda visitas. Especialmente depois que mataram Silvestrelli. Na minha opinião, está com uma caganeira tremenda.

Caminharam pelas ruas desertas, dobrando esquinas e passando por condomínios. Continuaram por uma estrada sem casas que cortava a campina circundante. Era a última rua do Infernetto, o beco sem saída daquele bairro dormitório, onde ainda não tinham construído nada. Uma névoa fina serpenteava a poucos centímetros do asfalto.

– Aqui não há mais nada – disse Rocco. – Nem um poste de luz.

– Calma. Aqui estamos... – e o amigo apontou para uma série de casas enfileiradas em construção, sem janelas, com telhados e paredes recém-erguidos.

– Ele está dentro de uma dessas. – Saíram da estrada e continuaram no escuro, pisando a grama alta. Chegaram às chapas onduladas que delimitavam o canteiro de obras do condomínio.

– Vamos dar a volta pelos fundos – disse Sebastiano em voz baixa. Seguiram o perímetro e finalmente encontraram duas chapas de metal ligeiramente afastadas. Com algum esforço, Sebastiano passou primeiro. Rocco o seguiu. Pilhas de areia, terra e cascalho espalhadas pelo chão, máquinas para misturar cimento. Pás e outras ferramentas enferrujadas por toda parte. – É a terceira casa – murmurou Sebastiano. Atravessaram o esqueleto da primeira construção. Rocco sentia o cabelo molhado. A lua ajudava. – Vá devagar – disse Sebastiano. Continuaram até a segunda casinha. Passaram por salas em estado bruto, que vomitavam fios elétricos.

– Aqui estamos.

A terceira casa era idêntica às outras. Ela também sem portas e janelas. Entraram por uma espécie de varanda no térreo.

Escuro. Mas, apertando bem os olhos e prestando atenção, um fino fio de luz vinha do primeiro andar. Sebastiano apontou para a escada, Rocco assentiu. Pé ante pé, começaram a subida. Chegaram ao patamar. Agora a luz estava um pouco mais forte. Vinha de um dos quartos. Começaram a subir novamente. Não havia mais dúvidas. O cômodo ao fundo estava fechado por uma lona. De lá vinha uma luz fraca e um leve sopro de gás. Uma lâmpada de acampamento estava sendo usada. Rocco tirou a arma da calça, imediatamente seguido por Sebastiano. Então deteve o amigo. Queria seguir em frente sozinho.

Não viu o fio de náilon que cortava o corredor ao meio, a dez centímetros do chão. Tropeçou nele e algumas latas de alumínio caíram de uma prateleira, fazendo um barulho ensurdecedor.

– Porra! – fez Sebastiano. Por trás da cortina ouviram um alvoroço. Rocco se lançou, arrancou a lona e chegou bem a tempo de ver uma sombra pulando da sacada.

– Caralho, ele está fugindo! – gritou.

Sebastiano atravessou o cômodo tentando alcançá-lo, mas Rocco voltou e desceu as escadas. Rápido, de dois em dois degraus, com risco de quebrar o tornozelo. Mas nada mais lhe importava, não era mais Rocco Schiavone, era um animal, uma fera de caça, gosto de sangue nos dentes, coração acelerado, visão e audição aguçadas. Chegou ao térreo e saiu da casa. Levantou a cabeça. Sebastiano apontava em uma direção lá de cima.

– Ali – gritou. E Rocco deu início à perseguição.

Não o via, mas o ouvia. Ouvia os passos pesados da corrida, ouvia o barulho metálico de algo em que tropeçou. Passou por dois esqueletos de casa e então viu a cerca de chapa se erguer. Luigi Baiocchi acabara de deslizar por ali. Chegou lá também. Levantou a chapa ondulada e se viu na rua. A uns cinquenta metros de distância o homem fugia a pé, rumo à escuridão, em direção a um enorme prédio que parecia abandonado. Virou-se correndo e disparou dois tiros. Um clarão de fogo, os tiros erraram o alvo, e ele continuou correndo até entrar no prédio decrépito.

Com o fôlego preso na garganta, o suor escorrendo, o subchefe chegou à garagem abandonada. Entrou por uma porta quebrada. As janelas acima tinham vidros quebrados e dava para ver as estrelas e a lua. O fedor de xixi penetrava como ácido nas narinas. Máquinas enferrujadas enchiam o salão. Tentava retomar o fôlego, os pulmões bombeando como foles. Enxugou o suor. Não estava com medo. Não havia espaço para o medo. Agachou-se para ouvir. Um rangido, patas de rato arranhando o metal, sua respiração. Esperava que o outro fizesse alguma coisa, se movesse, cedesse ao nervosismo e à tensão.

Luigi Baiocchi jogou uma pedra longe para atrair a atenção do subchefe. Rocco lançou-se pelo outro lado, surpreendendo-o por trás. Encontrou-o ajoelhado com uma pistola enorme na mão, olhando para o lado errado. Luigi Baiocchi se virou, o viu, gritou e disparou. A bala passou de raspão no ombro de Rocco, que teve tempo de mirar e disparar um tiro único e preciso, atingindo-o entre os olhos. Baiocchi não teve tempo de entender, caiu no chão enquanto o sangue escorria do buraco. Rocco olhou para ele. Respirando pesadamente, a Ruger na mão. Alguém tinha apertado seus pulmões ou conseguido tirar todo o ar do galpão. Ajoelhou-se. Um assovio agudo e contínuo varava seus ouvidos. Não sentia nada. Olhou para Luigi Baiocchi, o assassino de sua mulher, que mirava o teto com olhos de vidro, mas não sentia nada. Porque não havia mais nada a dizer. Foi uma coisa rápida e inútil, pouco mais que uma execução. O que ele esperava encontrar? Nada. E, de fato, não encontrou nada. Aliás, agora que a descida tinha terminado, subir aquele poço teria sido impossível. Teria preferido morrer no lugar de Marina, nunca precisaria ver tudo aquilo e nunca teria de suportar o peso de uma vida que já não lhe interessava. Nem percebeu, mas o cano de sua pistola agora apontava diretamente para sua boca, como o tubo de plástico que usava quando criança para roubar combustível das scooters. Bastava apertar e tchau.

"Tchau, Rocco! Foi um prazer", pensou. Fechou os olhos. Mas alguém o golpeou, alguém pegou sua arma e lhe deu um tabefe. Sebastiano ficou olhando para ele sem dizer nada. Então estendeu a mão, agarrou seu braço e o levantou.

– Agora temos que esconder isso. – Pegou a pistola de Rocco. – Vou ficar com isso – e colocou nas calças.

Pôs Luigi nos ombros e voltaram ao canteiro de obras. Rocco o seguia em silêncio, olhando para o chão. O amigo parecia fazer aquelas coisas desde sempre. Não tinha medo, mantinha a calma, carregava um cadáver no ombro como se fosse uma mochila de ginástica. Contornaram a terceira casa. Sebastiano pegou uma pá. Começou a cavar.

– Me dê uma mão. Temos que terminar antes do amanhecer! – ordenou. E Rocco obedeceu.

Cavaram durante três horas, ininterruptamente. Um cansaço que nenhum deles jamais havia experimentado.

– Como é que nos filmes a coisa é tão fácil? – Sebastiano rangia os dentes. – Cavar uma cova é alucinante. – Rocco mexia os braços como um autômato, uma pazada atrás da outra, não enxugava o suor, apenas olhava a terra cinzenta e o buraco que aos poucos se aprofundava.

Não pensava em nada. Sua cabeça parecia uma folha de papel em branco. Uma folha vazia. Finalmente Sebastiano limpou as mãos nas calças.

– Aqui ficam as fundações dos terraços. Jogam concreto em cima e já era! – disse. – Quem vai encontrar? – Sebastiano pegou a carteira de Luigi, jogou no buraco sessenta euros para a última viagem, guardou os documentos e depois rolou o corpo do bandido para a fossa. Demorou mais meia hora para cobri-la de terra.

– São três horas. Vamos tirar todas as coisas lá de cima e ir para casa – ordenou Sebastiano. Subiram as escadas. Voltaram ao esconderijo de Luigi. Havia um saco de dormir, um lampião a gás, duas caixas de pizza e um celular. Tiraram a lona diante da porta e da janela, que Baiocchi havia colocado para esconder a luz. – Pronto – disse Sebastiano. – Vamos, Rocco. Durma em minha casa esta noite.

O subchefe assentiu.

– Só eu e você sabemos disso. Me diga!

– O... o quê?

– Só eu e você!

– Só eu e você, Sebastiano.

– Quer isso? – perguntou, apontando para a Ruger. Rocco fez que não com a cabeça.

– Nunca mais, Seba. Nunca mais!

Na frente da casa de Rocco, Brizio desligou o motor. Então se virou no assento e olhou para ele.

– Que história de merda – disse.

– Sim – comentou Rocco. – Se estou aqui, devo isso a ele – e apontou para Sebastiano.

– A única coisa que pode matar Rocco é Rocco! – disse Furio sorrindo.

– Você vai voltar para Aosta? – perguntou Brizio.

– Preciso.

– Continuo procurando o infame – disse Sebastiano. – Se eu tiver que ir buscá-lo na Austrália, se isso me custar todos os anos de minha vida, tenho que pegar Enzo Baiocchi e acabar com ele.

Rocco abriu a porta.

– Mantenham-me informado – disse. Os companheiros assentiram. Então foi para casa, pegando as chaves do bolso.

O carro de Brizio partiu. E ele se viu sozinho, lidando com seus fantasmas como se tudo tivesse ocorrido no dia anterior, como se nem um minuto tivesse se passado desde aquele 7 de julho de 2007.

Lupa atravessou o corredor correndo ao seu encontro. Rocco se ajoelhou e esperou que a cachorra o dominasse, saltando sobre ele e lambendo-o por toda parte com sua língua rápida.

– Lupa... você sentiu minha falta?

Caterina tinha saído de sua sala e olhava o subchefe com um sorriso.

– Obrigado – disse a ela. – Obrigado como sempre. Venha, pequenina... – Entrou no escritório. – Novidades?

– Eu tenho... espere, como é que você diz? Ah, sim, cobri seu traseiro porque Costa está te procurando desde ontem. Disse a ele que você estava em Courmayeur por causa daquele roubo na *villa*.

– Bem, obrigado. Algo mais?

– Esse roubo tornou-se uma obsessão do Costa, não entendo o porquê. Está claro como o dia que se trata de uma tentativa de trapacear no seguro. Até porque a *villa* tem três hipotecas e Adelmo Vaccari, o empresário, o proprietário, está em apuros.

– Quem está trabalhando nisso? – Rocco perguntou.

– Eu, Scipioni e Italo.

Rocco se sentou na poltrona atrás da escrivaninha. Observou Caterina em silêncio.

– O que foi? – a moça perguntou.

– Diga-me você.

– O que devo lhe dizer?

– Nada, Cateri, você não precisa me dizer nada.

– Quer saber como faço para trabalhar com Italo?

O subchefe deu de ombros.

– Vocês estão na mesma delegacia, não é?

– Não banque o ignorante. Quer saber como consigo trabalhar com Italo Pierron, já que as coisas entre nós estão bem mais ou menos.

– Veja, Caterina, essa é sua vida privada. E não quero saber nada sobre isso, nada. A menos que atrapalhe outras questões. Atrapalha? – Rocco perguntou com um leve sorriso na boca.

– Não atrapalha em nada. Eu me viro sozinha.

– Agora, vou lhe dar um conselho. Se quiser fazer carreira aqui dentro, quanto menos for vista comigo, melhor para você. Também vou tentar não deixar mais Lupa aos seus cuidados, resumindo, prometo tratar com você apenas questões de trabalho.

Caterina ficou taciturna.

– Por que você diz isso?

– Porque estou sob os olhos da delegacia e do Ministério Público. Porque não sou nem um pouco santo, porque me movimento mal e porque contam até meus passos. Porque não vim aqui para Aosta em férias extras, porque você já sabe algumas coisas sobre mim. Este – e apontou para si – é o vagão dos perdedores.

O subchefe soltou um suspiro.

– Eu não saio com você porque pretendo fazer carreira. Não quero fazer carreira, apenas meu trabalho. E se saio com você é porque, aos poucos, mês após mês, fui te conhecendo. No começo eu te odiava, não nego.

– E depois, o que aconteceu?

– Você tem um coração. Que quer manter escondido, mas tem. Bem, quando entendi isso, algo mudou. Você pode sempre contar comigo. Quer esteja sob os olhos do Ministério Público ou não, você sempre pode contar comigo. Eu contei mais para você do que para minha melhor amiga. Acha que isso não vale nada?

O telefone tocou. Os dois policiais se entreolharam. Então Rocco atendeu.

– Schiavone.

– Sou eu, Costa!

– Diga, doutor.

– Está de volta?

– Eu nunca fui embora. Estava em Courmayeur por causa da história do furto.

Caterina ficou ali, escutando.

– Schiavone, eu e o senhor tivemos uma longa conversa há menos de dois dias. E pensei que a relação fosse baseada no respeito mútuo.

– Claro. Respeito mútuo.

– Então vou lhe perguntar outra vez. Está de volta?

Rocco fechou os olhos. Cerrou os dentes.

– Sim. Voltei.

– E encontrou o que procurava?

– Não. Não encontrei.

– Isso significa que Enzo Baiocchi ainda é um pássaro no bosque?

– Sim.

– Péssimo.

– O quê? Que seja um fugitivo?

– Péssimo que seja um fugitivo e péssimo que o senhor continue a me contar mentiras. Peço-lhe, a partir de agora, que sempre me comunique suas intenções. Não me force a fazer o que não quero.

Rocco não perguntou mais nada. A ameaça era clara. Não temia outra transferência, poderia ser apenas mais um incidente de uma vida que ele vinha arrastando do ponto A ao ponto B, sem sentido, sem destino, apenas com desejo de paz. Nada mais que isso.

– Não vai acontecer de novo – respondeu ao chefe. E desligou o telefone, murmurando um "Tenha um bom dia" baixinho. Caterina ainda estava lá. – Então, você me cobriu, mas é evidente que há alguém que sabe tudo sobre mim e que costuma ter boas conversas com Costa.

Caterina abriu os braços.

– Se quiser, vou dar duro para entender.

– Sem dar na vista?

– Sem dar na vista.

– Obrigado, Caterina.

A vice-inspetora apenas sorriu e saiu da sala.

– Entendeu, Lupa? Há um espião na delegacia. Já imaginou isso?

A cachorrinha abanou o rabo. Rocco enfiou a mão no bolso do paletó, pegou o envelope com a White widow, abriu a gaveta e guardou. Trancou-a novamente, feliz por ter um suprimento para pelo menos uns dois meses.

– Eu iria para casa.

Rocco tocou a campainha. Pouco depois, Gabriele veio abrir a porta.

– Doutor! O aparelho de som está desligado!

– Eu sei, não sou um cretino. Você estava estudando?

– Está de brincadeira?

– De fato, pelo amor de Deus. Olhe o que eu trouxe para você. Fui buscar no aeroporto – e lhe deu um pacote. Gabriele desembrulhou-o com olhos ávidos.

– Pink Floyd...

– *The Dark Side of the Moon* remasterizado. Pode botar a todo o volume, mesmo às três da manhã.

Gabriele olhou para ele, emocionado.

– Obrigado. Um presente, por quê?

– Porque você e eu somos aliados, lembra? A Buccellato.

– Ah, sim, é verdade, também conversei sobre isso com mamãe.

– E o que ela disse?

– Caiu na risada. Isso a faz rir muito. Eu e o senhor contra Buccellato...

– Temos que trabalhar nisso.

– Quem é? – uma voz feminina ressoou no apartamento.

– Nada, mãe, é para mim! – gritou Gabriele. – Que chatice, sempre cuidando de minha vida.

– É a tarefa das mães, sabia? Bem, Gabriele, tente ir à escola, caso contrário você continuará sendo o imbecil que é.

– Obrigado, doutor.

– Rocco.

– Não entendi.

– Meu nome é Rocco.

– Prazer, Gabriele...

E, balançando a cabeça desanimado, o subchefe deu meia-volta e foi para casa.

Gabriele já tinha posto o disco. As notas de "Breathe" vagavam pelas escadas e entravam no apartamento do subchefe, infiltrando-se por baixo da porta. Rocco despejou a ração de Lupa na tigela e foi se sentar no sofá. Estava olhando pela janela. Uma noite doce e tépida estava se preparando. Uma dessas noites em que se tem vontade de sair, respirar, caminhar sem propósito, ser lentamente envolvido pela noite. Desde que ele estava na casa nova, Marina não vinha mais visitá-lo. Havia se distanciado. Ela se foi, talvez para sempre, e o deixou lá sozinho. Queria conversar com ela, observar seus jogos de enigmas, sua busca por palavras difíceis. Mas agora o tempo das ilusões acabara. A vida tinha recomeçado. E a coisa não lhe agradava. Não gostava de se sentir como uma jangada sem leme ou como uma vela vagando no oceano com poucas esperanças de atracar.

– Você não quer vir? – Peço que volte, mas ela não me responde. – Normalmente, se você não vem para casa, aparece no Arco de Augusto. Vou até lá? Podemos nos ver lá? – Me viro. Lupa se deitou no sofá ao lado do meu e já está dormindo. Eu gostaria de ter um amigo. Um só me bastaria para esta noite tenra que me mata e não me deixa respirar. As coisas belas são dedicadas a quem já tem a beleza por dentro. Acho que estou apartado da vida para sempre. – Entendeu, Lupa? Somos você e eu. Goste você ou não... – Ela boceja, abana o rabo e olha para mim. Ver tudo de novo me fez mal, um mal terrível. Não há nada que possa ajudar você. Não há tempo, não há espaço, é uma condenação. Considerado culpado e sem julgamento, meritíssimo!

– É a vida, Rocco. E você tem que continuar vivendo!

Pronto. Era a voz dela. Eu a reconheci. Você ouviu, Lupa? Era ela. Era ela. Sinta o ar. Cheire esse perfume. São flores? As flores são fortes. Todos os anos elas rebrotam como se nada tivesse acontecido, como se não tivessem sido espancadas ou congeladas durante meses e meses. Não, você as reencontra lá, exatamente como no ano anterior, e as encontrará novamente no ano seguinte. E, quando vão embora, deixam as pétalas coloridas no chão. E nós? Você sabe, Lupa? Sabe o que nós deixamos para trás? Um emaranhado de cabelos brancos para varrer de um apartamento vazio.

Deixamos isso.

Agradecimentos

O primeiro agradecimento da minha parte, e da parte do "colega de papel", vai para Andrea. Depois para Marco, que acertou o grau de um jantar perdido, e para Alessandro: ele sabe que, no máximo, sei ligar os pontos ou escurecer os espaços. Obrigado a todos que me ajudam a melhorar a cada dia que passa. Por fim, um agradecimento especial a Jacopo, que me deu o mapa para que eu não caísse nos erros de sempre, e a minha família.

A.M.

IMPRESSÃO:

PALLOTTI
GRÁFICA

Santa Maria - RS | Fone: (55) 3220.4500
www.graficapallotti.com.br